까치밥

까치밥

마용록 세 번째 수필집

좋은출판

책머리에

　5월이 아름다운 것은 우리가 부모님의 사랑, 스승의 은혜를 더 많이 생각하기 때문일 것이다.

　스승의 날(5월15일)에 모교 고등학교에서 강연을 부탁받은 날이다.

　교장 선생님을 뵙고, 여러 선생님들을 만나 인사를 나누지만 머리는 온통 강연에 대한 걱정이고 시간이 가까워질수록 긴장이 더해진다.

　강연 장소인 체육관 입구에 들어서는데 '와!' 함성이 울리면서 요란한 박수 소리가 들려온다. 모두가 나를 바라보면서 박수를 치고 있다.

　비장의 무기라고 생각한 노사연 님의 노래 〈만남〉으로 강연을 시작하지만, 평소에는 잘 불러지던 대목인 〈그것은 우리의 바램이었소〉에서 박자가 틀리고 음정도 불안했다. 원래는 좀 길게 하려고 했는데, 안 되겠다 싶어 두 소절만 하고 만다.

　서둘러 마무리를 하려고 하니 또 엉킨다. 내 자랑만 하고 만 것이 아닌가! 꼬리에 꼬리를 물고 후회와 탄식이 이어진다.

　누군가 "인생은 강연하는 것과 같다"는 말을 한 적이 있다. 정말 그런 것 같다. 시작하기 힘들고, 이제 좀 할 만하면 시간은 없고, 다하고 나면 안 할 말, 한 것 같고, 할 말, 안 한 것 같고 자랑만 늘어놓은 것 같고….

　그래서 후회하며 안타까워하는 것이 꼭 우리가 살아가는 모습 그대로인 것 같다.

그렇다. 우리는 참 많이 후회하면서 산다. 아무리 열심히 해도 생각대로 되지 않고 아무리 내가 잘해도 많이 부딪힌다. 그러나 우리는 알고 있다. 이것이 바로 우리의 삶이라는 것을.

우리의 부족함, 우리의 후회 안에 우리의 사랑이 있고, 그 사랑 안에 우리의 기쁨과 감사도 있다는 것을.

괴로워한 시간이 기쁨이 되고 후회한 일들이 열매가 되며, 바보스러웠던 기억이 미소가 될 때가 있다. 아무리 가까운 사람이라도 저마다 자기의 머리 위에 떨어지는 비는 자기가 맞는다. 남이 대신할 수 없는 자기만의 아픔이 있다.

나는 퇴직 후 늦게서야 수필로 등단하여 세 번째 수필집을 낸다.

너무 늦은 때는 없다. 씨를 뿌리면 나무는 자란다. 설사 내가 그 열매를 못 딴들 어떠랴. 성실하게 인생을 살아가려는 사람들의 작은 반려가 될 수 있기를 바라면서 이번에도 부족한 저서를 세상에 내어 놓는다.

세 번째 책을 마련하기 위해서 수고해 주신 정은출판 여러분에게 감사의 뜻을 드린다.

2019년 가정의 달에

蓮塘 마 용 록

5

차례

1. 아쉬움을 남기고 떠나는 계절

2. 까치밥

차례

6. 아줌마 당신이 아름다워

차례

7. 수확의 계절

1

아쉬움을 남기고 떠나는 계절

버들강아지

이제 또 한 계절을 새로이 맞는 설렘의 달 3월이다. 일 년의 계획은 봄에, 하루의 계획은 아침에 있다고 한다. 올봄에는 언 땅에서 꿈틀거리며 세상을 향해 돌진하는 연초록 새싹처럼, 우리 집 지하실에서 긴긴 겨울을 나고 있던 화분들을 꺼내 봄맞이를 준비하는 아내의 손길처럼, 나도 마음의 창문을 활짝 열고 새롭게 계획한 꿈을 위해 한 걸음 나서야겠다.

지난겨울이 유난히 매섭고 혹독했던 탓인지 올해 봄꽃은 유난히 아름답고 반갑다. 상춘객들의 옷차림과 얼굴 표정도 봄꽃만큼이나 밝고 화사하다. 많은 이들이 좋은 계절에 이런 즐거움을 누릴 수 있는 것은 겨울을 잘 견뎌낸 숲의 인내가 있었기 때문이다. 숲의 고마움에 보답하고 우리 후손들도 이런 즐거움을 누릴 수 있도록 숲을 지키고 가꾸는 일에도 많은 관심과 노력을 기울여야 한다.

겨울과 봄이 바뀌는 요즘, 연필을 깎아야 할 것 같은 때다. 숙제도 없이 좋아라고 놀던 봄방학이 끝나가면서 슬슬 긴장감이 몰려온다. 코앞에 닥친 새 학년, 새 학교, 새로운 시작들 때문이다, 그런 때면 연필을 꺼내 가지런히 깎고는 했다. 칼로 연필을 깎을 때마다 사각사각 소리가 참 좋았다. 그렇게 연필을 깎는 일로 자신을 가다듬던 소중한 기억들이다.

'살다보면 부러질' 일도 '무릎 꿇는' 일도 많다. 연필 부러지는 것쯤은 다시 깎으면 되지만, '불멸의 글을 쓰고' 싶은 마음에 힘이 너무 들어가 더러는 마음까지 뚝! 부러지기도 한다. 그래서 '결대로 깎'고 다듬는 게 중요하다.

'삶의 쉼표' 찍어놓고 '내 안을 살피'는 시간도 필요하다. 이 무렵은 특히 그런 것 같다.

한 나무가 있었다. 그 나뭇가지에 새가 둥지를 틀었다.

어느 날, 새는 둥지에 알을 낳았고 나무는 가지에 열매를 맺었다.

둘은 친구로 자라다가 어느 때부터인가 서로 사랑하게 되었다.

바람이 부는 날은 서로가 바람을 막아 주었고 비가 오는 날은 열매가 흘리는 눈물을 둥지가 받아 주었다.

마주보고 잠을 자고 같이 아침을 맞을 때마다 얼마나 행복했는지 아무도 모른다.

그러던 어느 날, 알을 깨고 작은 새가 나왔다. 그리고 그 새는 곧 날개를 펴고 어디론가 날아가 버렸다.

열매는 멀리 날아가는 새를 바라보면서 얼마나 울었는지 모른다.

가을이 지나가고 겨울이 찾아와도 둥지를 떠난 새는 돌아오지 않았다.

그동안 열매는 그리움으로 가슴이 오므라들고 온몸이 빨갛게 물들었다.

봄이 오고 꽃이 피면 찾아오려나, 싹이 돋고 잎이 나면 돌아오려

나….

봄이 와도 제 갈 길을 가지 못하고 둥지를 지키는 개울가 버들강아지의 사랑 이야기다.

화려한 봄꽃이 피기 전인 3월 초 도시에서 가장 먼저 봄을 느낄 수 있는 곳은 하천에서다. 서울의 경우 청계천이나 양재천, 중랑천에서 갯버들이 꽃 이삭을 드러내었다면 봄이 왔다는 걸 알 수 있다. 꽃 이삭은 아주 작은 꽃 여러 송이가 벼나 보리와 같은 모습으로 배열된 꽃무리를 가리킨다.

갯버들은 물의 흐름이 빠른 개울가나 습지에 사는 작은 버드나무이다. 시골뿐 아니라 도시 하천에서도 갯버들을 찾아볼 수 있는 이유는 오염된 물질을 흡수하는 독특한 능력을 갖추고 있기 때문이다. 갯버들은 물가에 무성하게 뿌리를 내려 질소·인산 등의 오염물질을 흡수해 하천을 깨끗하게 만들어준다. 이렇게 갯버들은 오염물질을 흡수해 하천을 정화하는 '봄의 전령사'다.

여러 지자체는 이를 활용해 도시 하천을 정화할 목적으로 갯버들을 인공적으로 가꾸고 있다. 갯버들도 자신의 능력을 맘껏 발휘하며 도시 하천에 잘 정착하였다.

갯버들은 물가에 뿌리를 내리면 1~2m까지 자라 풍성하게 가지를 뻗어낸다. 이맘때쯤 다가가 자세히 살펴보면 손가락보다 작고 솜털로 둘러싸인 갯버들 꽃 이삭이 피어있다. 2월부터 겨울눈이 한껏 부풀어 오르다 3월 초가 되면 꽃눈을 감싸던 눈 비늘을 벗으면서 꽃망울을 드러낸다.

두께가 1cm도 되지 않는 얇은 가지에 꽃 이삭이 빼곡히 달려 바람에 살랑대는 모습을 보면 꼭 귀여운 강아지가 꼬리를 치는 것 같다.

그래서인지 예로부터 갯버들을 '버들강아지'나 '버들개지'라고 불렀다.

갯버들의 꽃 이삭은 벚꽃이나 개나리, 진달래 같은 다른 봄꽃처럼 화려하지도 않고 향긋한 향이 나지도 않는다. 하지만 연한 녹색 가지에 어울려 하얀 솜털을 드러낸 모습을 잠자코 살펴보면 우아한 기품이 있다. 수꽃이삭은 회색빛을 띠다 꽃이 피어오르면 붉은색 꽃 밥을 틔운다. 꽃 밥이 터지면 샛노란 꽃가루가 봄바람을 타고 멀리 날아갈 준비를 한다.

암꽃이삭은 수꽃이삭보다는 소박한 모습이다. 하얀 솜털과 함께 노란 암술대를 드러내고 있다.

갯버들을 흔히 볼 수 있었던 옛날에는 봄이 다가오면 동네 아이들이 개울가로 나가 꽃 이삭을 드러낸 갯버들을 보고 "버들강아지가 눈을 떴다"며 환호했다. 봄이 온 것을 기뻐하며 갯버들 가지의 마디를 잘라 버들피리를 만들어 '삐익삐익' 하고 불었다.

이번 주말에는 다가온 봄을 만끽하며 가족·친구와 함께 동네 하천에서 갯버들을 찾아보는 건 어릴 적을 추억하며 즐거울 것 같다.

진달래 이야기

봄날에 흐드러지게 피어나는 진달래는 그 꽃빛깔의 농담(濃淡)에 따라 호칭이 달랐다.

하얀 진달래는 흰달래, 연한 분홍이면 연달래, 알맞게 붉으면 진달래, 너무 진하여 자주 빛이 나면 난초 빛 같다 하여 난달래라 했다.

이 진달래 빛깔을 아가씨의 유방 빛깔에 비유하여 철부지 소녀를 흰달래, 부끄럼 타는 사춘기를 연달래, 한창 피어나는 아가씨를 진달래, 한창 때를 넘긴 노처녀를 난달래라 했으니 사투리치고는 감각적이다.

어릴 적 산나물 캐는 아가씨를 만나면 "연달래 진달래〈나-안-달-래!〉" 하고 놀리면 이 아가씨 바구니 던져놓고 동동걸음 치던 생각이 난다. 유방을 연상, 노처녀에 비긴 것이 억울해서였을 것이다.

옛 선비들은 꽃의 외모보다 기품을 보고 구품(九品)의 품작을 내렸는데, 이를 화품(花品)이라 하여 그로써 그 선비의 품격을 가늠했었다. 세종 때 학자 강희맹(姜希孟)은 홍진달래 6품을 주고 백진달래는 한 등 올려 5품을 주었다.

진달래는 메마른 땅에서 오로지 북향으로 핀다 하여 절신(節臣)의 임 향한 일편단심을 높이 산 것이며, 흰진달래의 품작을 높인 것은 상대적으로 메마르지 않고 북향하지 않고는 잘 자라지 않는 성깔 때문인 것이다.

지조 따위는 헌신짝처럼 버리고 사는 현대라서인지 우리나라에서 흰 진달래가 멸종돼 왔다는데 몇 년 전 용인의 한 식물원에서 흰 진달래 가지에 붉은 진달래 두 송이가 피어나 화제가 되었다. 한 가지에 각기 다른 두 화색의 경우는 학계에 보고되지 않는 희귀현상이라 한다. 옛날 같으면 화이(花異)라 하여 국사에 큰 조짐으로 보고 무엇을 예언하는지 학자들이 분주했을 일이다.

우리나라에 오동나무 꽃이 붉게 피면 가뭄, 희게 피면 홍수의 조짐으로 보는 관습은 있었다. 진달래가 엄동에 만개했다든가 한 가지에 아홉 갈래로 갈라져 피었다는 기록이 있고, 명나라 직산(稷山)땅에서 오얏나무 한 가지에서 황·백 두 색의 꽃이 피었다는 기록도 있다.

다만 꽃이나 나무의 이변은 국가 대사의 변화를 예언한다는 전례로 미루어 대통령이 탄핵되고 여야가 바뀐 이번 대선을 예언한 한 가지 두 색의 화색이었는지 모를 일이다.

봄은 야단법석 온다. 기운은 따뜻하고, 대지는 푸르고, 산천은 붉고, 노란꽃으로 찬란하다. 봄이면 한 민족은 붉은 진달래나 하얀 배꽃을 전(煎)으로 지진 화전(花煎)을 먹었다. 봄의 화사함을 혀로, 내장으로 옮겨 봄을 만끽했다.

화전의 대표는 진달래화전이었다. '동국세시기(東國歲時記 · 1849년)'에는 삼짇날(음력 3월 3일)에 '진달래꽃을 따다가 찹쌀가루와 반죽하여 둥근 떡을 만들어 참기름을 발라 지진 것을 화전이라 한다.'고 해 진달래 화전을 봄 화전의 대명사로 들었다. 허균도 '도문대작

(屠門大嚼 · 1611년)에서 한양의 봄 시식(時食)으로 두견화전(杜鵑花煎), 즉 진달래 화전을 꼽았다.

진달래화전을 먹으며 꽃놀이하며 노는 것을 '전화음(煎花飮)'이라 했는데 '남녀가 노래 부르고 춤추며 길거리에서 큰소리로 떠들면서 태평 시대의 즐거운 일이라고 불렀다.' 진달래가 늦게 피는 북에서는 진달래화전을 초파일(음력 4월5일) 전후로 즐겼다.

조선시대 봄날 최고의 시식이었던 진달래화전은 '고려 시대 돈이 없는 정승이 딸을 시집보낼 때 두견화(진달래)를 송이 째 소금에 약간 절여 꽃이 상하지 아니하도록 곱게 기름에 지져 대접하면서 생긴 음식문화'라는 속설도 있다. 화전은 주로 찹쌀에 반죽해 먹었지만 메밀로 만든 경우도 있었다.

진달래화전을 먹으며 봄을 낭만적으로 만끽하던 문화는 지금은 조금 낯설게 되었지만 일제강점기까지만 해도 성행했다. '화전은 봄철에 가장 적당한 음식인만큼 진달래화전보다 더 좋은 화전은 없다고 하여도 무방하다고 한다. 지금도 통영에서는 쑥과 진달래를 같이 부쳐 먹는 진달래쑥 화전이 유명하다.

진달래는 중국과 일본에서도 자라 모두 진달래를 두견화라고 한다. 또 소쩍새라고도 불리는 여름새가 두견이다. 옛사람들은 소쩍새 소리를 슬프고 처량하다고 느꼈다.

그래서 애달픈 사연을 지닌 인물이 죽어 소쩍새가 되었고 소쩍새가 억울해 울며 피를 토한 것이 땅에 떨어져 진달래를 붉게 물들였다는 이야기가 전해 내려온다. 봄 동산을 붉게 물들인 저 아름다움에 이렇게 슬픈 이야기를 담고 있을 줄이야.

동백과 미선나무

봄비가 그치고 따뜻한 기운이 더해지면 누구에게나 좋아하는 꽃이 있다. 라일락, 장미, 백합, 혹은 안개꽃. 누군가는 샐비어를 좋아한다. 유년 시절엔 꽃을 따서 단물을 빨아 먹곤 했다. 그때는 사루비아라고 불렀다. 추억의 꽃이다.

누군가 나에게 좋아하는 꽃이 뭐냐고 묻는다면 동백이라고 답한다. 대학 신입생 때다. 하숙 룸메이트가 영광 출신이었다. 낯선 전라도 사투리가 갑자기 일상이 됐다. 가끔은 다른 문화에 불편해하기도 했지만 돈독한 우정을 쌓았다. 막 스물을 넘긴 시절이다. 이듬해 2월 전라도 영광 땅을 난생 처음 밟았다.

요즈음 세대에게는 황당하게 들릴지 모르겠다. 그러나 가난했던 그 시절, 먼 남녘으로 여행한다는 게 쉽지 않았다. 지금은 금호고속으로 이름이 바뀐 광주고속 버스를 타고 갔다. 차창 너머 보이는 넓은 호남 벌은 산간벽지에서 자란 나에게 엄청난 충격이었다. 친구는 집 근처 안흥사 동백이 장관이라며 나를 끌었다. 그날 본 풍경이 어제 같다. 핏빛 꽃들이 늙은 동백나무를 뒤덮고 있었다. 장엄하다 못해 비감스러웠다.

동백꽃은 사연이 많다. 뇌쇄적인 아름다움에 비해 긴 세월 천대를 받아 왔다. 꽃봉오리 전체가 어느 순간 '툭' 떨어지는 모습이 불길하다고 해서 지배층의 외면을 받았다.

불길한 일들이 갑자기 생기는 것을 동백꽃 춘(椿)자와 일 사(事)자를 조합해 '춘사(椿事)'라고까지 표현한다. 일본도 비슷하다. 사무라이들은 질색한다. 떨어지는 모습이 마치 칼날에 사람 목이 떨어지는 것과 같다고 해서 아예 마당에 들여놓지 않았다. 서양에서도 장미 못지않게 사연이 많다. 그래서 베르디는 오페라 '라트라비아타'에서 비운의 여주인공 비올레타 가슴에 동백꽃을 달았다.

동백꽃 소식이 들리면 문밖은 봄이다. '동백꽃은 아직 일러 피지 안했고/ 막걸릿집 여자의 육자배기 가락에/ 작년 것만 상기도 남었습디다/ 그것도 목이 쉬어 남었습디다' (서정주 '선운사 동구' 중에서).

하지만 조숙한 동백은 이미 바람결에 떨어진다. 그날 그곳의 동백꽃은 지금쯤 다시 피고 있겠지.

고즈넉한 기와 아래 봄꽃 사이를 거닐다 보면 익숙한 듯 낯선 '미선나무'를 만날 수 있다. 가지나 꽃의 모양은 개나리와 비슷한데, 꽃색은 오히려 벚꽃과 비슷하다. 4~5개의 길쭉한 꽃잎으로 이루어진 꽃들이 얄따란 가지를 빼곡히 채운 모습이다.

'미선나무'라는 이름은 열매가 대나무와 한지로 만든 넓적하고 둥그런 부채 '미선(尾扇)'을 닮은 것에서 유래했다. 학계에 미선나무가 알려지게 된 건 1917년 식물학자 정태현 박사가 충북 진천군에서 처음 미선나무를 발견한 이후다. 1919년 일본인 학자 나카이 다케노신이 새로 발견된 식물 종임을 확인했고, 현재까지 우리나라에만 자생하는 것으로 알려져 있다.

물푸레나뭇과 중 유일한 미선나무속(屬) 미선나무로 우리 고유의 나무라는 특징 때문에 많은 사람들의 사랑을 받고 있다. 1957년 초등학교 (현재 초등학교)자연 교과서에 등장했고 1963년에는 20원짜리 우표 도안의 모델로 채택되기도 했다.

미선나무는 전 세계가 희귀식물로 보호하는 식물이다. 세계자연보전연맹(IUCN)은 미선나무를 적색목록에 '위기' 상태로 기록해 두었고 우리나라에서도 '멸종위기 야생식물 Ⅱ급'으로 분류되어 있다. 충북 괴산군 송덕리, 율지리와 충북 영동군 내천리 등에 있는 미선나무 자생지는 천연 기념물로 지정해 보호하고 있다.

야생 미선나무는 깊은 산속이 아닌 산기슭이나 마을 부근에 많기 때문에 사람 손에 훼손되는 일이 종종 일어난다. 정 박사가 미선나무를 발견한 충북 진천에서도 방문객이 미선나무를 꺾어 훼손하는 일이 벌어지기도 했다.

다행히 미선나무를 인공적으로 증식하는 방법이 발명되면서 현재는 도심에서도 미선나무를 인공적으로 증식하는 방법이 발명되면서 도심에서는 미선나무를 볼 수 있게 되었다.

미선나무는 가지가 축 처지다 땅에 닿아 묻히면 새로 뿌리가 나는 방법으로 번식을 한다. 수십 년간 미선나무를 아끼고 사랑한 연구자들이 이런 특징을 이용해 인공증식법을 개발했다.

덕분에 충북 괴산에서는 축제를 열 정도로 미선나무가 많아졌고, 도시에서도 조경수(造景樹, 경치를 아름답게 꾸며주는 나무)로 미선나무를 만날 수 있게 되었다. 여러 궁궐뿐 아니라 국립중앙 박물관 등에서 매화와 벚꽃 사이로 가지를 살랑이는 미선나무를 볼 수 있다.

개나리 닮은 흰 꽃 활짝 피면 부채 모양 열매 맺는, 우리나라에만 자생하는 한국 고유종이라서 보호가치를 느낀다.

봄날이 좋아 숲은 유혹하고

아무리 큰 나무도 봄이 오면 가장 끝 여린 가지에서 눈부신 연둣빛 이파리가 나오고 꽃이 피듯, 창가에 스며드는 눈부신 햇살 한줌으로도 충분히 행복해질 수 있는 계절, 가족 혹은 가까운 친구와 함께 무거운 일상을 벗어 던지고 차 한 잔을 나눌 수 있는 소중한 시간이 기다려진다.

숲이 유혹한다. 봄빛이 세상을 황홀경으로 포장하는 계절에 나무와 풀과 꽃들은 서로 다투어 봄빛을 들이마시며 초록의 향연을 펼친다. "초록 잎은 우리가 눈으로 마시는 생명력"이라고 시인들은 말했다. 봄으로 인하여 우리의 몸과 혼은 들썩인다. 꽃 피우는 나무들은 꿈을 꾸는 사람을 닮았다.

봄날의 숲에서 우리는 잃어버린 낙원을 상상한다.

식물과 함께 꿈의 대화를 나누라는 그 유혹에 넘어가 숲을 찾자고 눈부시게 쏟아지는 햇볕. 식물과 함께 꿈의 대화를 나누라는 그 유혹에 넘어가 숲을 찾자고 눈부시게 쏟아지는 햇볕. 지금은 명목뿐인 식목일을 앞두고 그 숲과 꽃의 향연을 들춰본다.

이 봄날 황홀한 유혹 꽃·나무·숲과의 만남, 수억 년 피고 져온 식물의 세계 다시 따스한 봄볕을 마시며 감췄던 꿈과 사랑을 싹틔운다. 어쩌면 인간보다 한 수 위인 신비스러운 삶 그 꽃과 나무 숲길을 비추는 숲 속으로 떠나보자.

참 좋은 봄날이다. 억 만년 해마다 봄은 찾아왔지만 올 때마다 새 봄이다.

봄꽃처럼 아름다운 세상, 가만히 귀 기울여 보자. 봄이 오는 소리 와 함께 행복이 활짝 피어난다.

자연 그래도 숨 쉬는 곳. 싱그러운 산소가 피부를 파고들어 마음속 깊은 곳까지 시원스럽게 와 닿는 바로 그곳. 광릉 숲. 세조의 능인 광릉이 오늘날 최고의 숲으로 자리 잡은 데는 역사적인 이유가 있다.

1455년부터 14년 간 왕권을 누렸던 세조는 지금의 광릉을 묘 자리로 정한 뒤 풀 한 포기도 캐지 못하게 엄격하게 금했다. 또한 이곳은 전국 대부분의 산을 민둥산으로 만든 일제 때도 임업시험장 묘포장으로 지정되어 보존되었는가 하면, 일제의 산림자원 수탈이 심한 데도 불구하고 이곳만은 칼을 든 일본 경찰들이 엄격하게 지켰다고 한다. 그 뒤 6·25때도 광릉 숲은 전혀 훼손되지 않았고 전후 도벌이 기승을 부릴 때에도 미군 헌병이 이곳을 지켰다. 이렇게 해서 오늘날 31만 평의 드넓은 숲이 만들어졌는데, 이곳은 천연기념물인 크낙새의 서식지이기도 하다.

능의 주산인 주엽산은 원시림처럼 뛰어난 자연경관으로 더 알려졌으며, 주엽산을 마주한 수리봉과 인조림이 중심이 되어 또 다른 느낌을 안겨준다. 수리봉 천연림은 우리나라에서 하나뿐인 학습 보존림이다. 또 광릉을 위해 세워진 사찰 봉선사는 최근 말끔히 단장해 광릉을 찾는 길에 잠시 들러볼 만하다. 절 입구엔 이 절에 머물며 글을 썼던 이광수님의 기념비가 있고, 절 마당에 잇는 봉선사 대종은 국보 제397호로 지정된 문화재다.

한편 지난해 국립수목원으로 승격된 광릉수목원은 산림박물관, 야생동물원, 식물원, 곤충박물관과 국내 최초 유일의 점자식물원이 시각장애인을 위해 마련되어 있다. 전통 한옥으로 지어진 산림박물관은 12,000여 종의 산림 관련 자료들이 전시되어 있으며, 2,700여 종 30만 본이라는 다양하고 진귀한 식물들이 조성되어 있어 산책과 동시에 구경거리를 제공하고 있다.

삼림욕장은 두 가지 코스가 있는데 천천히 심호흡을 하면서 나무 식물들이 만들어낸 좋은 공기를 마셔본다. 습지원, 관광수원, 화목원 등을 지나다 보면 온갖 나무와 꽃들을 만나게 되며, 컴퓨터 영상으로 우리나라의 짐승, 새, 곤충, 거미 등을 검색할 수 있어 아이들의 자연학습에도 유익하다.

광릉으로부터 시작해 수림원까지 다 보려면 넉넉잡아 하루가 꼬박 걸리는데, 경기도 포천에 자리한 광릉수목원에 가려면 먼저 관람 5일 전에 전화(0357-540-1114)로 예약해야 한다. 또 토요일과 일요일, 공휴일에는 일반인은 관람할 수 없고, 관람 시간은 오전 9시부터 오후 5시까지다.

푸른 자연은 세상에 가장 잘 차려진 밥상이다. 균형 잡힌 식단으로 건강을 챙기듯 균형 잡힌 금수강산을 만들어 가자. 잘 가꾼 수목은 미래를 열고 세상을 비추는 창이다.

봄날은 간다

소리 없이 꽃이 지고 있다. 만나자 이별이다. 목련이 지더니 벚꽃이 진다. 고고하고 눈부신 순백의 목련은 어느 청춘의 자손이었을까. 그늘 하나 없는 그 맑은 빛은 세상의 비루함을 잊게 했다. 벚꽃은 모든 것을 각오한 생인 듯 폭죽처럼 터져 나왔다 미련 없이 진다.

무심한 바람에 꽃잎 분분히 날릴 때, 꿈처럼 인생처럼 봄날은 간다. 사람들 역시 그와 다르지 않을 것임을 알고 마음을 쓰다듬었으리라.

"새파란 풀잎이/ 물에 떠서/ 흘러가더라" – 백설희 '봄날은 간다'

꿈같이 흘러온 봄은 곧 뒷모습을 보일 것이다. 봄은 소문처럼 왔다 소문처럼 떠난다. 그러니 봄에 새긴 약속은 부질없다. 봄 밤에 띄워 보낸 연서(戀書) 한 장, 아침이면 아지랑이처럼 흩어질 것이다.

누구였을까, 봄의 슬픔을 가장 먼저 노래 한 이는. 흘러간 가요 '봄날은 간다'를 듣는다.

"꽃이 피면 같이 웃고/ 꽃이 지면 같이 울던" 그 사람은 어디로 갔나. 둘러보니 봄볕만 외롭다.

"알뜰한 그 맹세", 허망할 줄 진작에 알았다. 꽃이 지니, 그 맹세 찾을 길이 없다. 화사해서 견딜 수 없는 슬픔이 있다. "연분홍 치마가 봄바람에" 덧없이 휘날릴 때, 어느 누가 마음의 갈피를 잡을 수 있을 것인가. 지극한 아름다움에 마음을 다치면, 불치다. 이 눈부신 봄날이 신기루처럼 사라진 다음에, 우리 생은 무엇을 기대야 하는가.

연분홍 치마를 입은 여인이 "성황당 길"을 걸어간다. 연분홍의 시간은 반짝이고, 성황당의 시간은 고여 있거나 세상 외곽으로 밀려나 있다. 이 두 이미지가 부딪쳐, 환한 봄 속에 숨은 퇴락과 소멸의 진경을 그려낸다. 성황당에 새긴 약속대로 여인은 "옷고름 씹어가며" 누군가를 기다린다. 하지만 사람은 오지 않을 것이다. 봄은 언제나 "실없는 기약"처럼 오기 때문이다. 봄꽃이 지천으로 붉게 물드는 것도 기다림에 지쳐서다.

노래가 보여주는 가장 처연한 봄의 비극성은 2절 처음에 온다. "새파란 풀잎이/ 물에 떠서/ 흘러가더라." 이 구절에 이를 때마다, 속절없이 목이 멘다. 바람에 꺾인 어리고 어린 풀잎이 물에 몸을 맡기고 흘러간다, 생명이 약동하는 봄에, 새파란 죽음이라니, 봄의 한 철을 전 생애로 살아버린 어린 풀잎의 비극적 순간을 선명한 그림처럼 보여주며, 노래는 봄의 허무 한가운데로 걸어 들어간다.

'봄날은 간 다' 이 한 곡 안에는 봄과 인생의 비밀이 다 들어있다. 가사는 단순하지만 그 안에 수많은 풍경이 겹쳐져 있다. 그러니 이 노래를 제대로 부르지 못하고서야 가수라 할 수 없다. 내로라하는 세상의 명창이 한 번씩 다 노래했다.

봄은 다시 오지만 이 봄은 다시 오지 않을 것이다. 그러므로 그대와 나 사이에 바람 불고 꽃이 질 때, 물비늘처럼 반짝이는 이 세월이 그저 아득하고 망연했으리라. 꽃이 피면 같이 웃고 꽃이 지면 같이 울던 알뜰한 당신, 이 봄의 한가운데에서 아직도 못다 한 마음이 남아 있나. 그대의 여리고 물기 어린 마음 위로 꿈처럼 봄날은 간다.

벚꽃 이야기를 늘어놓았다. 세상이야 어떻든 봄이 되면 어김없이 벚꽃은 피니 참 다행이다. 오래전에 사뒀던 화사한 표지의 책을 펼쳤다. 집에 앉아 읽어도 좋겠지만, 벚꽃 아래서도 나쁘지 않을 것 같아 책을 들고 어슬렁어슬렁 근처 공원으로 나갔다.

그러나 역시 그토록 만개한 벚꽃아래에서 꽃을 안 보고 활자를 본다는 건 어리석은 일이었다. 나의 방으로 돌아오니 오늘 새벽에 창백한 달이 지나간 서쪽 하늘로 주황색 해가 저물고 있었다. 그 아래로는 하얀 벚꽃들이 여전했다.

인간들이야 겪 떨어지는 짓들을 하든 말든, 때가 되니까 올해도 벚꽃이 환하게 웃으며 찾아왔다. 솜사탕처럼 희고 눈부신 함박웃음은 매년 즐겨도 또 경이롭다.

그 벚꽃 길을 사람들은 구름처럼 몰려오고 밀려갔다. 저 많은 사람들은 어디서 왔고 또 어디로 가는 것인가. 나는 어디서 왔고 얼마나 살 것이며 또 어디로 가는 것인가. 무한한 우주에서 한 점 티끌조차 되지 않는다는 내 존재를 절감하는 순간, 밀려오는 밀려가는 사람들의 손에는 하나같이 '스마트폰'이 쥐어져 있다. 저 만능 '스마트폰' 속에 이 슬픈 봄날, 벚꽃에 취하고 눈처럼 떨어지는 벚꽃에서 인간의 한계를 느끼는 것 같아 하염없는 상념에 젖는다. 벚꽃이 피었다가 지는 사이, 때로는 인생의 길이가 그 정도쯤인 듯하다.

어쩌면 이번 주말이 정점이겠다. 술잔이 아니라 벚꽃 아래 책을 기울이며, 봄의 절정을 누려야겠다. 연분홍 치마가 흩날릴 때… 꿈처럼 인생처럼 봄날은 갈 것이다.

초록의 향연

　파초(芭蕉)에 대해 처음 알게 된 것은 고등학교 때 공부한 김동명의 시(詩) '파초'를 통해서였다. '조국을 언제 떠났노'로 시작되는 이시에서 가장 인상적인 구절은 '소낙비를 그리는 너의 정열의 여인'이었다. 상상력이 빈약했던 때라, 훌라 춤을 추는 하와이 여인을 떠올리며 이 시를 읽었다. 그 때까지 내게 파초는 춤추는 이국 여성의 이미지였다. 실제 파초를 보기 전까지는 그랬다.

　파초는 키가 3m까지 자라는 파초과의 여러해살이 풀이다. 조선 전기의 문신이었던 강희맹(姜希孟)은 "녹색전갈 같은 줄기가 촛대처럼 솟아나고, 푸른 난새 같은 잎이 나와 꼬리를 뻗는다."고 했다. 남도의 절에서 우연히 본 파초는 이국적이기는 했지만, 부드러운 여성의 이미지는 아니었다. 파초의 넓은 잎과 굵은 줄기는 오히려 강한 남성의 이미지에 가까웠다.

　이태준이 쓴 수필집 '무서록'의 '파초'에는 이런 구절이 있다. "비오는 날, 다른 화초들은 입을 다문 듯 우울할 때, 파초만은 은은히 빗방울을 퉁기어 주렴 안에 누었으되 듣는 이의 마음에까지 비를 뿌리고도 남는다. 가슴에 비가 뿌리되 옷은 젖지 않는 그 서늘함, 파초를 가꾸는 이 비를 기다림이 여기 있을 것이다.

이태준 뿐만이 아니라 조선 시대 선비들도 뜰 한쪽에 파초를 심어 두고 푸른 잎의 시원함과 잎에 떨어지는 빗소리를 즐겼다. 그들에게 파초는 시상과 감흥을 주는 식물이었다.

남도의 어느 절에서 한여름 밤을 보낸 적이 있다. 그날 밤에 들었던 파초의 빗소리는 맑고 영롱하기만 했다. 어쩌면 투명한 유리잔에 물의 양을 달리하여 잔을 두드려 연주하는 소리와 비슷했을지도 모르겠다. 지금처럼 30도를 넘는 더위가 이어질 때면 파초 잎에 떨어지는 빗소리를 듣고 싶은 마음이 간절해진다.

내 방 창문엔 커튼이 없다. 서예를 하는 친구가 한지에 쓴 한시(漢詩)를 유리창에 붙여서 커튼 대용으로 삼았다. 한여름 달 밝은 밤이면 유리창에 어리는 달빛을 받아 한시가 은은하게 비친다. 이렇게 붙여 놓은 한시 커튼은 시간이 지날수록 닳기도 하고 찢어지기도 한다. 그러면 새로운 글을 받아서 새 커튼으로 사용한다.

한지가 아닌 살아 있는 커튼이 있다. 덩굴식물이 그것이다. 덩굴식물의 줄기는 다른 식물의 줄기에 비해 가늘고 약하다. 연약한 줄기를 가진 덩굴식물은 다른 식물에 의지해 자라게 된다. 다른 식물이나 물체에 기대거나 감으며, 또 흡착기를 발달시켜 햇빛을 잘 받을 수 있도록 자란다.

덩굴식물 가운데 가장 아름다운 커튼이 풍선덩굴이다. 풍선덩굴의 꽃은 아이들 새끼손톱보다 작은 크기의 하얀 꽃을 피운다. 꽃자루 끝에는 한 쌍의 덩굴손이 있어서 줄기가 뻗어나간다. 꽃이 진 자리에는 처음에는 납작하고 작은 열매가 달린다. 이 열매가 점점 커져서 둥근 풍선모양의 열매가 달리게 된다.

초록색 풍선 모양의 열매가 요즘 갈색으로 변해가고 있다. 갈색 열매는 팽팽한 둥근 모양이 아닌 바람 빠진 공처럼 변해간다. 그러나 그 속에는 씨앗이 자라고 있다. 3개의 씨가 들어 있는데 씨앗마다 하트모양의 하얀 점이 있다. 까만색 씨앗 가운데 하트 점은 내년을 약속하는 풍선 덩굴의 마음이 아닐까.

한 알만 심어도 3m 이상으로 자라고 주렁주렁 풍선을 매달아 놓는 풍선덩굴, 여름 내내 초록 커튼이 되어 주고 이제 마음을 새긴 씨앗을 남기고 풍선덩굴은 죽어갈 것이다. 초록의 기억을 남기고 스러져 가는 풀을 다시 보기 위해 풍선덩굴의 씨앗을 수확해야 할 때가 왔다. 친구들에게 아름다운 씨앗 사진을 보여주며, 씨앗이 있음을 자랑하고 으스대면서 씨앗을 나누어주려 한다.

이 씨앗 한 알이면 여름 내내 무성한 초록을 경험할 수 있다고 또한 아름다운 풀씨를 볼 수 있다고, 풀씨 한 알을 주면서 생색내는 유치함이 뿌듯함으로 바뀌려면 이 시기 부지런히 움직여야 한다.

깊어가는 가을. 풀씨를 거두며 이 계절을 보내려 한다.

꽃·호박꽃

꽃을 들고 가는 여인은 아름답다. 꽃을 만지고 가꾸는 마음씨가 꽃을 통하여 꿰여 비치기 때문이다. 아무리 못생긴 사람이라도 꽃이 그 못생긴 곳을 다독여 꽃처럼 곱고 순하게 보이게 한다.

사람의 머리 위에 얹히는 황홀한 영예는 꽃이다. 여왕은 꽃으로 수놓인 왕관을 쓰고 뭇 남성을 부려 나라를 다스린다. 마지막 승리를 차지하는 미녀도 그의 머리 위에는 화관이 얹힌다. 으리으리하게 빛나는 훈장도 알고 보면 꽃이다. 무궁화·모란·동백 등 꽃 이름을 따서 훈장을 삼는다. 훈장을 달고 싶으면 가슴에 꽃을 달아라. 꽃은 평화와 승리의 상징이기도 하다.

그러나 꽃도 여러 가지다. 장미처럼 화사하고 향기로운 것, 톱밥처럼 매달리는 밤꽃도 있다. 모란은 크고 탐스러우나 향기에 있어서는 밤꽃만도 못하다. 겉만 번드레하고 속은 빈 여인과 같다. 최상의 유행으로 몸을 감아도 그가 지닌 허점은 감출 수 없다.

연꽃은 개흙을 딛고 피지만, 그 맑고 깨끗함이 오히려 성스럽다. 세상의 모든 궂은 것을 씻어내고 연꽃처럼 청초한 세상을 만들려는 불교의 노력이 보이는 듯하다. 연꽃이 선 자리가 아무리 진창이라도 연꽃으로 인하여 맑아 보인다.

꽃은 다만 꽃으로만 끝나는 것, 꽃이 진 자리에 열매를 남기는 것이 있다. 그런데 열매를 남기는 꽃 치고 국화처럼 의젓하고 목련처럼 숭고해 보이는 것은 드물다. 스스로를 희생하여 알찬 열매를 가꾸려는 모성애로 꽃은 늘 안으로만 여문다. 일에 파묻혀 겉치레를 돌보지 않는 여인 같다.

대추 꽃은 볼품이 없으나 가장 귀한 열매를 빚는다. 대추가 빨갛게 물들 무렵이면 마음은 부지런히 대추나무에 간다. 그때 문득 대추나무에 돋힌 바늘 같은 가시가 서슬을 편다. 외부의 침입을 막아내는 수단이다.

그런데 꽃에 따라서는 그 아름다움과 향기로 나비를 불러들인다. 아름답게 펼쳐졌던 꽃잎은 나비가 앉는 순간 돌변한다. 철문처럼 덜컹 꽃잎이 오그라들며 나비를 덮친다. 아름다움은 꽃의 무기다. 꽃이 아름답다고 무턱대고 가까이 하지 말 일이다. 그 꽃이 품어대는 향기 속에는 날카로운 최면제가 이쪽을 쏘아 대고 있을지도 모른다.

꽃은 차라리 고독한 마녀다.

호박꽃이 피면 여름이 이글거린다.

호박꽃은 바지랑대 끝이나 쇠똥이 굴러다니는 밭둑을 가리지 않고 핀다. 아무도 호박꽃을 아름답거나 향기로운 꽃이라고 말하지 않는데도, 호박꽃은 제 신명에 겨워 황금빛 얼굴을 하고 쉼 없이 핀다. 한낮에도 피고 저녁 무렵에도 핀다. 푸른 오전까지는 늦잠을 자고 정오가 되면 피어나는 그 꽃은 텃밭가의 가시 울타리며 동네의 낮은 돌담들을 노랗게 뒤덮는다.

호박꽃이 피면 개울물 소리는 더 바쁘게 골을 씻고, 밭둑에는 콩

꽃이 별똥처럼 매달린다. 우엉 잎이 우산처럼 펼쳐지고 상추 잎이 푸른 보자기처럼 잎을 벌려 텃밭을 덮는다.

호박꽃은 호롱불을 연상케 한다. 석유 등잔에 올려놓은 호롱불은 까아만 심지를 태우며 어두운 밤을 밝힌다. 호롱불의 불꽃이 바람에 흐느적거릴 때면 호박꽃의 꽃술을 빠는 호박벌의 날개 소리가 들리는 듯하다.

산그늘이 내려와 지붕을 덮으면 나는 호롱불 아래서 김소월의 〈산유화〉를 읽었고 여린 호롱불의 불빛 아래서 이광수의 〈사랑〉을 읽었다. 마당가에 피워놓은 모깃불이 사그러드는 여름밤을. 밀려오는 잠을 쫓으며 하이네의 시를 읽었고 월탄의 〈삼국지〉를 읽었다. 읽다가 나도 몰래 책 속에 얼굴을 묻고 잠이 들면 어머니가 와서 장롱 속에 든 베개를 꺼내 내 머리에 베어 주고 삼베 이불을 꺼내 내 어깨에 덮어 주었다.

그러기에 지금도 나는 민속박물관 같은 데에 가면 베틀이나 물레 앞에서 쉬이 발걸음을 옮기지 못한다. 베틀에는 아직도 내 어머니의 베 짜는 바디 소리가 들리는 듯하고 물레에는 할머니의 실 잣는 손잡이 소리가 들리는 듯하기 때문이다. 개울가 목 백일홍이 빨간 꽃을 피우면 아이들은 검둥이가 되어 가재를 잡고 나는 버드나무 아래서 팔베개를 하고 하늘을 바라보거나 가보지 못한 먼 곳을 향해 휘파람을 불었다.

때마침 석양 무렵이라 사라지는 노을을 등지고 노란 호박 꽃이 피어 있어 그것을 보는 순간 나는 가슴에 울컥 치미는 향수를 억누를 길이 없었다.

여름이면 나의 시골집은 온통 호박덩굴로 덮여 있었다. 낡고 보잘 것 없는 초가지붕이든 부잣집 웅장한 담장이든 가리지 않고 빈틈없이 덮어 주는 그 싱싱한 잎의 고마움이며 소원을 함께 하겠다는 소박한 농촌의 후덕한 인심과 정서를 대표할 만했고 가을이면 양팔로 감싸 안을 호박이 돼지 지붕이 찌그러질 정도로 군데군데 자리 잡고 있는 것을 보면 비록 가난한 농촌 살림살이지만 그렇게 풍성할 수가 없었다.

생명이 없는 꽃도 사람의 눈이 닿으면 파닥이는 꽃이 되어 향기를 갖는 것처럼 보인다.

꽃의 신비.

난초

친구와 함께 초대받은 집에 갔을 때의 일이었다. 초대한 분이 여러 종류의 난초를 키웠는데 바로 그날에 건 난 하나가 한창 피고 있었다.

그래서 내가 그 댁에서 난초를 처음 볼 때에 계속 구경하면서 감탄을 그치지 않았다. 얼마 후에 그 댁에서 연락이 왔다. 화분만 준비하면 난초 하나를 주겠다는 반가운 소식이었다. 속으로 '우리 집에서도 그렇게 훌륭한 꽃이 피게 되는구나!'라고 생각하면서 뛰어나가 화분을 사가지고 뛰어갔었다.

비로소 난초에 대해서 알게 되었다. 난초를 줄 때는 분갈이 할 때 주는 것이라고 한다. 친히 난초를 곱고 세련된 화분에서 내가 가지고 온 울퉁불퉁한 화분으로 옮기는 동안 그 친구 분은 쉬지 않고 말하고 있었다. "아이고, 이렇게 주게 돼서 영, 속이 좋지 않은데…, 어떻게 남의 집에 보낼 수 있었을까?" 하는 식으로.

이렇게 난초는 쉽게 주는 선물이 아니다. 그 가치를 아는 사람이라야 줄 수 있는 것이지만 그래도 막상 주기에는 어렵다는 문제가 따른다.

난초를 키우는 방법도 인간의 경우와 비슷한 점이 많다. 인간생활에 속하고 있는 가장 중요한 자유 의식과 똑같이 난초를 귀중히 여기고 책임 있게 보존해야 한다. 식물 중의 귀족이라는 난초를 함부로 취급한다면 틀림없이 실패한다고 한다. 물을 너무 많이 주거나 적게 주면 잎에 검은 점이 생긴다. 난초는 바람이 잘 통하는 곳이 필요하지만 찬바람이나 너무 더운 바람에는 견뎌내지 못한다.

거름도 거의 주지 않는다. 햇빛을 직접 받지 말아야 한다. 여하튼 어려운 조건이 많다. 복잡한 재배 방법을 배운 다음에 난초를 우리 집으로 가지고 왔다. 그 때부터 매일 아침 환기를 해주고 며칠마다 적당하게 물을 주고 아기처럼 돌봐주기 시작했다.

과연 선비와 같이 물이나 안개만 마시고 깨끗하게 사는 귀족이로구나 하고 느끼게 되었다. 서화에서 볼 수 있는 아름다운 곡선의 잎, 기름진 깊은 초록색의 잎이 서재의 분위기를 한층 고상하게 만들었다.

약 3개월 동안을 이렇게 키웠다. 그러나 만족하지 못했다. 나의 성격이 너무 급해서 그런지 재배하기에 자신이 없어서인지 걱정하기 시작했다.

나는 무엇보다도 새싹이 나오기를 무척 기다리고 있었는데 조금도 달라지지 않았다. 그래서 난초를 준 친구에게 전화를 했다. 그는 나의 염려를 듣고 조용히 웃으면서 설명해 주었다. 난초가 죽어가는 것이 아니라 보이지 않는 힘을 뿌리에서 준비하는 단계라고 말한다.

과연 옳았다. 석 달쯤 더 지난 어느 날 아침 싹이 나기 시작했다. 이것은 분홍색의 싹이 되어서 처음에는 꽃대인 줄 알았다. 놀라운 것은 반 년 동안이나 가만히 있었던 난초가 너무나 빨리 변하기 시작했다.

매일 1cm 내지 2cm 정도 올라 뻗고 며칠 안에 일곱 송이의 벌레와 같이 생긴 꽃봉오리가 나와서 한 송이씩 피기 시작했다. 그림에서

만 화려한 꽃이 나의 방에서 피고 있다. 아침에는 그 일곱 마리의 날아가는 새와 같이 생긴 꽃대에서 달고 신비한 향기가 구름 위에 떠 있는 것처럼 달라졌다.

그 후 꽃이 하나씩 떨어지고 난초는 다시 잠이 들었다.

그런데 이번에 걱정스러운 일이 또 생겼다. 이파리 하나가 노래졌다. 이것이 다시 갈색으로 변한 다음에 또 하나가 죽은 상태로 걱정된다. 이번에도 무척 긴장된다. 그러나 친구가 난초의 숨어 있는 흠을 다시 지적하면서 가을 분갈이를 하라고 했다. 모래를 바꾸고 썩은 뿌리를 자르는 일이다. 난초를 화분에서 꺼낼 때 모래 속에 있는 새 싹 하나를 발견했다. 신나게 분갈이를 빨리 해 놓고 다시 심은 난초를 방에다 두고 새싹이 나올 것을 기다렸다.

그러나 그렇게 기다린 새싹이 죽었다. 잎도 두 개가 죽기 시작한다. 여기서 나는 우리 인간생활과 같다는 것을 느꼈다. 마치 난초를 거름이나 물을 많이 주어 속성재배를 못하는 것과 마찬가지로 자유를 강제로 강요할 수는 없는 것이다. 난초처럼 보이지 않는 힘이 그 뿌리에 항상 숨어 있다. 그 훌륭한 꽃은 언젠가는 피게 된다.

지금은 한겨울이다. 정원엔 잔디가 노래지고 상록수만 잔디 위에 파랗게 남아 있다. 상록수 밑에 딴 식물이 아직도 잘 살고 있다. 여름에 잔디 때문에 보이지 않던 잡초가 죽지 않고 있다. 내가 부지런히 잡초를 뽑지 않으면 잔디와 화초가 죽을 것이고, 난초를 꾸준히 보호해 주지 않으면 그 훌륭한 꽃을 보지 못할 것이다.

귀한 것은 그것을 위해서 반드시 그 댓가를 내야만 가질 수 있는 것이다.

선인장

지극히 호박꽃을 비하는 말에 「호박꽃도 꽃이라고…」

호박꽃은 고향의 꽃이다. 잎새 밑에 부끄럽게 숨은 애동호박은 햇볕에 등을 그을린 내 어릴 적 친구들을 떠올리게 하고 벌이 잠든 호박꽃은 밤나무 아래 매여 있는 황소의 울음을 떠올리게 한다.

황소의 금빛 울음, 호박꽃 핀 한낮, 보리 익는 황톳길, 정오의 사이렌 소리, 호박꽃은 그런 그리움으로 아직 내 가슴에 남아 있다. 누군가가 내게 그리움의 색깔을 말하라면 서슴지 않고 호박꽃 핀 한낮의 금빛 색깔을 말한 것이다.

선인장도 꽃으로는 인기가 없다. 다만 꽃이 갖추어야 할 뒷맛이 있어 선인장(仙人掌)을 신선초(神仙草)라 부른 우리 선조들의 높은 점수에는 그럴 만한 이유가 충분하다.

선인장은 생김새가 서민적인 것이 좋다. 아무렇게나 생겨진 모양이 만만하다. 구조가 단순해서 마음의 부담이 되지 않는다.

생김새와 같이 둔하디 둔한 생태도 마음에 든다. 이틀이고 사흘이고 물 한 방울 안 주어도 시든다거나, 풀이 죽는 일이 없다. 때로는 살았는지 죽었는지를 판단할 수 없을 정도로 표정이 없다. 성장도 더

디다. 기온·습기 등에 대한 반응도 무디다. 워낙 생김새가 볼품이 없으니, 해충도 별로 덤벼들지 않고, 갑자기 변덕을 부려 사람을 당황하게 하는 일도 없고, 아양을 부리며 눈을 끌려고도 않는다. 어느 모로 살펴도 대륙적이다. 그러나 조심성 있게 살피면 단순한 것 같으면서도, 단순에 그치지 않는다.

두터운 살에는 열대지방의 따가운 햇살에도 견디어 온 굳은 의지가 숨겨져 있다. 깊숙이 파여진 고랑에는 고원성 식물의 늠름한 기개가 간직되어 있다.

아무렇게나 생겨진 모양 속에는 오랜 세월을 지나며 만난을 극복한 끈질긴 인내력이 도사리고 있다. 선인장을 샤보덴이라고도 하고 캑터스라고도 부른다. 그리스어의 「상처를 입히다」에서 불리는 학명은 온몸에 철조망을 둘러싼 가시의 만만찮은 위력이 엿보여서 자중자애의 살뜰한 의욕을 탓할 수는 없으나, 그리 좋은 인상을 주는 이름은 아니다.

선인장이니 패왕수(覇王樹)라 명명한 중국인의 혜안(慧眼)이 역시 큰 나라의 풍모가 엿보여 좋다. 포르투갈 말인 샤본덴(비누)에서 연유한 샤보덴이란 이름은 마야 문명과 관련이 있음을 알리는 말이라 하여 역사를 더듬는 데는 참고가 될지 모르나 구미가 도는 이름은 아니다.

신선초(神仙草)라 부른 우리 선조들은 지나치게 인심이 후하고 실없이 좋은 민족성이 비치어 그럴 듯하다는 수긍은 가지만 아무래도 과대평가한 것 같다.

그리스의 건축물의 웅장한 모습이 선인장의 모습에서 착상되었다는 근거를 따질 것도 없이 사막에 무성한 선인장의 숲은 정말로 감탄하지 않을 수 없는 입체미다.

　밤과 낮, 여름과 겨울을 가리지 않는 듯 하면서도 절정이 있다. 바위등걸 같은 두툼한 둥치 한 부분이 아무렇게나 불쑥 솟아나거나 비죽이 뻗어난 끝에 어느 꽃나무도 피워 보지 못한 숭고한, 요염한, 정묘한 꽃 한두 포기를 피울 줄 아는 얄미운 뱃심에는 경탄하지 않을 수 없다. 꽃 속에 영글어져 있는 유현한 신비성, 짙은 향기와 원색의 정치한 배색, 연연한 기품, 볼품없는 둥치를 대목으로 한 탓에 더욱 돋보이는 의젓함에는 놀라지 않을 수 없다. 더구나 꽃의 단명이 뒷말이 있다.

　꽃이 갖추어야 할 당연의 모습을 아낌없이 보여 준다.

　「가장 화려할 때 갈 줄 아는 슬기」 선인장 꽃이 은은하게 풍기고 있다.

　단명한 탓에 여운이 좋다. 가야 할 때 미련 없이 가버린다. 애착이니 미련 따위 남을 터전이 없다. 천하디 천한 둥치 속에 깊숙이 숨겨져 있는 고귀한 의지다. 멕시코를 본적으로 한 이색종이면서도 까다로움이나 거드름을 피울 줄 모르는 지극히 만만한 서민적인 존재다.

가꾸며 꽃피우기

요즘 나는 아침마다 뜨락 화초밭에 나와 엎드리기만 하면 시간 가는 줄을 모르게 된다. 뽑아도 뽑아도 돋아나기만 하는 잡초! 새로 나오는 여린 잎에 엉겨 붙는 진딧물, 그리고 꽃잎을 마구 갉아 먹는 벌레와 굼벵이, 이런 것들을 약을 뿌려 잡고 하다가 보면 어느새 해가 돋고 약속시간이 바쁘다.

새벽잠이 없는 나는 먼동이 트기가 바쁘게 뜰에 나선다.

밤새껏 밀폐되었던 방안 공기를 벗어나 온 마을이 닫아 건 채로 기척 없는 고요 속에 조용히 보랏빛으로 열리는 동녘 하늘을 우러러 보면 무언가 거룩한 것으로 가슴은 가득해지고 상긋한 풀냄새가 이슬 머금은 잔디의 푸르름에 생각을 적시며 뜰에 손질을 하는 동안 마음은 절로 기도처럼 정결해진다.

화초를 가꾸는 것은 어린애를 기르는 것만큼 성가시고도 다채롭다.

씨를 뿌리고, 모종을 옮겨 심고, 날마다 물을 주고, 때맞추어 거름을 주고 순을 따 주고, 가지를 쳐주고, 비바람에 넘어지지 않도록 받침대를 세워 주고, 꺾꽂이를 하고, 적기에 씨를 받고, 구근을 파내어

보관하고 등등….

게다가 병을 앓으면 치료를 해주고 넝쿨지는 종류는 사다리를 만들어 올려주고, 꽃의 빛깔과, 피는 시기와, 키의 크고 작음에 맞추어 심을 자리를 생각해야 하고, 때로는 시상(詩想)을 다듬듯 수를 놓듯 알뜰하고 섬세한 애정과 헤아림을 기울여야 한다.

화초는 기르는 이의 애정에 따라 그 보답이 달라진다.

많이 보살피면 곱게 피어 주고, 함부로 버려두면 고아처럼 남루해진다.

나는 화초들에게서 무수한 목숨의 자세를 배우고 거기서 자아(自我)를 찾기도 하고, 시(詩)와 애정을 듣고 느끼기도 한다.

그 다채로운 빛과 향기에서, 그리고 낙화의 모습에서 배운다.

황홀하도록 강렬한 빛과 향기로 활활 타고 있는가 하면 금시에 주루룩 궁성이 무너지듯 쏟아져 내리는 장미와 모란의 낙화!

퇴색한 꽃잎이 끈덕지게도 가지 끝에 매달려 흔들리다 흔들리다 결국 떨침을 당하듯 시들은 모가지를 동댕이쳐 떨어지는 무궁화의 집착스러운 낙명(落命)!

그리고 처절하도록 맑고 찬 꽃송이를 물위에 떠올렸다가 마치 옷깃을 여미듯 낡은 매무새를 접어 고스란히 물속으로 가라앉는 흰 수련의 서릿발 같은 종언(終焉)!

저마다 생태를 달리한 낙화를 바라보며 나는 내 자신의 임종을 생각해 본다.

통곡처럼 터뜨려 보라는 장미의 추근거림도, 체념으로 다스리는 수련의 미소도 정말 어느 쪽으로 나는 귀를 기울여야 할 것인가?

날마다 화초들에게 손과 마음을 잡혀 지내느라고 나는 요즘 원고지를 메꾸고 글 읽기에 게을러져 가고 있다.　세상에 어떠한 노래 어떠한 글로써 한 떨기 꽃의 고움을 표현할 수 있을 것이며, 그 생명의 신비로움을 풀이 할 수 있을 것인가?

　그것들을 있게 한 높고 먼 뜻을 찬미할 수 있겠다는 말인가?

　가만히 화초들을 바라보고 있으면 그것들의 도란거리는 얘기 소리가 수런수런 향기 속으로 가슴에 전해오고, 나는 또 미소로써 그것들의 얘기에 화답을 보내기도 한다.

　진실로 이 천지 속에는 아름다운 정기가 가득히 차 있어 그것이 초목에 붙으면 꽃으로 피어나고, 하늘에 날아오르면 별빛으로 돋아나고, 청춘에 깃들면 사랑으로 개화하는 것 아니겠는가!

　게다가 앞뒤 산천이 이렇듯 청청한 계절을 청승맞게도 뻐꾸기를 그 숲에 울리게 하신 창조주의 오묘한 구도를 노래하기엔 나의 무딘 펜 끝은 한 떨기 풀꽃에 미치지 못할 것이다.

　나는 묵묵히 꽃이나 가꾸며 살고 싶다.

　한 알의 씨앗 속에 깃든 그 아름다운 정기를 내 애정을 쏟으려 꽃 피워 보고 싶어진다.

　풍만한 대지 속에 묻힌 다사로운 애정을 알맞은 씨앗을 심어 무르익게 하고 싶다. 그리하여 이 천지 속 우리의 둘레가 얼마만한 고움과 애정에 감싸여 있는가를 꽃을 통하여 노래하고 싶어진다.

　원고지를 메우는 언어의 절규만이 예술일 수 없을 것이다.　호미로 가꾸는 나의 아름다운 꽃송이들은 형태를 달리한 나의 작품이요, 내 생명의 자세이기 때문이다.

뜰을 가꾸며 뜰과 더불어 요즘의 나는 무수한 생명의 소리와 몸짓을 배우고 있다.

2
까치밥

까치밥

　가을에 감을 따 들일 때 가지 맨 끝에 감 몇 개를 남겨두는 풍습이 있다. 이 감을 까치밥이라고 한다.

　이 까치밥이 단풍이 든 잎새와 함께 달려 있을 때에는 그저 무심코 남겨진 한 개의 감일 뿐이다. 사람의 눈길에 별로 띄지도 않는다.

　그러나 가을갈이가 끝나고 서리를 맞혀 무 배추도 거둬들이고 볏 가리를 쌓아뒀던 뜨락에 감나무 그림자가 싸늘하게 깔려질 무렵이 되면 어느새 까치밥은 앙상한 가지 끝에 외롭게 매달려서 향수처럼 빨갛게 익어 있다.

　지난 늦가을 무슨 일로 소백산 골짜기까지 갈 기회가 있었다. 덜거 덕거리는 버스가 산허리를 굽이돌 때마다 차창 밖으로 펼쳐지는 낯 설은 시골 풍경은 새로운 감회를 일깨워 주곤 해서 다섯 시간이나 타고 가는 찻길이 지루한 줄을 몰랐다.

　산기슭에 옹기종기 모여 앉은 나지막한 지붕 위로 쭉쭉 뻗어 있는 앙상한 감나무 가지에 빨갛게 매달린 까치밥이 눈앞을 스쳐갈 때면, 괜스레 어린 시절의 고향이나 찾아가는 듯 가슴이 설렘을 느낀다.

　허술한 산촌 주막에 여장을 풀고 곧장 감나무를 찾아 나섰다. 거추 장스러운 잎새를 훨훨 털어 버리고 양지바른 산비탈에 알몸으로 무리지어 서 있는 감나무들, 어떤 것은 거목으로 자라서 하늘을 떠받고 더러는 두 길이 겨우 넘는 앳된 것도 있었다. 저마다 나름대로 달고 있는 까치밥은 부서지는 석양빛을 받아 유난히 빨갛고 아름다웠다. 그러나 가까이에서 머리를 들어 가만히 살펴보면 아기의 볼처럼 탐스럽고 투명한 까치밥 껍질에도 가느다란 생채기가 드러나 있다. 서리와 눈비를 맞아가며 입동을 넘기고 나면 까치밥은 이지러지고 주름 잡혀서 늙으신 어머니의 입 언저리를 닮아가는 것이다.

해가 지면 산골의 밤은 땅거미가 없이 기습해 온다. 고요한 어둠 속에서 명주실 오라기같이 맑은 개울물 소리를 들으며 돌아오는 길에는 내 고향 옛집 뒤뜰에 서 있던 그 감나무의 까치밥이며 같이 자란 동무들의 그리운 모습이 눈앞에 엇갈린다.

까치밥은 향수의 열매라고 할까. 의지할 고향을 잃어버린 현대인에게는 어쩌면 까치밥이 마음의 고향일지도 모른다. 가을이 돌아선 길목에서 가을 한 자락을 붙들고 풍성했던 가을에의 미련이 못내 아쉬워 빨갛게 영글어 가는 까치밥.

까치밥은 흙냄새가 물씬거리는 농촌의 소박한 멋이요 풍류이기도 하다. 나는 까치밥을 보면 농사짓는 사람들의 마음의 여유와 흐뭇한 인정을 느끼게 되고 방랑 생활에서 고향으로 돌아온 것처럼 마음이 차분해진다.

까치밥은 까막까치의 연약한 부리에 쪼아 먹히는 인연으로 하여 항시 그 주변에는 아름다운 전설이 따르고 낭만이 깃든다.

철이 갓 들었을 때 어머니 무릎에서 듣던 옛이야기가 문득 머리를 스친다. 7월 7석 날 밤에는 견우직녀가 오작교에서 눈물의 해후를 한다고 했다. 그 사랑의 가교를 까막까치들이 지상의 풀잎과 흙 그리고 나뭇가지를 입으로 물어다 나르고 머리 위로 담아 날라서 정성껏 지어 준다고 했다. 7월 7석이 지나고 보면 까막까치들의 머리 정수리에 털이 빠지고 팔팔한 기상이 보이지 않은 까닭이 이에 연유한다고 했다. 지친 몸으로 돌아온 그들은 늦가을이 되어서야 까치밥을 파먹고 비로소 힘을 회복한다고 했다.

가을이 가면 농촌의 한 해는 저물고 무엇인가 막연히 기다려지는 마음이 있다. 어쩌다 조용한 이른 아침에 까치가 와서 깍깍 울면 온 집안 식구는 저마다 설레는 가슴으로 기쁜 소식이나 반가운 일을 기다리게 된다.

물을 길어오던 새댁은 일자리를 찾아 도시로 나가 있던 낭군이 설빔 옷감이며 진귀한 화장품을 사들고 석양 무렵에 사립문을 밀어 불쑥 들어서지나 않을까 온종일 가슴을 조이고 뜨락에 깔린 낙엽을 쓸고 있던 할아버지는 멀리 떨어져 살고 있는 큰아들이 아들을 낳았다는 소식을 보내올 듯싶어 허리를 펴고 며느리를 생각해본다. 까치 소리를 듣고 방비를 든 채 마루에 나와 선 할머니는 시집간 딸이 외손녀를 등에 업고 호개떡을 양손에 들고서 돌담길을 걸어 들어올 것만 같아 눈시울이 젖어든다.

한 알의 감을 나뭇가지에 달아 두고 까치를 불러들여 수시로 깍깍 소리를 듣고 싶어 하는 순진하고 안타까운 농부의 그 심정이 까치밥이란 정다운 이름을 만들어 냈나 싶다. 그러나 생각해 보면 까치밥은 풍류나 멋으로만 남겨 둔 마음의 사치도 아니고 까치의 울음소리로 하여 앉아서 기쁜 소식만 기다리기 위한 것은 더욱 아니다.

까치밥은 기도와 소망의 열매!

단테의 「지옥문」에는 「여기에 들어오는 자는 일체의 소망을 버릴

지어다.」 사실 소망이 없는 곳은 지옥이요 소망을 지니지 못한 자는 죽은 것이다. 그러나 따지고 보면 얼마나 많은 사람들이 소망을 저버리고 살아가고 있는가.

항상 부족한 마음을 채우려고 애태우며 허덕이는 욕망은 있어도 한 알의 씨앗을 심고 알뜰히 가꾸어서 보람의 열매를 얻어 보려는 간절한 소망을 지니지 못한 사람이 우리의 주변에는 얼마든지 있지 않은가.

종교는 있어도 기도는 없고, 저주할 줄은 알아도 감사할 줄은 모르며, 향락은 바라면서 희열과 감격을 모르는 이 슬픈 풍토가 나의 가슴을 허물어뜨리고 번져 들어오는 날 나는 마음의 창가에 빨간 까치밥을 달아 두리라.

까막까치의 밥이 되어 상처투성이로 쭈그러든 까치밥은 차가운 북풍이 휘몰아치는 어느 날 땅 위 어딘가에 떨어져서 새로운 또 하나의 질서를 위하여 조용히 그 자취를 감출 것이다.

배냇저고리

옛날 과거를 보러 가거나 큰일을 하러 갈 때 갓난아기가 입던 배냇저고리를 몸에 지니고 가면 행운이 와서 과거도 급제하고 큰 뜻도 이뤄진다고 했다.

그래서 예전 어머니들은 아기를 잉태하게 되면 몸을 풀 때를 짚어서 철에 맞춰 올이 고르고 가는 하얀 무명베나 폭신한 담 또는 외올베를 겹으로 접어서 배냇저고리를 정성들여 만들었다. 그것도 부정을 타지 않게 택일을 해서 새 가위로 오려 내고 새 타래의 분사 실을 뽑아 새 골무를 끼고 바느질을 했던 것이다. 그리고 이 배냇저고리를 지을 때의 모습은 스스로 짓거나 친정어머니 혹은 시모님이 짓거나 간에 한결같이 기도의 자세였다.

꿰매는 바늘 한 땀마다 소망이 맺히고 꿈이 서려 한없는 정한(情恨)이 실오리마다 누벼져 갔다.

아기가 자라서 배냇저고리를 벗게 되면 장롱 속에 깊이 넣어두고 오래오래 간직했다. 아기의 비릿한 체취가 스며 있는 이 배냇저고리가 장롱 속에 한번 들어가면 이미 베 조각으로 만들어진 한갓 아기 옷이 아니라 아기의 밝고 빛나는 장래를 염원하는 어머니의 뜨거운 기도로 승화되는 것이다.

지금은 이런 것들이 어쩌면 부질없고 우스운 일 같기도 하다. 천으로 만들어진 배냇저고리가 무슨 신통력이 있어 행운을 가져다 준단 말인가. 달 속의 계수나무를 옥도끼·금도끼로 찍어 내고 다듬어서 초가삼간을 지어 양친 부모를 모셔 놓고 천만년을 살고지고 노래하던 달나라의 신비와 낭만이 사람의 발자취로 허망하게 부서진 오늘에 있어서랴. 그래서 요즘 젊은 어머니들은 배냇저고리 같은 것엔 관심도 흥미도 없다.

　물론 배냇저고리 그 자체가 신기하거나 귀중한 것은 결코 아니다. 다만 그것을 십년, 이십년 고이 간직해 뒀다가 큰 뜻을 안고 처음으로 어머니 곁을 떠나는 아들의 품속에 넣어 주는 그 순수한 정성이 무엇보다 거룩하다는 것이다. 배냇저고리를 고이 간직하고 고달프게 살아가는 어머니의 그 간절한 소망의 자세는 차라리 종교보다 성스럽다.

　배냇저고리는 어머니의 비원(悲願)이 담긴 모정의 보금자리다. 무릇 모정에는 동서고금이 따로 없다. 그러나 모정의 자세는 다를 수가 있다. 한 생명의 잉태를 하늘이 점지해 주는 것이라고 믿는 것과 단순히 부부 사이의 사랑에 의한 결과라고 생각하는 것과는 관념부터가 다르다.

　세상에 태어날 아기를 위해서는 아무리 살기가 힘들어도 넉넉하면 그런대로 저마다 꿈을 지니고 배냇저고리만은 새 것으로 직접 만들어 두는 정성과 필요할 때 백화점에 가서 마음대로 살 수 있다는 사고와는 그 모정의 격이 다르다.

　옛 어머니들의 생활은 아기를 포태하는 날부터 마지막 순간까지기도가 떠날 날이 없었다. 아기를 잉태하게 되면 부정한 것은 생각하지도 말도 함부로 하지 않았다. 몸가짐을 단정히 거동을 함에 몹시 마음을 썼다. 방 모서리에 앉고 눕지도 않았거니와 흠 있는 과일은 먹지도 않았다. 아기가 태어나면 대문에 금기 줄을 쳐놓고 집안 식구는 물론 이웃까지 근신해 줄 것을 바랐다. 아기의 안녕을 위해 날마다 삼신할머니를 섬기는가 하면 자식의 수복을 위하는 길이라면 신불(神佛)은 물론 높은 산, 깊은 강, 심지어 큰 바위, 고목에 이르기까지 공을 들였다.

생각 얕은 어설픈 합리와 깊이 없는 알량한 지성(知性) 때문에 무지의 소치, 미신의 소행이라고 고개를 돌린다면 그것은 모성의 상실을 고하는 슬픔이다.

배냇저고리는 현대 여성에겐 향수가 깃든 모정의 거울이요 고향이다. 아기에게 모유를 아끼고 우유를 먹이는 어머니, 자녀 교육은 사교육에 의지하는 어머니, 시험을 치러 가는 자녀에게 따뜻한 도시락을 싸 주는 대신 싸구려 강장제 음료수나 사서 주고 잡비나 주는 것으로 만족해하는 어머니, 이런 어머니들에겐 배냇저고리는 아무 의미가 없다.

배냇저고리는 어머니의 기도! 문득 어린 시절이 뇌리를 스친다. 중학교 입학시험을 치르려고 읍내로 가야 했던 그날 아침 어머니는 새벽 같이 일어나 정화수 한 그릇을 소반 위에 떠놓고 여명의 동녘 하늘을 우러러 천지신명께 아들의 장도를 두 손 모아 빌었다. 십여 년간이나 소중히 간직해 뒀던 배냇저고리를 비로소 꺼내어 나의 속옷에 꿰매 주시었다. 언제 빚었는지 김이 번지는 찹쌀떡을 입에 넣어

주시며 합격을 빌던 어머니. 어머니는 이미 타계하셨어도 어머니의 그 애절한 기도는 배냇저고리에 담기어 지금도 내 마음의 창가에 걸려 있는 것이다.

등에 찬바람을 느끼며 미수(米壽)를 바라보는 연륜에 돌아가신 어머니를 그리는 것은 당신이 지어주신 그 배냇저고리가 모정의 위대한 유산으로 내 마음속에 남아 있기 때문이다.

어머니 생각

올해가 윤달(閏月) 들은 해여서 어머니 산소를 옮겨드려야겠다고 계획 하노라니 어머니 생각이 더욱 간절하다.

따뜻한 봄날 어머니는 내 손을 잡고 뒷산 넘어 밭으로 갈 때면 으레 들려주시던 노래나 이야기가 참 재미있었다.

「새야 새야 파랑새야」 노래를 들려 주셨고 「효성이 지극한 왕상은 얼음을 깨고 잉어를 잡았었다」는 이야기를 들으며 걷다 보면 어느새 뽕나무 밭에 이르게 된다.

뽕나무 열매인 오들개를 따면서 맨 먼저 딴 것은 할머니 것, 두 번째 건 아버지 것, 세 번째건 어머니 것, 맨 마지막 딴 것은 나 먹고, 이렇게 중얼거리며 오들개를 어머니 입에 넣어 드리면 나를 꼭 껴안으시고 귀엽다고 어쩔 줄 몰라 하시던 어머니 모습이 지금도 눈에 선하다.

6월이 오면 어머니께서 밭에서 김을 매는 모습이다. 머리 위에는 옥수수와 수수가 높이 자라 있고, 얼굴 부분에는 깨가 고개를 쭈빗 들고 있으며, 목 부분에는 까실까실한 콩잎이 따갑고, 발아래는 무와 고구마가 누워 있다.

머리 위부터 발아래까지 온갖 곡식에 둘러싸여 있어 바람 한 점 지나가지 못하는 그곳에서 어머니는 얼마나 땀을 흘렸는지 나는 모른다. 머리에 두른 수건으로 목덜미를 훔치고 훔치다가 나중에는 수건을 비틀어 물을 꼭 짜내는 모습을 간간이 보았을 뿐이다.

늘 이런 의문이 있었다. '꼭 저렇게 김을 매야 하나', '그냥 두었다가 나중에 한꺼번에 매면 안 되나', '대충대충 매어도 될 걸 꼭 저렇게 꼼꼼히 매어야 하나', '잡초만 뽑아내면 되지 왜 호미로 흙을 꼭 저렇게 드럭드럭 긁어놓아야 하나', '밭만 매면 되지 왜 가장자리 언덕의 풀까지 쳐내야 하나' 하는 것이 어린 나에게는 큰 의문이었다.

아침에는 이슬에 젖고 해가 져 어두워질 때까지 '꼭 저렇게 종일 밭에서 일해야만 하나'가 어린 나에게는 불만이었다.

7~8월 한여름에는 아침저녁 나절에만 밭일을 한다. 너무나도 무더워서 밭에 들어갈 수가 없기 때문이다. 그러나 6월에는 종일 밭에서 일을 한다.

시름 밭 다 매면 꽃밭 등 큰 밭으로, 꽃밭 등 큰 밭 다 매고 나면 고랑 밭으로, 고랑 밭 다 매고 나면 집 뒤 작은 텃밭으로 허리 한번 쭉 펴지 못한 채 뒤뚱뒤뚱 걸어가 또 김을 맨다. 내 사랑하는 어머니는 밭만 매다가 돌아가신 것 같다.

가을이나 겨울철의 밤이 되면 어머님의 「혹 뗀 이야기」, 「한석봉」 등 옛이야기를 듣다가 잠들곤 했다.

연분홍 복사꽃이 만발하고 아지랑이가 가물거리는 뒷동산에 올라보면 논둑가에서 쑥을 뜯거나 씀바귀를 캐던 어머니의 모습은 참말로 보기 좋았다.

쑥을 뜯어 오신 다음엔 디딜방아나 절구통에다 쌀을 빻아 쑥떡을 밤늦도록 만들어서 아들 친구들에게 나누어 주신 어머니의 헌신적인 사랑은 두고두고 생각이 난다.

어느 해 가을에 법주사엘 갔었는데 절 문 옆에 염라대왕인지 인왕상인지 사천왕인지는 알 수 없지만 죄지은 악인을 발밑에 누르고 괴로움을 주는 것을 설명해 주시던 어머님의 말씀은 어린 시절의 감동적인 교훈이셨다.

대웅전의 향불의 흰 연기가 뭔지 모르게 이상한 감회를 품게 했었지만 그보다도 향내가 가슴속에 스며들어 있는 듯하여 숨을 깊이 들이쉬었던 기억은 아직도 생생한 정신적인 느낌에서다.

달 밝은 밤이면 으레 마당에 깔아 놓은 명석 위에 앉아 참외나 수박을 먹으면서 「달아 달아 밝은 달아… 양친 부모 모셔다가 초가삼간 집을 지어 천년만년 살고지고」라고 노래를 따라 부르다가 바로 어머니와 합창으로 이어졌다.

천년만년 사실 줄 믿었던 어머니는 73세로 내가 지은 초가삼간도 보시지 못하고 돌아가셨다. 나야말로 말 안 듣던 청개구리가 냇가에다 어머니의 무덤을 모시고 마지막 효도를 하겠다는 노력이 헛된 것임을 깨닫고 후회하는 꼴이 되어버렸다.

맛의 향수

 시원한 계절은 가을이다. 그러나 농도 짙은 시원함은 가을의 속성이 아니라 무더운 여름 속에 있는 것이다. 이것은 역설이 아니라 하나의 사실이다. 무거운 짐을 지고 가다가 나무 그늘 밑에서 잠깐 쉬거나 보리타작 마치고 툇마루에 앉았을 때 그런 시원한 바람을 맛볼 수 있는 것이다. 「처녀 죽은 바람」이라 불리는 이 바람은 땀에 흠뻑 젖어 있는 사람을 찾아 가슴을 쓸어주고 폐부까지 어루만져 주며 시원함의 참다운 것이 어떤 것인가를 알게 해준다.

 산이 높고 험준할수록 그것을 정복한 기쁨은 크고도 절실하다. 그러나 매양 높은 산악지대에 살고 있던 사람들은 낮은 평지에 내려왔을 때 더 큰 기쁨을 맛보게 된다.

 만족이란 어떤 절대적인 경지가 아니고 부족함이 충족되는 한 상태다.

 「얼음 위에 댓닢 자리 보아 임과 나와 얼어 죽을망정 정둔 오늘밤 더디 새오시라」라고 노래한 「만전춘(滿殿春)」의 작자는 빠짐의 대상이 '자리'가 아니고 임이었기에 그것이 충족되는 밤은 얼음 위의 댓닢 자리도 만족일 수 있었을 것이다.

 「시장이 반찬」이라는 말이 있다. 같은 음식이더라도 먹는 자의 분위기에 따라 그 맛은 달리 느껴지는 법이다.

「쓴 나물 데운 물이 고기도곤 맛이 있데」 – 정 철 –

「아히야 탁주 산채일망정 없다 말고 내어라」 – 한 호 –

같은 나물이더라도 한 분은 「고기도곤」이요 다른 한 분은 「산채 (山菜)일망정」이니 정철의 것은 제격이요, 한호의 것은 대용이다.

돌이켜보면 내 지난 평생은 어떤 요행을 바라거나 모험을 감행함이 없이 그저 밋밋한 민둥산을 걸어 오르듯 단조롭고 평이한 생활을 해온 것 같다. 급작스런 횡재나 비약은 없었지만 어떤 의미로든지 옛날보다는 나은 조건에서 오늘을 살고 있다. 옛날 이맘 때 같으면 오지랖이 말려 올라 배꼽이 드러나기가 예사이던 무명옷을 입고 밥알이 몇 알 뜨는 쑥국을 들이마시며 이와 벼룩이 들끓던 초가에서 잠을 자던 신세였지만 지금은 양복을 입고 기름진 음식을 먹으며 푹신한 침구 속에서 단잠을 잘 수 있게 되었으니 말이다.

그러나 나는 가끔 맛에 대한 향수를 느낄 때가 있다. 식당이나 주점에서 밥을 먹고 술을 마실 때 나는 옛날 그보다 훨씬 못한 음식에서도 맛볼 수 있었던 그런 깊고 순수한 맛을 느끼지 못하는 것이 여간 허전하고 서운하지가 않다. 시래기죽을 주식으로 먹으며 땔나무를 하러 산을 모르내릴 때, 기껏 소나무 껍질을 벗겨 물을 빨고 칡이나 캐어 먹는 것이 간식의 전부로 알던 내 어린 시절의 간절한 식욕은 어떤 것이었던가?

갈치 살찐 토막이나 구워놓고 밥을 배불리 한번 먹어 봤으면 했던 것, 그 위에 더한 사치가 있었다면 잔칫상 위에 자주 놓이곤 하는 삶은 계란 까놓은 것을 언제 한번 실컷 먹어 보았으면 하는 것뿐이었던 것 같다. 그래서 그런지 갈치 구운 것은 지금도 좋아하고 다방 같은 데서도 '완숙'을 즐겨 시켜 먹거니와 장가들던 날 큰 상을 받고도 그 첫술에 삶은 계란을 집었을 정도였으니까.

나는 탐탁지 않게 생각하는 것 두 가지를 빼고는 음식 가리는 것은 없다. 그 두 가지란 하나는 '국밥'이요 다른 하나는 '콩자반'인데 국밥은 매양 죽만 먹어야 했던 내 어릴 적 가난이 죽을 떠올리게 하는 것이고 콩자반은 먹든 말든 끼니마다 밥상에 놓인 하숙집 아줌마의 단조로운 식탁 메뉴에 질려 버린 탓이다.

예닐곱 살 때 계란 껍질 속에 쌀과 물을 넣어 「꾼밥(군밥)」을 해먹던 것도 맛의 추억이고 살코기 한 점이라도 더 든 국그릇이 어느 것일까 눈총을 쏘던 신병 훈련소 시절의 설익은 쇠고기 맛, 소주 한 병을 사이에 두고 서너 명이서 오징어 발을 빨던 대학 시절의 술맛도 진미중의 하나로 꼽을 수 있다. 그 시절 시장이 반찬의 미각을 돋우었다.

잘 먹어 오래 산다면야 진시황이 장생불사를 못했을 리가 없다. 주린 자에겐 음식에 꿀맛이 따르고 배부른 자에겐 식상(食傷)함이 온다. 소박한 식탁에 깻잎이나 콩잎 절인 것, 콤콤한 냄새가 후각을 자극하는 젓갈, 그리고 오이나 파 마늘 등이 맛을 내어 그쪽으로 젓가락이 간다. 그리고는 맛의 향수에 젖는다.

손 글씨

편지가 왔을 때, 봉투에 쓰인 주소가 옛 친구의 낯익은 손 글씨이면 가슴이 두근거린다. 그를 만난 기분이다. 더구나 그 속에 담긴 글이 딱딱한 컴퓨터 글씨가 아니고 부드러운 손 글씨면 읽으며 가슴이 뛴다. 연하장이나 결혼식 초청장도 손 글씨면 느낌이 다르다. 그러나 봉투 주소도 컴퓨터 글씨, 봉투 속 굵은 인쇄한 글씨, 사인도 컴퓨터로 서명한 우편물이라면 보지도 않고 쓰레기통으로 던질 것이다. 요즘음 과연 몇 사람이나 손 편지를 쓰는가.

손 글씨는 마음의 표현이다. 정과 체온이 느껴진다. 그리운 사람에게 편지를 쓰다가 눈물이 묻어 다시 쓰고 또다시 쓴다는 시와 노래도 있지 않은가. 마음이 불안하면 떨려서 잘 써지지 않고, 안정되면 차분하게 예쁘게 쓸 수 있다. 손 글씨는 마음의 상태이고 손 편지는 그 전령(傳令)이다.

나는 손 글씨를 자주 쓴다. 손자들에게 편지 쓸 때, 친한 친구에게 편지 쓸 때, 크리스마스 카드나 연하장을 보낼 때이다. 특히 봉투 주소는 반드시 손으로 쓴다. 받는 사람은 금방 내 글씨를 알아보고 가슴 두근거릴 것이다. 결혼식이나 장례식장 방명록에도 천천히 공들여 이름을 쓴다.

혼주나 상주가 들춰볼 때 내가 예의를 갖추어 축하나 조의를 표하였다고 느낄 것이다. 중요한 서류나 영수증에 사인할 때도 낙서처럼 휘갈기면 교양 있는 사람으로 보지 않을 것이다.

모든 글의 초고를 손으로 쓴다. 그래야 머릿속 생각이나 논리가 정리되기 때문이다. 자판으로 긴 글을 쓰려면 처음에 생각한 여러 감흥이 제대로 풀려 나오지 않다가 손으로 써 내려가면 줄거리가 나오고, 연관된 느낌이 생각나고, 생각이 정리되면서 손끝과 펜을 통하여 글이 된다. 글자에도 하나하나에 혼이 있고 정신이 있는 법이다.

내가 중·고등학교 다닐 때는 주로 연필 아니면 펜으로 잉크를 찍어 필기했다. 한번은 국군 장병에게 위문 편지를 펜으로 써 보냈는데, 편지를 받은 군인이 휴가 때 내가 다니던 충청도 시골 중학교까지 고맙다고 인사하러 찾아온 기억이 난다. 정성껏 쓴 글이 마음을 끌었던 모양이다.

학생 때 연애편지를 써보았는가. 사모하는 마음을 정성들여 써 본 경험이 있으리라. 글자나 내용이 맘에 안 들면 찢고 다시 쓰다가, 그래도 맘에 안 들면 또다시 찢고 새로 쓰는 마음이 사모하는 마음이다. 내 친구 부부는 연애할 때 보내고 받은 편지를 거의 다 모아 두고 가끔 꺼내어 읽는데, 몇 십 년 전으로 돌아가 새로 연애하는 것 같다고 한다.

손 글씨에는 마음이 나타나고 여운이 숨어 있다. 정성껏 쓴 글에 쓰는 이의 무늬가 있고 향취가 있어 읽는 이의 마음을 움직인다. 컴퓨터로 쓴 편지를 읽는 것은 명화(名畵)를 책에서 보는 것과 같고, 오케스트라 음악을 인터넷 방송으로 듣는 것과 같다. 편지나 연하장

같은 개인적인 글일수록 손 글씨로 써야 한다.

짧은 글에 익숙해 긴 글 써본 경험이 적어 엉뚱하게 대필업체가 호황을 누린다고 한다.

장년층에게 '대필'이란 지금은 없어진 대서소(代書所) 혹은 연애편지 써주기를 떠올리게 한다. 돈만 내면 어떤 글이든 써준다. 자기소개서가 개중 많다. 탄원서 · 경위서 · 진술서 · 사과문 · 계획서… 없는 게 없다.

사직서도 대신 써준다. 어떤 남자는 아내에게 잘못을 비는 반성문을 대신 써 달라 맡겼다고 한다. 다행히 유서 대필 소리는 못 들었다. 대필 단골은 휴대폰 문자와 SNS에 길든 디지털 세대다.

대필은 자칫 실체적 진실이나 진짜 감정과 전혀 동떨어진 글을 짓기도 한다. 누군가 대신 써준 가짜 편지가 인간관계를 뒤튼다. 종류별로 A4 용지 한 장에 5만~10만원까지 여러 가지다.

작년에 OECD가 '문장 이해력과 수치 이해력'을 조사한 보고서에 의하면 일본은 고루 1위를 차지했고 우리는 문장 이해력이 평균보다 낮은 10위였다. 길고 논리적인 글에는 끙끙대다 손을 들고 만다. 마침 고려대 연구팀도 스마트폰을 일찍 쓸수록 중학 국어 성적이 떨어진다는 조사 결과를 내놓았다.

'문자질'이 하루 300건 넘는 SNS 세대는 텍스트 생산은 많지만 앞뒤를 잇는 컨텍스트에 약하다. 스마트폰 강국이 되면서 생긴 응달이다. 다른 나라는 대필업이 노인이나 장애인을 위한 특수 서비스다. 우리처럼 묻지마 대필은 없다. 아무리 논술 학원이 성업해도 스마트폰에 빠지면 문장력 끌어올리기가 쉽지 않다.

회사원 김모(34)씨는 유흥업소를 자주 다니다 아내에게 들키고서 "이혼하기 싫으면 반성문과 각서를 쓰라"는 주문을 받았다. 김씨는 대필 업체에 작성을 부탁했다. 그리고 자필로 옮겨 적었다고 한다.

SNS세대는 감정을 짧은 글로 즉각 표현하는데 익숙할 뿐 말을 재조립해서 논리적인 글을 쓰는 데는 약하다며 글은 쓸수록 느는 것인데, 자꾸 남에게 글을 맡기면 글쓰기 실력이 더 나빠질 수밖에 없다.

사랑은 연필로 써야 한다. 쓰다가 틀리면 지워야 하니까. 쓰고 지울 수 있다는 장점은 창의성과 연결된다. 잘못 써도 처음부터 다시 시작해야 하는 걱정할 필요가 없다.

연필을 깎으면 삼림욕하듯 나무 향을 들이마실 수 있다. 수건으로 항아리 닦듯 마음을 다스리는 시간이라고 할까. 좋은 필기류가 넘치는 요즘, 기록 도구로서의 연필은 무용(無用)한 듯 보일 수 있다. 한 번 쥐면 무아지경으로 뭔가를 계속 쓰고 그리게 하는 필기감이 스트레스 해소를 돕는다.

종이신문

우리 집 현관문 앞에는 새벽같이 제 둥지인 듯 찾아드는 것이 있다. 그건 신문이고, 햇수로 20년이 넘는다. 사무실에 가면 여러 신문이 있어서 대충은 훑어보아야 마음이 편하다. 신문마다 기사에 특성이 있고, 필진도 보수나 진보 성향 글로 구분된다.

그렇다면 내 성향을 따라 선택하는 게 좋겠다고 생각되는데 그냥 알찬 글이 많은 쪽을 택하기로 했다.

지나간 것은 모두가 그리움일까? 어느 날 문득 종이신문에서 맡아지던 알싸한 잉크 냄새 '사그락? 바그락? 사르락?' 새로 담근 햇김치 썰는 소리를 닮은 신문을 넘길 때 들리는 소리, 어둠이 채 가시지 않은 새벽 마당 한가운데 '투둑' 던져지던 신문, 간밤에 세상 구석구석에서 일어난 크고 작은 일들을 가득 담은 보따리를 괜스러운 헛기침과 함께 펼치시던 아버지, 그래 신문은 그리움이다.

보고 싶은 것만 클릭해 읽던 인터넷 신문의 편리함에 익숙해 잊혔던 종이신문을 구독해야지 생각하던 차에 아들이 "그럼 아버지 생일 선물로 신문 구독 신청해 드릴게요."라고 했다. 그 다음날부터 전자 소음에 밀렸던 종이신문과 만나는 일이 하루를 여는 첫 일과가 됐다.

아무리 좋은 선물도 며칠 지나면 금방 희미해지고 서서히 잊히는데, 신문은 매일 아침 새로운 선물을 받는 기분 좋은 느낌과 친구·친지가 쓴 글들을 매일 아침 읽는 기분이랄까. 단 한 번의 선물로 일년 내내 신선한 효과를 지속할 수 있는 이런 기막힌 선물이 또 있을까?

일일이 열거하기 번거롭지만 종이신문에는 인터넷 신문에서 찾을수 없는 매력이 차고 넘친다. 어느 집이나 가장 웃어른이 먼저 읽으시고 난 뒤 다른 식구들이 차례로 읽어 내려가던 내 어린 시절 흑백필름 같은 아련한 추억도 떠오른다. 신문은 이렇듯 자연스러운 가정의 위계질서와 함께 각자 자신을 가꾸고 성장시켜 준 텍스트였다. 기사를 오려 스크랩해 방학숙제로 제출하고, 다 읽고 난 신문은 물에불린 다음 풀과 섞어 공작품을 만들었고 습기 제거에도 더없이 좋은종이 신문의 쓰임새는 또 얼마나 많은지.

유년시절 소풍가서 보물찾기 하던 느낌을 되살려, 신문을 꼼꼼히살펴보면 깨알 같은 보석 알갱이들이 수없이 숨어 있다. 각종 무료콘서트나 이벤트, 전시회 소식, 평범한 서민들은 쳐다보기도 어렵던고가 상품 70~80% 이상 세일 등 이렇게 신나는 행사들을 어찌 놓칠 수 있으랴!

하루가 다르게 변하는 디지털 시대에 살지만 신문만큼은 여유롭게종이신문을 선택해 보자. 좋아하는 음식만 골라 먹는 식은 뷔페 음식보단 한 상 가득 차려진 김이 모락모락 나는 따끈한 집밥 같은 종이신문 밥상에 앉아 옛 맛을 기억하며 젓가락질을 하다 보면 올겨울 유난히 추울 거라는 강력한 일기예보에도 기죽지 않는 몸과 마음이 포근해지는 온기를 느낄 수 있다. 특히 젊은 인터넷 세대들에게,

그리고 사랑하는 연인에게, 갓 결혼한 신혼부부에게, 주변 가까운 친지들에게 이번 연말연시에는 막 구워낸 군고구마처럼 따끈따끈하게 매일 새벽 배달되는 신선한 종이신문이야말로 그리움이고, 애틋한 사랑이고, 아름다운 추억이다.

그런데 나로서는 성향은 진보요, 신문은 보수를 택했으니 기회주의자 처지에 놓이게 되었다. 그러다 보니 이런 기류에 화가 치밀었다. 가족 간에도 아버지는 보수, 딸은 진보하며 대립하고 이해하려하지 않는 관계로 치닫는 현실에 대한 분노일 것이다.

어쨌든 나는 신문 구독에서 많은 지식과 정보를 흡수하고 있으며, 내 지식의 절반은 신문을 통한 것이다. 특히 「수필이며 시」, 「아침 편지」와 같은 글은 딱딱한 내 감정을 부드럽게 어루만지듯 향기를 담고 내 속으로 파고들었다. 신문과 함께 인생의 두 번째 삶을 이어가고 있다는 생각도 든다.

요즘은 스마트폰 속에 정보와 지식이 다 있어서 손안에서 거의 모든 걸 해결한다. 그런데 종이 위에 인쇄된 활자를 읽는 것과 디지털 기기의 화면에서 훑어보는 것과는 뇌에서 기억으로 머무는 시간 차이가 굉장히 크다. 스마트폰 때문에 종이 글 읽기를 멀리하다가는 순간만 기억하고 흘려버리는 가벼운 시대에 살게 된다.

굴뚝에서 나온 연기가 바람에 순식간 흩어지듯, 실상이 불분명한 희미함 속에서 살게 되는 것이다. 스마트폰 속에서 떠다니는 정보 가운데는 부정확하거나 제대로 검증되지 않은 글도 적잖아서 판단 오류를 부르고, 이것이 요즘 같은 이분법적 사고를 부채질하는 것은 아닌지 의심스럽다.

글 중에도 피와 살이 되는 것이 있다. 그런 글을 내 몸에 받아들이려면 차분하고 여유 있게 종이 글을 읽어야 한다. 그래서 매일 신문을 기다린다. 마누라가 예쁘면 처갓집 말뚝을 보고도 절한다는데 신문 받아보는 기쁨이 크니 배달하는 분에게도 눈길이 갔다. 이번 설에는 조그만 선물이라도 예쁘게 포장하고 쪽지를 붙여 현관 문고리에 걸어놔야겠다.

계란 유감

약 200년 전 유럽에서는 아시아 닭과 유럽 닭을 교배시켜 달걀을 많이 낳는 알닭과 고기닭 품종을 개발했다. 고기닭과 알닭은 야생 닭보다 수명이 짧다. 보통 6년 정도 살 수 있는데 고기닭은 태어난 지 한 달이 지나면 도축된다.

암닭은 더 가련하다. 알에서 깨어나 6개월 정도 자라면 일주일에 하루를 빼고 계속해서 달걀을 낳는다. 1년에 300개 정도 낳는데 이렇게 매일같이 알을 낳는 새는 알닭밖에 없다.

'꼬꼬댁 꼬꼬댁 보채는 소리를 제일 먼저 알아듣고 암닭 곁에 지키고 있다 갓 낳은 따뜻한 달걀을 손에 넣기까지는 별로 어렵지 않았다. 그 달걀을 삶는 것이 문제다. 밥솥에 넣어 볼까, 국솥에 들여 뜨려 볼까.'

작가 박완서는 1979년 단편 '달걀은 달걀로 갚으렴'에서 손수 닭 키워 계란 팔아 수학여행비 마련하는 시골 아이들과 선생님 얘기를 애틋하게 담았다.

60년대 중·고등학교에서 부잣집 도련님의 도시락은 남달랐다. 도시락 뚜껑 열면 둥그런 계란 프라이가 위엄도 당당하게 밥 한가운데를 덮고 있었다. 그 시절 아이들에게 삶은 계란과 사이다는 소풍 때

나 싸갈 수 있는 특식이었다.

70년대 지방 소도시에서 자라난 친구는 어머니가 동생들 몰래 밥 공기에 깔아준 계란의 기억을 잊지 못한다고 했다. 다른 자식들 모르게 계란 하나 더 챙겨주는 게 장남에게 해줄 수 있는 지극한 모성애의 표현이었다.

1970~1980년대 다방엔 '모닝' 메뉴란 게 있었다. 모닝커피의 줄임말이다. 설탕·크림 다 넣은 커피에 계란 노른자 동동 띄운 한국식 커피가 모닝커피다. 전날 마신 술의 숙취를 모닝커피의 계란 노른자 하나가 싹 달래준다고 믿고 빈속에 들이킨 직장인들이 많았다. 모닝커피의 계란 노른자에 참기름 한 방울 떨어뜨려 준 오지랖 넓은 다방 마담도 있었다.

애니메이션으로도 히트한 황성미의 동화 '마당을 나온 암탉'에서 주인공 잎싹은 양계장에서 매일 알만 낳는 암탉이다. 잎싹이는 어느 순간 양계장 문틈으로 마당을 보며 알을 품어 병아리 기르는 꿈을 꾼다. 더 이상 알을 낳지 못하게 되자 주인에게 버려진다. 잎싹이처럼 알만 낳게 사육하는 닭을 산란계라고 한다. 국내 산란계의 70%가 미국서 개량된 하이라인 브라운 품종이다. 그동안 산란계를 7,000만 마리 가까이 길렀는데 이번 AI(조류 인플루엔자)로 2,000만 마리 넘게 살 처분 했다. 그 바람에 계란 공급이 확 줄어 계란값이 껑충 뛰었다.

오리나 육계 피해가 많았던 2014년 AI와 달리 이번에는 산란계가 큰 피해를 입었다. 산란계 낳는 씨닭(산란종계)도 84만 마리 중 절반 가까이 살처분돼 계란 파동은 당분간 이어질 전망이다. 우리나라의

1인당 계란 소비량이 연간 254개다. 하루 0.7개 꼴로 계란을 먹는다. 그동안에는 전국에서 매일 계란이 4,200만개씩 생산돼 남아도는 게 걱정이었는데 AI 파동으로 갑자기 계란 못 사 발 동동 구르는 상황이 됐다. 계란이 서민들에겐 가장 값싸고 영양가 있는 식재료라는데 더 좀 주의를 기울였다면 당국의 AI 대응이 이렇게 부실하지는 않았을 것이다.

조류 인플루엔자로 가금류 살처분이 어느덧 연례행사가 된 듯싶다. 이번 바이러스가 특별히 독한 건지 아니면 정국이 혼란한 틈에 제대로 대응하지 못해 그랬는지 역대 최대 규모의 살 처분이 자행되고 있다. 전체 산란계의 3분의 1이상이 사라지자 급기야 미국에서 달걀을 수입하기에 이르렀다. 그런데 이 달걀의 색이 갈색이 아니라 흰색인 걸 보며 사람들이 새삼 이러쿵저러쿵 신기해한다.

예전에는 우리나라에도 흰 달걀이 더 흔했다. 한때 우리도 레그혼이라는 품종을 주로 키웠기 때문에 가게에서 파는 달걀은 거의 다흰 달걀이었다. 레그혼 암탉들 사이에 토종닭처럼 생긴 얼룩 닭이 두어 마리 끼어 있었는데, 달걀 바구니에는 가끔 흰 달걀 사이에 갈색 달걀이 담겼다. 할머니는 갈색 달걀을 따로 뒀다가 몰래 막내 삼촌에게 먹이곤 하셨는데 노른자가 유난히도 진해 보였다.

하지만 거듭된 연구에도 불구하고 영양과 맛에서 흰 달걀과 노란 달걀은 아무런 차이가 없단다. 다른 사료를 먹이지 않는 한 영양가나 맛이 달라질 까닭은 없다. 미국 식료 가게에는 대개 두 종류의 달걀이 나란히 진열돼 있다. 갈색 달걀이 조금 비싼 편이다. 그 이유는 그저 갈색 달걀을 낳는 얼룩 닭이 몸집이 더 커서 사료비가 더 많이 들기 때문이란다. 갈색 달걀의 노른자가 실제로 더 노란 건 아닌 듯싶다.

이번 설엔 미국에서 들여온 계란으로 전을 부치거나, 떡국 고명으로 올릴 지단을 만들어 먹는 집이 있을 것이다. '외국산 계란의 위생 상태를 모르니 찜찜하다'며 값이 껑충 뛴 국내산을 고수하는 사람도 많을 듯하다. 우리가 그동안 매일 먹던 갈색 계란은 얼마나 안전했을까. 인간과 동물은 생태계 내에서 하나의 고리로 연결되어 있다. 한쪽이 병들면 다른 쪽도 아프다. 영양소를 갖춘 '인공계란'이 병든 진짜 계란을 대체할 날이 올지도 모른다.

떡국

송년회 시즌이 다가왔다. 흥겨운 분위기 속에서 맛난 음식을 먹으며 올해와 작별하는 건배의 술잔들은 기분 전환에 도움이 된다. 기분 전환은 마음의 에너지를 태워 인공적으로 좋은 기분을 만드는 마음 관리 기술인데 효과가 있지만 과용하면 마음이 더 지치게 된다. 연속되는 송년회 후 느끼는 공허함의 이유가 여기에 있다.

연말에 흥겨운 송년회와 더불어 잔잔한 문화 데이트 계획도 함께 세워보면 어떨까. 예를 들어 보면 윤동주 시집 '하늘과 바람과 별과 시'를 펼쳐 놓고 검은 하늘의 반짝이는 별을 바라보며 올해의 섭섭함을 털어버리는 것, 또는 작가 헤밍웨이의 '노인과 바다'를 읽으며 '완벽을 향해 달려가지만 결국은 불완전한' 내 삶을 꼭 안아주는 시간을 갖는 것 등등.

매년 새해에 우리나라에서는 명절 음식인 떡국을 먹는다. 흰색(白) 떡국에 붉은(赤)색 고기, 파란(青)색과, 노란(黃)색 달걀노른자 지단, 검은(黑)색 김을 고명으로 얹어서 색깔을 음양오행설에 맞춰왔다. 조상들은 긴 가래떡이 순수함과 장수(長壽)를 의미한다고 생각했고, 둥글게 썬 가래떡은 둥근 해와 같다고 해서 한 해를 의미한다고 여겼다. 그래서 사람들은 떡국을 먹으며 한 살을 더 먹는다고 생각한 것이다. 어떤 아이들은 "나 한 살 안 먹을 테니 밥을 달라"고 떼를 써 밥 제사 지낸 집에 떡국과 밥을 바꿔 먹었다.

새해에 떡국을 먹는 풍습은 언제부터 시작되었는지 확실하진 않지만, 사학자 최남선(1890~1957)이 1948년 지은 '조선상식(朝鮮相識)'에는 "삼고시대 신년 출제 때 먹던 음복적(飮福的 · 제사를 마치고 후손들이 음식을 먹는 일) 성격에서 유래했다"고 쓰여 있다. 새로 시작하는 날엔 엄숙하고 청결해야 하기 때문에 깨끗함을 상징하는 흰 떡국을 먹기 시작했다는 것이다.

떡국 국물은 주로 꿩고기를 고아서 만들었는데, 꿩을 구하기 어려워 닭고기를 넣어서 끓이기도 했다. 여기서 '꿩 대신 닭'이라는 속담이 유래했다는 이야기가 있다. 1819년 순조 때 학자 김매순이 한양의 연중행사를 기록한 책 '열양세시기(洌陽歲時記)'에는 떡국 만드는 법을 이렇게 적었다.

"쌀을 빻아 체로 쳐서 고수레한 다음 시루에 쪄서 안반(떡 치는 받침대)위에 놓고 떡메로 친다. 조금씩 떼어 손으로 비벼서 둥글고 길게 문어발 같이 늘이는데 이것을 골무떡이라고 한다. 떡을 엽전 모양으로 썰어 국에 넣는다. 식구대로 한 그릇씩 먹으니 이것을 떡국(병탕 · 餠湯)이라 한다." 1849년 '동국세시기(東國歲時記)'에는 "떡국을 차례상에 올려 제사도 지냈으며 손님 대접을 위한 세찬(설날에 차리는 음식)으로 없어서는 안 된다"고 기록돼 있다.

북한 개성에서는 '조랭이 떡국'이 유명한데, 흰 가래떡을 도토리만한 크기로 썰고 가운데를 살짝 눌러서 고치 형태로 만든 떡이다. 생긴 모양이 조롱박 같다고 해서 귀신을 물리치는 효과가 있다고 했고,

누에고치 같다고 해서 좋은 운을 의미한다고도 했다. 경상도 지역에는 '굴 떡국'이 있는데, 생굴과 두부를 넣어 만든 향토 음식이다. 전라도에는 '닭장 떡국'이 있는데 재래 간장에 닭을 조려서 국물 재료로 쓰는 맛있는 떡국이라고 한다.

중국에선 새해 음식으로 녠가오(신년에 먹는 떡)를 먹는다. 팥을 소로 넣는 쌀떡인데 발음이 녠고(年高·해마다 높이 오름)와 비슷해서 해마다 일이 잘 풀린다는 뜻으로 먹는다고 한다.

일본에선 새해 음식으로 도시코시소바(메밀국수)나 오조니(찰 떡국), 오세치(조림음식) 등을 먹는다. 특히 오조니는 우리나라 떡국과 비슷한데 흰떡 대신에 찰떡이 들어간다는 점이 다르다.

베트남에서는 바인쯩(찹쌀떡)을 먹는데, 돼지고기와 녹두가 들어간 찹쌀떡을 바나나 잎으로 감싸 3시간 이상 쪄서 만드는 음식이다. 액운을 없애고 새해 복을 기원하는 뜻이 담겨 있다고 한다.

― 각국의 음식문화에서 참고

시골 출신인 나에게 설날에 대한 추억은 다채롭다. 아침 차례를 지내고 어른들께 세배하는 것이야 예나 지금이나 마찬가지다. 하지만 예전에는 동네 또래들이 설빔을 차려입고 삼삼오오 짝을 지어 마을을 돌면서 마을 어른들께 세배하러 갈 채비를 했다는 점에서 차이가 있다. 가난한 살림살이 때문이기도 하지만 당시의 풍습에 세뱃돈을 주는 일은 거의 없었다. 세배를 마치면 집집마다 떡이나 엿, 강정, 과일과 같은 설음식을 내주시곤 했다.

마을에 할머니 혼자 사는 집이 있었다. 평소에는 인적 하나 없이 고요한 집이어서 친구들과 재잘거리면서 무리지어 다니다가도 그

집 앞에만 이르면 괜히 눈치를 보면서 얼른 지나가곤 했다. 그러니 설날이 되었다 해도 자발적으로 세배하러 가기는 쉽지 않았다. 어린 초등학생이 마음을 내기에는 그 집의 분위기가 너무 무거웠던 탓이었으리라.

저물녘이 되어 집으로 돌아가면 혼자 사는 할머니 댁에 세배를 다녀왔는지 어른들이 물어보곤 하셨다. 그러고는 그릇에 약간의 음식을 담아서 가져다 드리라고 하고, 간 김에 세배도 하라는 말씀을 덧붙이셨다. 나는 그렇게 늘 저물녘 늦세배를 하곤 했다. 아마 멀리서 찾아오는 자손도 없이 쓸쓸한 설을 보내는 동네 어른에 대한 마을 사람들의 배려가 아니었을까.

설날 풍경도 달라져 가고 있다. 설날이 되어도 집에서 혹은 마을 사람들과 어울려 즐거운 시간을 보내는 사람보다 개인과 가족의 일정에 따라 놀러 다니는 사람이 늘어난다. 설날이 가지는 문화적 의미보다 연휴 개념이 점점 강해진다는 얘기다. 전통적 의미에서의 공동체가 현저히 약화되었다는 뜻이리라. 혈연 중심의 부족 사회에서 취미나 직업에 따른 부족 사회로 변화하고 있다는 걸 주장하는 사회학자들도 있다.

어쩌면 우리는 지금 새로운 문화를 만들어가는 과도기를 살아가고 있는 지도 모르겠다. 우리의 삶과 사회가 변화할 수밖에 없다면, 그 핵심에 인간에 대한 깊은 애정과 배려가 자리하고 있다면 정말 좋겠다.

달력

세모(歲暮)에 가깝다. 하나의 나이테를 겹쳐 두르는 쓸쓸함이 내 뒤의 긴 그림자를 더욱 무겁게 한다. 무엇을 했단 말인가? 아무 생각이 나지 않는다. 헛것으로 살았단 말인가? 그러했는지도 모른다. 무엇인가를, 누구인가를 간절히 사랑하지 않았다면 헛것으로 산 것이다. 또 한 해가 저문다는 사실만으로도 '북두칠성이 내려와 호수에 발을 적시는' 풍경 앞에 서 있게 하는데 하물며 일생의 저물녘에서야 말해 무엇 하랴.

늙는다는 것은 무엇일까. 나의 모습은 '징그러운 얼굴들 뿌리치려 밤새 몸 흔드는 나뭇잎들' 같다. 그러나 그 '징그러운'을 실은 '그리운'의 다른 이름이다. 그리운 얼굴들을 어떻게 뿌리칠 것인가. 노경(老境)의 가장 큰 과업 중 하나일 것이다. 아쉬움과 후회를 삼키는 세모다.

만약 12월이 사람이라면 그는 융통성 없고 깐깐할 것이다. "올해 당신에게 52주, 365일, 8760시간을 제공했습니다. 당신은 무엇을 하였는지요?"라고 따져 물을 것이다. 시간은 쓸모 있게 썼다는 변변한 증거를 찾지 못하면 쉬이 울적해지는 계절, 12월엔 상념이 많아진다.

'신(神)은 밤낮을 만들었고, 인간은 달력을 만들었다'고 한다. 시간을 구분하고 날짜의 순서를 매기는 역법(曆法)의 발전 덕분에 인류 문명에 꽃이 피기 시작했다는 의미다. 고전문헌 학자는 고대에 만들어진 물건 가운데 달력만큼 형태의 큰 변화 없이 인간 사회에서 계속 사용되고 있는 것도 없다고 한다. 워낙 달력은 연중(年中) 행사표의 성격을 갖고 등장했다. 요컨대 달력은 계획의 수단이자 미래의 준비다.

하로동선(夏爐冬扇)이라는 말이 있다. 여름 화로, 겨울 부채처럼 격이나 철에 맞지 않는 것을 가리킨다. 긍정적인 뜻도 있다. 당장은 쓸모없어도 훗날을 생각해 미리 준비한다는 얘기다. 대칭되는 격언이 하선동력(夏扇冬曆)이다. 여름부채, 겨울 달력같이 철 맞춰 하는 인사를 의미한다. 시시한 것으로 생색내는 것을 꼬집는 말로도 쓰인다. 그렇듯 누구나 달력을 쉽게 주고받았다. 새 달력 챙기기는 묵은해 보내고 새해 맞는 해넘이 의례였다.

어릴 적엔 반마다 달력이 걸려 있었다. 한 달이 한 면씩 차지한 12장짜리나 두 달씩 묶어진 6장짜리가 일반적인데 누구라도 한두 달 정도는 내다보며 살라는 뜻일 것이다. 한 장에 하루만 표기하여 매일 뜯어내는 일력(日歷)은 하루 벌어 하루 사는 시장 통 서민들의 삶을 대변한다. 뜯어낸 종이는 신문지보다 부드럽고 A4 크기의 하얀 습자지에 큼직하게 날짜를 찍었다. 뜯어낸 종이는 신문지보다 부드러워 화장지로 그만이었다. 어른들은 담뱃잎을 잘게 썬 봉초 '풍년초'를 말아 피웠다. 아이들은 붓글씨 연습을 하곤 했다. 큰 달력 매끈한 종이는 새 학기 교과서 해지지 말라고 덧싸는 겉표지로 썼다. 은행 달력이 그 중 귀한 선물 감이었다. 지위가 높아질수록 달력의 매수는 적어지는 경향이 있어서 열두 달을 한 면에 담는 연력(年歷)을 선호하는 경우가 많다. 사회적 영향력이 막강한 중요한 위치에 올라갈수록 보다 멀리 바라보는 관점이 필요해서일 것이다.

연말 달력은 소시민의 상징이었다. 4·19세대 시인 김광규가 1979년 겨울 선술집에서 옛 대학 친구들을 만났다. 「혁명이 두려운 기성세대가 되어/ 넥타이를 매고 다시 모였다/ 회비를 만원씩 걷고/ 처자식들의 안부를 나누고/ 월급이 얼마인가 서로 물었다/ 치솟는 물가를 걱정하며/ …/ 모두가 살기 위해 살고 있었다.」('희미한 옛사랑의 그림자'). 그리고 친구들은 흩어졌다. '돌돌 말은 달력을 소중하게 옆에 끼고.

달력 인심이 갈수록 박하다. 탁상 달력이 고작이고 큰 달력은 아예 구경하기 힘들다. 하긴 달력은 집 벽에 못 박아 건지가 오래됐다. 달력은 이제 스마트폰으로 들어가고 있다. 달력 앱이 일정 예고까지 해주는 세상이다. 그래도 어촌에선 달력이 요긴하다. 들물과 날물 시간이 적힌 물때 달력을 보고 갯가 일이며 고기잡이를 나간다. 농사와 대소사를 음력에 맞춰 사는 사할린 동포에겐 음력 달력이 큰 선물이다.

스마트 앱이 낯선 세대에겐 여전히 탁상 달력이 편하다. 앉은 채 한눈에 한 달 살이를 볼 수 있다. 네모 칸이 큼직해 이것저것 써넣을 수 있는 것이 좋다. 탁상 달력이 마지막 한 장까지 왔다.

뒤로 넘긴 열한 장을 뒤집어 본다. 칸마다 연필·볼펜에 붉은 사인펜 메모가 빼곡하다. 갖은 약속과 집안 기념일, 잊어버릴까 봐 청첩장 받자마자 써둔 혼사들, 때맞춰 가고 싶은 여행지…, 몇은 새 달력에 옮긴다. 제삿날과 아내 생일은 양력으로 환산해 표시한다. 미처 못 간 여행지들도 적어둔다.

모든 현재는 흔적을 남기고, 그것은 추억이 되어 우리에게 되돌아온다. 현재의 고통에만 집착해 행동한 일들을 돌이켜본다. 이제 내 몸에 나이테 하나를 더 늘리고 또 한 해가 간다. 새로운 한 해가 온다는 것은 훗날 아프지 않을 추억을 만들어 갈 기회가 온다는 뜻도 있을 것이다.

나는 작심삼일이란 말에 주눅 들지 않는다. "끈기 없는 내가 그렇지 뭐" 자조하는 대신 "아무것도 안 하는 것보다는 이틀이라도 해본 게 나아. 다시 해보자"라고 말한다. 작심삼일도 100번 하면 1년이 된다.

2월이 전하는 이야기

드디어 시험이 끝났다.
교문을 나왔을 때 엄마는 말없이 안아주셨다.
한없이 기다리셨을 엄마의 얼굴은 차가웠다.
고등학교 삼년의 우리 어머니!
알고 있다. 늘 나보다 먼저 일어나셨고, 늘 나보다 늦게 주무셨을
엄마의 3년을

그 품속에서 다짐해 본다.

아쉬움은 남아도 후회는 하지말자
나는 최선을 다했고 여전히 누군가 나의 청춘을 응원하고 있다.
그리고 나는 더 행복해질 것이다.

졸업식 날!
아버진 생전 처음 불고기를 사주셨다. 다섯이서 삼인 분을 시켜놓
고 당신은 배부르시다며 내 쪽으로 자꾸 불고기를 밀어 놓으셨다. 흰
밥에 상추에 한입 가득 한 쌈 싸먹던 불고기 맛… 어떤 산해진미보

다도 귀한 음식이었다.

겨울과 봄이 바뀌는 요즘, 연필을 깎아야 할 것 같은 때다. 숙제도 없이 좋아라고 놀던 봄 방학이 끝나가면서 슬슬 긴장감이 몰려온다. 코앞에 닥친 새 학년, 새 학교, 새로운 시작들 때문이다.

그럴 때면 연필을 꺼내 가지런히 깎고는 했다. 칼로 연필을 깎을 때마다 사각사각 소리가 참 좋았다. 그렇게 연필을 깎는 일로 자신을 가다듬던 소중한 기억들이다. '살다보면 부러질' 일도, '무릎 꿇는' 일도 많다. 연필 부러지는 것쯤은 다시 깎으면 되지만, '불멸의 시를 쓰고' 싶은 마음에 힘이 너무 들어가 더러는 마음까지 뚝! 부러지기도 한다. 그래서 '결대로 깎'고 다듬는 게 중요하다.

'삶의 쉼표' 찍어놓고 '내 안을 살피'는 시간도 필요하다. 이 무렵은 특히 그런 것 같다.

이 세상에 살면서 가장 힘든 일은 사랑하는 사람에게 가까이 다가가지 못하는 것이다. 먼발치에서 바라만 볼 뿐 주고 싶은 것을 전하지 못하고, 하고 싶은 말을 감추고 살아가는 것이다. 사랑한다고 말하기가 울기보다 힘들고 그리워하는 것이 잊기보다 더 괴롭다.

이 아픔을 겪어 본 사람은 아마도 2월을 좋아할 것이다.

2월은 사랑의 그리움을 품고도 3월을 향해 다가가지 못하는 달이다. 자기의 부족함을 알기에 고통을 감내하면서 모든 기쁨은 3월에게 바치고, 자신은 한쪽에 비켜서서 그가 잘 되기를 바라고 그가 아름답게 피어나기를 바라는 슬픈 2월이다.

3월은 2월의 이런 사랑의 아픔과 인내의 고통을 딛고 피어나지만

2월을 기억하지 않는다. 자기의 아름다움을 뽐내면서 4월의 소식에 귀 기울일 뿐 2월을 향해서는 고개조차 돌리지 않는다.

어쩌면 우리는 2월을 꼭 닮은 것 같다. 하는 말보다 하지 못하는 말이 더 많고, 보이는 표정보다 더 많은 표정을 숨기고 있으면서 그 것을 지키기 위해 애쓰고 힘들어 하는 우리들이기 때문이다.

'빙산의 일각'이라는 말이 있듯이 우리 생각의 대부분은 마음속에 그대로 남아 있다.

남들이 눈치 채지 못하는 그 많은 긴장과 불안, 흔들림과 망설임, 스스로를 향한 그 끊임없는 질책과 연민, 후회와 아쉬움….

남에게 오해받으면서도 끝내 하지 않고 숨겨 둔 말이 얼마나 많은 가, 이루어가기보다 포기하고 접은 일들이 얼마나 많은가.

"나는 이러는데 당신은 왜 그러냐."고 말하지 말자. "나는 웃고 있 는데 당신은 왜 울고 있느냐"고 묻지 말자. 감추고 있는 것들을 드러 내면 다 똑같고, 숨기고 있는 것이 밝혀지면 그거 더 빛날 수도 있다. 이 세상 어느 누구도 마음의 문을 다 열고 살아가지 않는다.

이런 우리들이 알 수 있는 일이란 오로지 서로 사랑하는 일이다. 눈에 보이지 않는 것을 보고, 입으로 하지 않는 말을 들으면서 끝까 지 믿고 기다리는 일이다.

'겨울이 깊다'는 생각이 들 때면 새벽 4시 반에 마을 앞을 지나가 는 첫차를 어머니와 함께 기다리던 일이 생각난다.

마을에서 제법 떨어진 강가 신작로의 겨울 새벽바람은 유난히 차 고 깊이 스며드는데 어떤 날은 한 시간도 넘게 버스를 기다린다. 기 온이 많이 떨어지면 밤새 엔진이 얼어붙는데 그것을 뜨거운 물이나 불로 녹여야 시동이 걸리기 때문이다.

"어머니, 추우니 이제 그만 집에 들어가세요!" 하고 어머니가 들고 계신 가방을 당겨 보지만 어머니는 끝내 가방을 놓지 않으신다.

하얀 전조등을 앞세운 버스가 드디어 도착하고 문이 열리면, 그제야 어머니는 가방을 건네주시며 등을 떠민다.

"춥지, 빨리 올라가거라."

그러나 정작 당신은 버스가 떠나도 집으로 들어가지 않으신다. 버스가 한 굽이 두 굽이 세 굽이를 돌아가도 그대로 서 계신다. 아니 언제까지나 그대로 서 계신다. 이 겨울까지….

눈에 보이지 않는 것을 마음으로 보면서 그대로 서 계신다.

이것이 사랑이다.

한 아들이 연이틀 매운 추위가 계속되자 평창 산골에 계신 부모님께 전화를 걸었다.

"아버지 많이 추우시죠. 건강은 어떠세요."

"여기는 괜찮다. 아무 걱정마라 거기가 더 추울거다. 옷 따숩게 입고 다녀라."

영하 22도 추위 속에 계신 아버지가 거기에 반도 못 미치는 서울 추위를 걱정하신다.

그곳에 자식이 있기 때문이다. 그곳에 사랑이 있기 때문이다.

한 부모는 열 자식을 거느려도 열 자식은 한 부모를 못 거느린다는 옛말이 있다. 사랑이라는 것이 원래 위에서 아래로 내려가는 것이기 때문이기도 하겠지만….

사랑하면 나의 고통은 감추고 사랑하는 사람의 고통을 찾아낸다. 이것이 2월이 전하는 우리들의 이야기다.

3
집에 가고 싶다

집에 가고 싶다

훈련소 수료식 마치면 꼬옥 안아줄 생각이었다. 석진이가 입대할 때는 따라가 보지 못해 마음이 내내 아렸다.

입대가 즐거운 젊은이가 어디 있으랴 심란한 티 애써 참으며 뚜벅 뚜벅 떠나던 뒷모습이 상상되어 한 달여 동안 지워지지 않았다. 한 달이 한 해 같았다. 그런데 그 먼 포항까지 가서 기초훈련 모두 끝낸 너를 보고 싶다.

나는 삼형제에게서 손자 둘을 보았다. 승한(承漢)이는 금년 11월 이면 육군에서 제대할 것이고, 석진(碩振)이는 해병대에서 내후년 3월에 제대할 것이다.

기초 훈련을 모두 끝낸 승한이를 보자마자 나는 꼬옥 안아 주었고 저도 나를 안고 약속이나 한 듯이 그동안 그리움을 한줄기 눈물로 뜨거운 포옹을 풀었다.

그런데 내가 궁금했던 것은 해병대로 입대한 석진이었는데 훈련소에 함께 가주지도 못하고 기초훈련을 모두 끝낸 수료식 날 또 가보지 못해 가슴앓이가 심했다.

그 옛날 너의 큰아버지와 석진이 아버지가 군에 가던 날이 떠오른다. 강해지려 가는 군대인데 왜 눈물이 나는 걸까? 그 때는 학교 눈치 보느라 또 고3 대입준비가 한창 바쁜 때여서 자리를 잠시도 비울 수가 없어 훈련소에 데려다 주지도 못했다.

집에서 입고 간 옷이 소포로 왔을 때면 너의 할머니는 우리 장남에 이어 막내가 진짜 군인이 됐구나! 묶은 끈을 푸는 순간 나는 밖으로 나와 논산 훈련소 저 멀리 하늘을 바라보며 눈물을 닦았다.

훈련소 수료식 날 학교에 연가를 내고 훈련소에 도착해보니 2개 중대가 대열을 갖추어 모두 씩씩한 모습들이다. 눈을 크게 뜨고 아들을 찾았다. 맨 끝 순서로 부르는 노래가 있었는데 너의 아버지 소속 2중대는 '어버이 은혜'를 불러 나는 울음보가 터져 펑펑 울고야 말았다. 울기를 그치고 주변을 살폈다. "아저씨가 너무 섧게 울어 우리들도 따라 울었다"고 한다. 나는 부끄러웠다.

오늘 석진이 한테서 입고 간 옷이 왔다고 한다. 반가웠을까? 안타까웠을까? 또 전화가 왔다. 옷을 싸온 상자에 〈집에 가고 싶다〉를 새까맣게 썼더란다. 아마 50번은 넘게 쓴 것 같다고 한다. '해병대'로 지원 입대했으면 그만한 각오가 있었겠지만 이제 스무 살 집에서는 아직 어린애로 여긴다. 가슴이 아렸다.

'집에 가고 싶다!' 이 솔직한 표현, 20살 때 묻지 않은 감정으로 쓰고 또 썼을 것이다. 불쌍한 생각이 들어 뜨거운 눈물이 뚝 떨어진다.

부모와 동생 저의 가족이 얼마나 생각났을까? 승한이 사촌형처럼 특진도 해가며 육군에서 잘 지내는 형이 부러웠을 것이다. 창살 없는 감옥이 바로 이런 곳이구나! 모두가 긴장 속에 눈망울만 굴리는

데 "집에 가고 싶은 사람 손들어~" 소리에 입대자 모두가 의심스러운 눈으로 서로 눈치를 살피며 웅성거렸다. 앞으로 나와! 진짜 집으로 보낸다.

여기서 석진이는 눈물이 났다. 막상 나도 집으로 돌아갔다면 부모님은 물론 할아버지 할머니는 내 장래를 걱정과 실망이 얼마나 크실까, 손을 안 들길 잘했지.

〈집에 가고 싶다〉〈집에 가고 싶다〉〈집에 가고 싶다〉….

앞으로 군 생활을 마칠 것을 생각하니 순간 아찔했다. 내 손자 진짜 사나이를 믿는다. 3차 평양 남북 정상 회담에 더욱 관심이 간다. TV에서 눈을 떼지 못하였다. 남·북한의 전쟁이 또 있어서는 안 된다.

마침 석진이가 경산에서 특기 교육을 받고 있었다. 면회를 마치고 부대에 들어갈 시간을 생각해서 석진이 아빠 엄마의 안내로 팔공산 관광을 했다. 큰 산에 넓은 경치를 안고 있는 팔공산에는 부처도 많았다. 나는 부처님 앞을 지날 때마다 우리 승한이 석진이 무사하게 건강한 몸으로 군복무를 잘 마칠 수 있도록 손 모아 빌었다.

케이블카를 타고 골짜기를 내려다보면 현기증을 느껴 아찔한데도 석진이는 스마트폰에 흠뻑 빠져 있었다. 내 잔소리가 통할 리 없겠다 싶다 가도 팔각모에 빨간 명찰에 군복을 입은 20살 석진이가 귀엽게 느껴졌다.

내 손자 석진아! 훈련 무사히 받아서 진정 고맙다. 특기 교육 끝나고 자대 배치를 받아 이젠 본격적인 군 생활이 시작되는구나. 군 생활은 마음 편히 먹는 것이 제일이란다. 힘들수록 긍정의 눈으로 현실을 받아들이도록 노력하렴. 군대 가서 "적당히 중간만 하라"던 할아버지의 말, 취소하고 싶다. 교육과 훈련에 정성을 다해 임하거라. 공부도 열심히 하고 말이야. 군대도 학교나 직장과 마찬가지란다. 네가 쏟은 땀방울이 너를 배신하는 일은 없을 거야. 생각하기에 따라 군대는 20개월간 젊음을 썩히는 곳이 될 수도 있고, 미래를 열어가는 마당이 될 수도 있단다. 20여 년 네 삶을 돌아보다 보면 앞으로 나아갈 길도 보일 것이다.

그리고 사람에 대한 그리움이 깊어갈수록 네 가슴도 그만큼 깊어지고 넓어질게다. 그동안 네 주변과 일상 그 소소한 것들이 얼마나 소중했는지도 알게 될 것이고, 그렇게 시나브로 성숙해 가는 거란다.

대한민국 해병대 마석진(馬碩振) 이병! 다음에 만날 때까지 너는 너의 자리에서, 할아버지는 할아버지 자리에서 값진 시간을 보내자. 그리고 그 때는 눈물 대신 포옹이다.

거리 좁히기

사람은 누구나 부모나 선생님, 직장 상사처럼 권위가 있는 존재에게 인정받고 싶어 한다. 보고서를 만드느라 밤을 새워 금방 쓰러질 것 같아도 상사가 "역시 자네가 최고야!"라고 말해준다면 그 한마디에 직원의 피로는 눈 녹듯 사라진다. 상대가 나의 인정 욕구를 잘 채워주었기 때문이다. 따라서 다가가려는 노력, 거리를 좁히려는 의지가 생긴다.

그런데 인정 욕구가 여러 번 좌절되면 강한 배신감을 느끼고 상대에게 실망한다. '내가 그동안 얼마나 열심히 자기를 챙겼는데, 아니 이럴 수가 있나' 이용만 당했다는 피해의식이 생기기도 하고, 과연 무엇을 위해서 그리 애썼는가 허탈해지기도 한다. 따라서 거리는 멀어지기 마련이다.

인정받지 못했다는 상처는 아무리 시간이 지나도 아물지 않는다. 얼마 전 스트레스클리닉을 방문한 60대 여성도 그런 경우였다.

그녀는 오빠와 남동생 사이에 끼어서 그야말로 있는 듯 없는 듯했던 넷째 딸이었다. 미국으로 이민을 가서 갖은 고생을 한 끝에 자리를 잡았다. 그런데 어머니가 편찮으시다는 전화를 받고 수십 년 만에 귀국했다가 차마 어머니 곁을 떠나지 못하고 대소변을 받아내며 몇 년째 간병을 하고 있었다. 그런데 정작 그녀를 가장 힘들게 만든 것은 어머니였다. 오빠가 간병은커녕 병실에 전화 한 통 걸지 않는데도 어머니는 종일 오빠만 찾았다. "엄마, 내가 여기 있잖아요. 내가 바로 곁에서 몇 년째 챙겨 드리고 있는데, 왜 오지도 않는 오빠만 찾는 거예요?" 목구멍까지 차오르는 답답한 마음으로 한바탕 퍼부어대고 싶지만, 병든 어머니의 얼굴을 보면 꾹꾹 참을 수밖에 없었다.

어머니 입에서 '딸아 고맙다' 말 한마디만 들으면 나을 것 같은데, 어머니는 끝내 그 말을 해주지 않고 돌아가셨다.

"저는 왜 늘 뒷전이었어요?", "아버지는 왜 나에게만 그렇게 엄하셨어요!" 인정받지 못했다는 과거의 상처는 가슴 깊이 똬리를 틀고 있다가 가까운 사람에게 벌컥 화를 낸다든지 하여 곤란하게 한다.

이런 인정 욕구를 다스려야 할 방법은 나를 잘 인정해 줄 수 있는 사람이다. 내가 하는 일은 뭐든지 잘했다. 최고다.라고 말해주는 파트너는 모든 사람의 꿈이다.

우선 나 자신이 나를 인정하는 것이다. 내가 나를 인정하지 않는데 누가 나를 챙겨서 인정해 주겠는가. 우리는 모두 괜찮은 사람이다. 자신이 생각하는 것보다 훨씬 더 좋은 사람이다. 내가 나 자신을 인정하고 아껴야 비로소 주변에서도 나를 존중한다. 이젠 내가 내 상처에 따뜻하게 말을 걸어줄 시간이다. 너와 나의 거리는 훨씬 좁혀진다.

주로 앉아서 하는 일이 많다 보니 운동이 필요했다. 손쉽게 할 수 있는 걷기부터 시작하자는 생각에 일부러 먼 곳을 택해 걸었다. 버스를 타면 두세 정거장 거리

숨이 가빴다. 한낮의 더위와 언덕까지 더해져 목적지로 가는 길은

멀고 힘들었다. 처음엔 그렇게 멀게 느껴졌던 곳이 일주일 정도 걷기를 반복하자 가깝게 느껴지기 시작했다.

출발한 지 얼마 안 돼 도착한 것 같은 느낌도 들었다. 실제 거리는 그대로인데 상대적인 거리는 어느새 줄어들었던 모양이다.

사람 사이 거리도 마찬가지 같다. 호감이 가면서도 쉽게 다가가기 어려운 사람이 있다. 글 쓰는 모임에서 만난 지인 한 명이 그랬다. 그녀는 조용하면서도 할 말은 다 하는 것 같은 나를 차갑게 봤다고 했다. 나 역시 그녀가 지나치게 활발해 보여 선뜻 다가서지 못했다. 나와는 다른 그녀였기에 첫 걸음을 떼기 힘들었던 것 같다. 그녀의 가게를 처음 가본 날, 그녀에게서 풍기던 유쾌함의 원천이 그곳에 있었다는 것을 금세 알 수 있었다. 사랑방 같은 그녀의 가게 이야기를 들어주고 함께 공감해주는 그녀의 탁월한 능력이 사람들을 가게로 불러들인 것이다. 다양한 사람과 마주하려면 더 유쾌해지고 더 활발해질 수밖에 없었으리라.

그녀와 만난 지 10여 년이 지난 지금, 나는 그녀의 활달한 성격 너머 쉽게 상처받고 여린 심성이 있음을 안다. 겉으로 보이는 모습뿐 아니라 내면까지 들여다볼 수 있는 시간이 흐른 것이다. 물론 시간만 흐른다고 가까워지진 않는다. 서로에게 다가가려는 노력, 거리를 좁히려는 의지가 있었기에 가능한 일이다.

거리가 가깝게 느껴지려면 그 길을 자주 걸어야 한다. 자주 걷다 보면 길은 익숙해지고 거리는 짧게 느껴진다. 그러다 보면 어느새 목적지가 내 앞에 성큼 다가와 있는 것을 발견한다.

내 앞에 서 있는 듯 가까운 그녀처럼 말이다.

편지

편지는 받을 때 희망이요, 읽고 나면 실망이라고 한다,

그럴까? 펼치기까지의 기대가 너무 컸던 탓으로 오히려 읽고 나서의 허전함이 실망을 안겨다 주는 것은 아닐는지.

편지란 보내는 이에 따라서 또 담겨진 사연에 따라서 유열(愉悅)과 비감(悲感)의 촉발제라 여겨진다.

다분히 정감 어린 생명체다.

아니 빗속을 날아온 천사의 젖은 날개이다.

애틋하게 연민의 깃을 쓰다듬으며 한동안 겉봉을 뜯지 않은 채 망연히 들고 있을 때가 있다. 느낌만으로 벌써 보낸 이와의 대화가 시작된 것이다.

오랫동안 편지를 쓰지 않았다.

사무적인 연락 같은 걸 편지로 띄우기도 하지만 이런 것이 다소간 감미로운 기대를 가지고 말하는 그런 유(類)의 편지 속에 끼워질 수는 없을 것이다.

편지를 기다리는 재미도 줄었다. 전화 탓이다. 전화가 통할 수 있는 한 우리는 주저 없이 전화번호를 누르는 것이다. 쾌적한 신호가

가고 응답이 있으면 일은 간결하게 처리된다.

듣고 싶은 목소리일 때 서로가 퉁겨나듯 탄력 있는 호흡의 일치를 느끼고 행복한 일순간을 맛보기도 한다.

그렇다 하더라도 대화가 끝나고 나서의 허전함이 너무나 클 때가 있다. 허공에 멈춘 빈손을 내려다보며 못 견디게 쓸쓸해지는 것이다.

편지도 이 점에서 마찬가지이긴 하다.

기다리던 편지였건만 막상 읽고 나면 미진한 마음, 제한된 지면에서 오는 아쉬움, 결국 마음 놓고 기대앉아 오래오래 나누는 이야기만큼 흡족할 수는 없다.

그래도 막상 얼굴을 마주하고는 도저히 표현이 안 되던 밀도감 짙은 심중의 한 오리까지도 전달할 수 있는 데에 글의 위력이 있다. 그래서 우리는 밤새워 편지를 쓸 수 있으며 받은 편지를 소중히 간직하기도 한다.

왜 내가 사랑의 편지에 관해서 이야기하는 것일까. 사랑이 담긴 편지에도 사랑의 유형 나름일 것이며 연인사이, 부모와 자식 사이, 혹은 사제지간이나 친구 사이 등 주고받는 대상과 사연에 따라 빛깔과 내음과 열도나 순도가 다를 것이다.

'모르는 여인의 편지'처럼 일방적인 사랑의 아픔을 생의 마지막 순간에 불길처럼 태워 보낸 무서운 편지도 있는 것이다.

읽는 이의 가슴에 칼을 꽂거나 상처를 입히는 편지, 기대어 오는 마음을 차갑게 잘라내는 거절의 편지, 허망한 위선의 편지, 슬픔을 전하는 안타까운 편지.

쓰는 사람도 받는 사람도 고통의 용광로에 던져진 듯 괴로운 편지도 이 세상엔 얼마든지 있다. 전화의 혜택을 모르던 시절, 외롭고 고

된 출가외인 규수들은 육친에의 정을 그리움이 사무친 먹 글씨로 적어 눈물로 얼룩지어 보내곤 했다. 멋을 아는 풍류객은 시조 한 수를 읊어 편지를 대신하기도 했다.

편지가 현대인의 일상물이 아닌 데서 편지 쓰기가 점점 어려워진다고 한다. 서툴고 번거로워 쓸 염두가 안 난다고 한다. 그러면서도 편지를 받으면 우선 반가워진다. 받는 쪽에서 말한다면 서투른 편지는 애교로 받아 줄 수도 있으나 역시 읽기에 좋은 문장이어야 함은 물론이다. 서툰 게 지나쳐서 고통과 불쾌를 가져온다면 그 역시 생각해 볼 문제일 것이다.

편지는 말없는 웅변, 한마디로 열 가슴을 열어 보인다. 세상이야 어떻든 변하든 편지를 주고받는다는 건 아름다운 인간사의 하나라고 하고 싶다. 쓸 수만 있다면 얼마든지 쓰는 게 좋을 것이다.

편지를 보내고 답장을 기다리는 동안의 끊으려야 끊을 수 없는 유대감, 편지를 쓰면서 상대방을 생각하고 있었을 시간의 소중함, 그런 사사로운 감각 같은 것이 진정 우리 생활에 있어야 하지 않겠는가.

허나 온갖 극적인 테마로 엮어진 갖가지 편지 중에도 가장 절실한 건 아마도 써놓고 보내지 못한 편지일 것이다.

쓰고도 보내지 못하는 편지, 영원히 보낼 수 없는 편지, 그런 편지를 밤이 깊도록 쓰고 앉은 외로운 가슴의 사연일 것이다.

사교육에 파김치 돼 쓰러진 손주들을 보며

봄날은 찬란한데 학생들은 이즈음부터 초조해진다. 중간고사가 다가오기 때문이다. 학생부 종합전형, 논술전형, 특기자전형, 정시모집… 복잡한 입시는 그렇다 치고 당장 학교 내신부터 잘 받아야 한다. 선생님들이 낸 함정 문제를 어떻게 피해 나갈까, 아이들은 오늘도 머리를 싸맨다. 아침에 집을 나서며 고교생 딸이 "시험 기간 잠시 사라졌으면 좋겠다."고 한다. 함께 웃었지만 미안했다.

나는 손자가 둘, 손녀가 둘이 있다. 둘은 대학에 둘은 중·고등학교에 다닌다. 네 손주를 생각할 때 먼저 떠오르는 느낌은 '불쌍하다'는 것이고, 다음이 '보고 싶다'는 것이다.

녀석들이 초등학교 다닐 때만 해도 열 식구가 자주 식사할 만큼 왕래가 잦았다. 커 가는 모습을 보며 할아버지·할머니로서 재미도 여간이 아니었다.

그런데 두 아이는 고등학생이 된 후 한 달에 한 번 보기도 어려웠다. 하교 후 학원에 가야하기 때문이다. 그나마 내가 아들네 집으로 가서 파김치가 돼 쓰러진 모습을 보는 게 고작이다. 멀리 떨어져 살다보니 애처롭기가 두 배다.

요즘 사교육 실태는 상상 이상이다. 우리나라의 한 해 총 사교육비가 30조원을 넘는다고 한다. 연간 R&D 예산이 19조원임에 비교하면 입이 딱 벌어지지 않을 수 없다. '과외망국론'이 나올만하다. 어느 중학생이 "하루에 최고 18시간까지 공부해야 한다."며 불평하는 것을 TV에서 본 적이 있었다. 바른 품성과 지혜를 익히고, 세상을 보는 시야를 넓히며, 미래에 대한 흥미를 가져야 할 청소년기를 이렇게 시험에만 매달리니 '입시망국론'이 나오는 것도 당연하다.

그렇다고 자식들에게 "손주들 사교육 좀 줄여라"라고 훈수를 둘 수도 없으니 고민이다. "다들 시키는데 우리 애들만 안 시켜서 손해 본다면 책임지실 수 있느냐"고 묻는다면 대답할 방도가 없기 때문이다.

두 아이 사교육비가 부족해 늘 절절매는 아들 내외를 지켜보자니 이 나라의 교육정책이나 부모의 현실관 중 적어도 어느 한 쪽은 한참 잘못됐다는 생각이 떠나질 않는다.

우리나라 청소년의 88%가 사교육을 받는다고 한다. 핀란드 청소년은 "사교육은 무어냐"고 되묻는다는데, 그 나라가 우리보다 못산다는 말은 들어본 적 없다. 많은 책을 읽고, 넓은 세상을 구경하고, 밝은 미래를 꿈꿔야 할 청소년이 창의성이라고는 전혀 없는 주입식·암기식 공부에 허덕이는 현실을 보면 나라의 장래가 암울할 뿐이다.

어느 대기업 사장은 "기업은 '참치'급 인재를 원하는데 사교육은 '잡어'만 키운다."고 탄식했다. 서울대와 모스크바 국립대를 졸업한 엘리트는 취업을 위해 전문대에 갔다고 한다. 이것이 오늘 한국교육과 사회의 희극 같은 현장이다. 작가 조정래가 "아이들에게 사교육 폭탄을 돌리지 말라"고 강력 경고했다는 얘기를 들으면 부럽다 못해 신기하다.

지금 중학생들이 40대가 되면 4차와 5차 산업혁명으로 학교에서 배운 지식은 아무 쓸모없어진다고 한다. 이 격변의 시기에 죽기 살기로 일류대 진학에 목을 매는 교육, 부모와 자녀가 '2인3각' 선수로 뛰며 과도한 교육비에 가정과 나라를 골병들게 하는 병폐를 고치지 않는 한 미래는 없다. 사람마다 출발선이 다르다는 금 수저 론, '돈도 실력'이라는 비뚤어진 운동장 론을 적잖은 학생과 부모가 수용하는 세태도 한시 바삐 뜯어고쳐야 한다.

'달달 외워 만든 정답'이 아니라 '상식과 능력에 뿌리를 둔 정답'이 통하는 나라를 만들어야 한다. 성실한 학생이 사교육이 모자라 성공할 수 없다면 그건 공정한 사회가 아니다. 현재의 선행 교육과 암기식 교육 따위로는 세계화 속의 미래를 기대할 수 없다.

'세상에서 가장 똑똑한 아이들'에 한국 교육은 이렇게 묘사된다. "학생들이 하루 12시간 학교에서 지내며 한 편의 서사시 같은 일과를 보낸다. 한국 교육은 압력밥솥, 한국 학생들은 아동 철인(鐵人)경기 출전자다." 아이들이 행복하지 않은 나라의 미래가 밝을 리 없다. 대선(大選) 판에 숱한 장밋빛 약속이 난무하는 데 속 시원한 해법은 들리지 않는다.

보름 남짓 뒤면 결정될 다음 대통령은 교육제도 개혁에 국가적 명운을 걸어야 할 것이다. 이 길이 육아 문제와 인구 절벽도 극복할 근본적 방안이다.

개천 용 사라지는 사회

어느 정도의 부정부패와 독직(瀆職)에는 체념한 상태다. 그러나 제아무리 권력층일지라도 위험을 각오하고 얽히지 않으면 안 되는 불가침 대상이 있다.

교육의 평등성이다. 그런데 '배후 조종'으로 대학에 부정 입학해 온갖 특혜를 누린 것도 모자라 '돈도 실력이야. 니네 부모 원망해'라며 비웃었다. 이런 세상이 있나 싶다.

입시 철 신문 사회면을 보면 가슴이 따듯해지는 시절이 있었다. 행상하는 홀어머니 모시고 나무 궤짝 책상 삼아 공부한 학생, 공장에서 일하는 아버지 밑에서 학원도 못 가본 학생이 대학 입시에서 수석 합격했다는 스토리를 읽었을 때다.

'교과서와 헌 참고서로만 공부했다'는 그들 얘기를 들으며 "나도 언젠가는" "우리 아이도 언젠가는" 하며 춤을 꿈을 키운 이가 적지 않았을 것이다. 1960~70년대쯤 이야기다.

2004년 서울대에서 '누가 서울대에 들어오는가.'라는 자료를 냈다. 1970년부터 2003년까지 서울대 사회과학대 입학생 1만2500명의 가정환경을 분석한 보고서다. 33년 동안 고소득 자녀 입학은 17배 늘었고, 농어촌 학생 비율은 그동안 5분의 1이하로 쪼글아 들었다는 게 연구 요지다. 그동안 소득이 늘고 농촌 인구가 줄기는 했지만 정도가 심하다. 그리고 다시 13년이 지난 올해, 서울대 신입생 절반 이상이 특목·자사고와 강남 지역 학생들로 채워졌다.

부모의 사회·경제적 배경이 자녀 학력을 결정하는 현상은 선진국에선 오래된 사회문제다. 미국과 영국 같은 나라는 저소득층 자녀 학력을 끌어올리고 입시에서 우대하는 정책을 폈다. 우리도 '개천에서 용 나는 사회'를 만들겠다며 정권마다 새 교육정책을 시도했다.

그런데 우리는 제도를 바꿀수록 가난한 집 학생이 불리해진다. 학교 현장에 새 정책이 뿌리내리기 전 학원에서 핵심을 뽑아내 가르치기 때문이다. 고액(高額) 학원을 다녔는지가 입시 성패를 가른다.

사(私)교육 시장 규모가 한 해 18조원이라고 정부는 말한다. 하지만 부모들이 체감하는 부담은 그 배(倍)다. 지난해 서울 시민 1000여 명에게 가장 큰 관심이 뭐냐고 물었더니 65%가 '자녀 사교육비 증가'라고 답했다. 아이를 낳아 대학까지 보내는 데 드는 비용이 3억원이 넘는다고 한다.

엄마 덕분에 체육 특기생으로 부정 입학한 스무 살 젊은이가 "돈도 실력"이라고 큰소리치는 세상이다.

그래도 우리가 선진국보다는 교육을 통한 사회 이동이 쉬운 나라라고 생각했다. 하지만 최근 OECD 조사를 보니 우리 사회에서 부모의 학력·소득이 자녀의 성적에 미치는 영향력이 미국·덴마크·영국·일본보다 큰 것으로 나타났다. 다른 선진국은 부모 소득이 자녀 성적에 미치는 영향이 점점 주는데, 우리는 매년 늘어나고 있다.

한국 사회를 떠받쳐온 '교육 사다리'가 작동을 멈췄는데도 나라를 이끄는 분들은 정권 쟁탈에만 관심 있지 고장 났는지조차 아는지 모르는지.

엄격한 성적 위주 교육이 한국전쟁 잿더미에서 기적을 일궈냈다. 명문대 입학은 미래의 성공, 사회적 지위, 결혼의 향배까지 좌우하는 필수적 요소로 여겨졌다.

이런 치열한 경쟁 속에서도 시험의 공정성에 대해선 변함없는 대중의 믿음과 신뢰가 있었다. 똑같은 날, 똑같은 시험을 보고, 그 성적에 따르는 결과에 승복했다. 그래서 '개천에서 난 용'이 가난하고 변변찮은 배경에도 불구하고 사회계층을 치고 올라갈 수 있었다.

그런데 점점 벌어지는 소득과 기회의 차이로 인해 언제부터인가 교육 불평등마저 초래되고 권력과 부를 대물림하면서 대중의 불만이 고조돼왔다.

그래서 "지금의 땀 한 방울이 나중의 눈물 한 방울을 막아준다."는 말을 더는 못 믿겠다는 학생들이 꿈과 희망마저 포기한다.

문제는 5년 단위로 들어서는 정권마저 교육정책을 전면 개편하면서 학교와 학생을 그 실험 대상으로 삼는 풍토 속에서 창의성은 절대로 자라날 수 없다.

청춘을 슬기롭게

아프니까 청춘이다. 10여 년 전 청년 세대를 휩쓸었던 책 제목이다. '아프니까 중년이다' 등등 '아프니까~' 시리즈가 뒤를 이었다. 아프지 않고 힘들지 않은 세대가 없다. 아프고 힘든 사연이 제각기 다를 뿐이다.

"얼굴을 들어 하늘에 하소연하니 하늘 또한 힘들다고 하네 (仰眠問天 天亦固)" 명나라 말기 한 시인의 명구다.

전쟁과 기아를 쓰리게 체험한 세대에게 대한민국은 기적의 나라다. 누가 뭐라 해도 이만하면 잘 살기도 하고 괜찮은 나라가 됐다. 그런데 온갖 희생을 무릅쓰고 힘들여 세운 나라를 젊은이들은 '헬 조선', '한국이 싫어서'라며 증오를 내뱉는다.

경건한 마음으로 국기를 내걸어야 할 국경일도, 가족과 친척이 함께 기려야 할 명절도 이들에게는 그저 '노는 날'일 뿐이다. 이런 청년들을 보면 실망과 분노를 넘어 강한 배신감마저 든다.

한국 사회에서 세대를 극명하게 갈라놓는 기준은 '디지털 친밀도'다. 젊은이들의 영토, 도심 커피숍 풍경이다. 저마다 커피잔을 앞에 놓고 스마트폰이나 노트북을 들여다본다. 지하철도 마찬가지다. 어쩌다 조심스럽게 종이신문이라도 펼치면 사방에서 눈초리가 날아든다. 심지어는 맞선보는 자리에서도 젊은이들의 눈은 스마트폰에 붙박여 있다고 한다. 그런데 20세기 동안 각종 문명의 이기가 발달하며 소화해야 할 정보량이 100배나 늘었다. 20세기말 이후로는 정보가 수만 배로 급증했다. 인터넷의 출연 때문이다. 책도 종이신문도 사이버 세대에게는 M1소총만큼 낡은 무기다.

근래 들어 모든 분야에서 여성의 약진이 돋보인다. 여성의 재능과 노력 못지않게 사이버 세대 남성의 나태, 방만, 일탈의 부정적 생활 태도에서 여성의 재능과 노력이 돋보인다.

한국 청년의 삶은 더욱 힘들다.

세계 제일의 청년 자살률은 우연이 아니다. 초등학교에 들어가기 전부터 공부에 시달린다. 대학 입시와 취업전쟁을 거치면서 이미 탈진 상태다. 용케 직장을 얻어도 언제 쫓겨날지 모른다. 길게 버텨봐야 20년 남짓이다.

실로 안쓰럽기 짝이 없는 일이다. 그동안 우리는 앞만 보고 숨 가쁘게 달려왔다. 그리고 우리의 성공이 대물림 될 것이라, 믿어 조금도 걱정하지 않았다. 이제 생각을 바꾸어야 한다. 더 이상 세상의 확실한 성공을 보장하는 직업은 없다. 젊은 세대는 무엇을 해도 아버지 세대의 성취를 기대할 수 없다. 그러니 다그치지 말자. 그 대신 윗세대와는 달리 무엇을 해도 굶어 죽을 염려는 없다.

그러니 자신이 좋아하는 일을 하도록 내버려 두자. 그리고 느긋하게 지켜보자. 문명에 지친 심신의 치료법은 의외로 간단한 것. '걷기'라고 한다. 근래 들어 '올레길', '둘레길', '힐링'이 유행어가 된 이유가 있다. 삶이 황망할수록 속도를 늦추어야 한다. 청년 세대의 일상에 스마트폰과 노트북 못지않게 산책과 사색이 중요하다. 은퇴자들이 대중인 주말 등산과 아침 산책에 젊은이가 동참하는 나라. 그런 세상이 젊은이의 열린 길이 보일 것이다.

1960~70년대 한국사회가 활기찼던 것은 계층 상승의 가능성이 있었기 때문이다. 노력해서 자기 대에 이루면 좋겠지만 그게 아니더라도 자식들의 삶은 더 나아질 것을 확신했다. 공장에서, 더운 나라의 모래바람 속에서, 탄광에서 아버지들은 당장의 고단함을 아이들의 미래와 맞바꿨다. 집에서 자라는 희망을 생각하면 고생은 고생이 아니었다. 그리고 현실에서 보상받았다. 어느 순간부터인가 사회의 상층부로 갈 수 있는 문들이 닫히기 시작했다. 가장 나쁜 사회가 희망 없는 사회다. 우리는 지금 가장 나쁜 사회로 가고 있다. 결론은 정체된 사회는 안팎으로 다 망한다는 거다.

"민중은 개·돼지요, 먹고 살게만 해주면 된다."고 했다는데 제대로 먹고살게 해주지도 못하면서…. – 아무도 책임 없는 세상!
그리고 개, 돼지는 그렇게 함부로 낮추어 입에 올릴 동물이 아니다.
개는 충직과 신의의 동물이다. 술 취해 잠든 주인, 산불에서 구하자고 제 털에 물 묻혀 불을 끈 뒤 지쳐 죽은 개 이야기며, 주인이 죽자 그 묘 앞에서 시묘살이 3년 채운 개도 있다. 돼지는 왜 또 그 대접이냐, 사람이 그렇게 키워서 그렇지 돼지는 세상에서 가장 깔끔하고 청결한 동물중 하나다.

"연탄재 함부로 발로 차지 마라 / 너는 누구에게 한번이라도 뜨거운 사람이었느냐"는 시가 있다.

　"돼지라고 함부로 대하지 마라 / 너는 구워먹으라고 남에게 제 살한 덩어리 기꺼이 던져준 적 있느냐"고 묻고 싶다.

청춘의 삶이 너무 아프다

취업 준비생 J씨(29) 어렵게 취업에 성공했지만 막상 다니다 보니 너무 스트레스가 심해 다른 직장 찾으려고 사표를 냈다. 그런데 막상 재취업 준비를 하다 보니, 처음 취업 준비할 때보다 오히려 심적 고통이 심했다.

밤만 되면 '조금 더 참을 걸 괜히 퇴사했나.' '올해도 다른 곳에 취업 못하면 공무원 시험 준비라도 해야 하나' 하는 걱정이 꼬리를 문다. J씨는 "그러다 보면 어느새 날이 밝아 있는 경험을 6개월째 하고 있다"고 했다. J씨처럼 불면증에 시달리는 사람이 해마다 늘고 있다. 잠을 못 자 병원을 찾은 사람이 지난해에는 상반기에만 40만 35명으로 꾸준히 늘고 있다고 한다. 20대 취업난, 50대는 갱년기 탓… 불면증 환자만 늘어간다.

'청년백수' 가난했던 보릿고개 시절에도 없던 단어다. 그런데 지금은 우리나라 전역을 떠도는 심각한 전염병이다. 며칠 전 지하철 안에서 서고 앉은 젊은이들 넷의 이야기가 들려왔다. 취업원서를 300번 넘게 썼다는 것, 몇 번 면접 보러 갔지만 왜 떨어졌는지 모른다는 것, 뭐든 시켜만 주면 잘할 수 있다는 것, 취직을 못하니 부모님께도 미안하고 친구들 보기도 싫어진다는 것, 결혼은 아득하고 연애는 꿈도 못 꾸니 사는 재미가 없다는 것 등 낯선 젊은이들의 말에 가슴이 저려왔다. 마치 K여사 딸이 하는 하소연처럼 들려왔기 때문이다.

아침밥을 겨우 한술 뜨고 학교에 갔던 아이가 휘영청 밝은 가을 달을 지고 집안에 들어선다. 처진 어깨와 힘없는 발걸음을 대하니 절로 가슴이 아린다. 수능 시험일이 다가올수록 부담감에 짓눌리나 보다. 곪아 터지기도 하고 딱지가 앉기도 해서 얼굴을 온통 뒤덮은 여드름이 '나 정말 힘들어요.'라고 대신 말하는 것 같다. 밀려오는 안타까움이 아이의 등 뒤에 매달린 커다란 책가방보다 더 큰 무게로 어미의 가슴을 쓰리게 한다.

썩 명문대는 아니라도 4년 내내 장학금을 받았고, 학점도 높아 반 학기 미리 졸업한 내 딸. 문헌정보 전공에 사서자격증, 교직 이수로 사서교사 자격증까지 취득해 졸업만 하면 금방 취직할 것 같았다. 임용고사 준비 2년 내내 서울·경기 지역은 사서교사를 한 명도 뽑지 않았다. 헛공부만 한 셈이었다. 올해는 방향을 전환해 토익 시험도 보고 컴퓨터 활용 자격증도 따서 여기저기 원서를 내고 있다. 사서교사가 아니라도 어디나 불러만 주면 열심히 일할 의욕에 차서 수없이 자기 소개서를 쓰고 취업 원서를 내보지만 연락 오는 곳은 드물고 면접을 해도 다시 오라는 곳이 없다. 시간이 흐를수록 점점 자신감이 줄어드는 게 눈에 띈다.

며칠 전, 한 장 남은 달력을 보며 딸이 그랬다. "엄마, 이제 내년이면 스물여덟인데 그러면 기업 취직은 어렵대. 내년에는 나이 상관없는 시험 준비를 해야 할까봐 정말 열심히 준비했고 뭘 시켜도 잘할 것 같은데 왜 이렇게 안 되는 거지? 학교 때문에? 혹시 성형수술을 안 해서일까? 아님 크지 않은 키가? 엄마 뭐가 문제일까? 엄마가 객관적으로 이야기 좀 해줘봐." 딸의 말을 듣는 동안 K여사는 가슴 속으로 피가 흘렀다.

"딸! 힘내, 엄마가 보건데 너한테 문제는 없어. 열심히 살아왔고 지금도 훌륭해. 넌 준비가 되어 있는데 아직 때가 네게 이르지 못한 것뿐이야. 조금만 더 기다리면 때가 너를 찾아올 거야!" 말은 이렇게 했지만 어미는 더 답답하고 두렵기만 하다.

정말 내 딸에게 때가 올까? 세상 모든 엄마가 사랑하는 아들, 딸들 앞에 그 때가 올 것인가? 장학금 받으려고 공부에만 매달렸던 대학 시절도 그다지 즐거운 청춘은 아니었다. 졸업만 하면 문이 열릴 줄 알았는데 청춘은 또 취업이라는 거대한 옹벽에 갇혀 버렸다.

스물일곱 내 딸, 청춘이 아프다. 즐겁게 일하고 연애도 하고 결혼도 하는 청춘! 내 딸에게 그런 청춘은 요원한 걸까? — K여사의 하소연에 위로와 용기의 말을 찾지 못하였다. 다만 이 나라 엄마 아빠들의 공통된 현실이 원망스럽다.

소동파(蘇東坡)는 기러기를 온갖 풍상과 곡절 속에서 짧은 세상 살다 가는 인생에 비유했다.

"인생의 끝닿는 곳 무엇과 같은가/ 날던 기러기 눈 진흙 밟듯 하구나/ 진흙 위엔 우연한 발자국 남기고/ 기러기 또 동서로 날아가네."

그러나 기러기에 관한 최고의 비유는 21세기 한국교육의 파산을 풍자하는 '기러기 아빠'란 말일 듯하다. 기러기 아빠들의 월평균 송금액은 뻔한 수입에서 매달 평균 90%를 보내야 하니 혼자 남은 외로움에다 그 삶의 고단함은 말할 것이 없다.

　서민 자녀들 절규 안 들리나 〈올 대학생 졸업반 10명 중 1명만 정
규직 취업〉(1월22일 A14면)을 읽고 기가 막혔다. 올해 대학 졸업 예
정자의 정규직 취업률이 고작 11%에 그쳤다. 일본은 대학을 졸업하
자마자 기업이 모셔가기 바쁠 정도인데, 우리나라는 대학생들이 일
부러 졸업을 연기해가며 취업 걱정을 하고 있다. 정부는 취업 통계를
늘리기 위한 임시방편으로 단기 ‘가짜 일자리’를 만드는데 신경을 쓰
지 말고 규제 철폐와 노동시장 유연성 제고 등을 통해 ‘진짜 일자리’
를 만드는 데 정권의 명운을 걸어야 한다.
　유창한 말에는 충성이 없고, 화려한 꽃에는 열매가 없다. 정치가
잘못 되면 얼마간 잃고, 경제가 잘못되면 많이 잃게 된다.

TV와 스마트폰 유감

　우리나라처럼 가는 곳마다 TV가 켜져 있는 나라가 있을까. 아마도 우리보다 후진국 중에는 있을 것이다. TV가 너무 신기하고 재미있어서 아무도 TV에 반기를 들지 않는 나라 말이다.

　지금은 누구나 스마트폰이라는 TV를 들고 다니는 시대다. 그런데도 아직 TV는 '여가(餘暇)의 왕좌'에서 내려오지 않고 있다. 최근 LG경제연구 조사에서도 한국인의 여가시간 중 1위는 TV 시청이었다. 하루 평균 1시간 51분을 TV 보는데 쓴다고 했다. 이것은 'TV 보는' 시간일 뿐, 아마 'TV가 켜져 있는' 시간을 조사하면 이보다 훨씬 늘어날 것이다. 모든 집의 가장 좋은 자리에 영락없이 TV가 놓여 있고 모든 식당과 주점에 TV가 켜져 있으며 그 사실에 아무도 이의를 제기하지 않는다. 지친 심신을 값싸게 위로해주는 도구라는 이유로 TV는 너무 켜져 있다.

　버스를 타도 TV가 있고, 지하철에도 TV가 있다. 택시를 타니 앞좌석 등받이에 TV가 달려 있다. TV로부터 벗어날 수가 없다. 나는 집에서 TV를 거의 보지 않는다. 보지 않는다기보다 보고 싶은 것만 본다.

　이제 우리도 TV를 신줏단지 모시듯 하던 시대와 작별할 때가 됐다. 누구나 스마트폰으로 자기만의 TV를 볼 수 있지 않은가. TV는 이미 공중의 미디어에서 개인의 미디어로 탈바꿈했다. 물론 월드컵이나 천재지변 뉴스 같은 공통적 관심사의 경우, TV는 여전히 고유의 폭발력을 지니고 있다. 하지만 적어도 'TV는 이젠 환영받는다'는 생각은 이제 낡은 도그마다. TV 볼 권리만큼이나 TV 보지 않을 권리도 소중하기 때문이다.

아는 것이 힘이던 시대는 가고 생각이 힘인 시대가 되었다. 상상력, 창의성, 기획력…. 이 세상의 모든 새로운 가치는 생각하는 힘에서 생겨난다.

신호등을 기다리다 보면 차량은 보지 않고 스마트폰만 들여다보며 걷거나 길을 건너는 사람이 아주 많다. 사고가 날까봐 두려워 걱정이 된다. 과거에는 지하철이나 버스에서 신문이나 책을 읽는 승객이 많았는데 어느 때부터인가 풍속도가 바뀌었다. 나이와 성별 구분 없이 모두 스마트폰을 들여다보고 있다. 사회적 문제가 되고 있는 포켓몬고를 비롯한 게임에 몰두한 사람도 많다. 이에 더해 텍스트, 사진, 그림, 일러스트까지 다루며 스마트폰에 중독돼 산다.

친구들 모임에서도 대화하지 않고 스마트폰에 열중하고, 80대 나이들인데도 스마트폰만 보다가 점심 식사만 하고 헤어진다. 연수나 교육장은 물론 가족과 식사를 하는 동안에도 손에서 놓지 못한다.

스마트폰과 떨어져 있으면 불안해하기까지 한다. 그 결과 사람 간 교감과 대화가 단절되고 아이들의 인지 발달에도 어려움이 생긴다. 영유아기 스마트폰 화면을 반복적으로 보면 뇌가 불균형하게 발달해 사회성이 결여되거나 언어 발달이 지연되는 등의 여러 문제가 생길 수 있다.

　스마트폰은 훌륭한 기기이다. 많은 정보를 수시로 빠르게 검색할 수 있고, 학습에 이용하거나 공간을 초월해 업무를 볼 수도 있다. 그러나 인공지능이 발달하고, 광속으로 정보를 공유하고, 인터넷을 통해 신문이나 책을 읽는다 해도 지적 능력과 사고력 및 판단력 향상에서는 종이 신문이나 책을 능가할 수 없다. 다양한 지식과 정보의 출발점이 신문과 책이다. 나라의 미래는 독서로 결정된다. 스마트폰을 활용하되 신문과 책을 가까이 하는 문화를 이뤄가야 한다.

우리 동네

　우리 집으로 들어오는 골목 어귀엔 리어카 위로 흰 포장을 친 〈뻥튀기〉 장수가 있다. 온종일 〈뻥튀기〉를 뻥뻥 튀긴다. 흰 포장에는 서투른 글씨로 (한국팽창식품주식회사)라고 쓰여 있다. 처음엔 선명한 검은 글씨였는데 흰 포장이 때 묻은 것과 함께 뿌연 글씨로 퇴색했다. 그만큼 이 회사에 연륜이 쌓인 셈이다. 그러니까 〈뻥튀기〉 장수는 사장님이다.

　우리 골목의 주인공 중 제일 지위가 높다. 아니지 참, 제일은 아니다. 또 한 분 사장님이 계시다. 그 사장은 까만 승용차를 갖고 있다. 차고가 따로 없는 그 까만 승용차는 〈뻥튀기〉 리어카 옆이 주차장이다. 차고뿐 아니라 이 사장님은 집도 없다. 우리 골목에서 제일 큰 양옥에 월세로 방 한 칸을 얻어 들고 있다. 집 뿐 아니라 사무실도 공장도 없는 사장님이란다.

　그래도 아주 그럴듯한 회사 이름을 갖고 있는데 간판을 걸 데가 없어서 명함에만 박아 가지고 다닌다. 이 승용차만 있는 사장님은 매일 다방으로 출근을 한다.

　이렇게 우리 골목에는 사장님이 두 분, 그리고 아마 전무나 상무도 몇 분 있을 테고 공무원도 교사도 있고 장사꾼도 있다.

본래는 제법 고래 등 같은 기와집만 있는 동네였는데 요즈막엔 이런 한옥이 드문드문 헐리고 2층 3층 양옥이 들어서는 바람에 그만 고래 등 같은 기와집이 게딱지처럼 초라해지고 말았다. 양옥집에 사는 사람은 2층에서 남의 기와집 속 안방까지 들여다 볼 수 있고, 그래서 기와집에 사는 사람은 신경질을 있는 대로 내면서 언제고 한번 돈을 왕창 벌어서 기와집을 헐어 버리고 슬라브 양옥집을 짓고 말겠다고 이를 간다.

이런 우리 동네의 서쪽은 산이다. 본래는 산이었지만 지금은 빈틈없이 집이 다닥다닥 붙어 있으니 산동네다. 이 산동네가 또 재미있다. 루핑이나 함석을 덮은 판자 집이 대부분이었는데 요새는 붉은 벽돌의 2층 연립주택이 많이 생겼다. 그러나 아직도 골목은 미로처럼 좁고 꼬불탕꼬불탕 하고 연립주택 그늘엔 판자 집이 그대로 남아 있다. 이 주택은 시에서 시멘트며 벽돌을 거저 줘서 지었다고 하는데 그런 혜택이 누구에겐 가고 누구에겐 안 가는지 그것까지는 자세히 모르겠다. 아무튼 연립주택 때문에 판자 집들이 한층 초라해 보일 뿐이다. 초라해 보일 뿐 아니라 당장 안정도가 의심되는 위험 건물이 많다. 그런데도 서너 집 건너마다 텔레비전 안테나가 높이 솟아 있다. 축대가 손가락이 드나들 만큼 금이 간 채 허물어져 가고, 지붕에 루핑은 누더기처럼 헤진 집 속에도 텔레비전은 있는 것이다. 이 집 가장이나 주부의 살림 솜씨가 형편없나 보다. 참 딱하다.

이 산동네에 올라서면 이 산동네의 품에 삼태기에 담긴 듯이 안긴 우리 동네가 한눈에 들어온다. 원래는 고래 등 같은 기와집이 아름다운 동네였다. 그러나 지금은 우뚝 솟은 양옥 사이에서 이 빠진 자국처럼 초라하다. 엉터리 사장님들의 허풍까지를 포함한 이런 저런 추

(醜)함들이 바로 우리의 근대화의 한 모습일지도 모르겠다.

여름 날씨가 옛날보다 점점 더워지는 느낌이다. 더운 날 시골 동네 목욕탕에 갔다. 한낮이어서 그런지 손님이라곤 몇 사람밖에 없다. 탕에 들어가 따뜻한 물에 몸을 담그니, 가벼운 자극이 전해 온다. 탕 속에는 나뿐이었다. 이때 때 미는 아저씨가 목욕탕 문을 열고 외친다. "○○아버지, ○시까지 나오랍니다." 이미 가족끼리 와서, 아내가 밖에서 전하는 말일 게다. 이런 소리도 어릴 적에는 자주 들었는데 하고 생각하니 정겹기도 하다.

옆의 냉탕에서는 젊은 아빠가 유치원에나 다닐 법한 어린애 둘과 함께 놀고 있다. 아빠는 어깨 높이로 팔을 들어 올리고, 아이가 물속에서 뛰어올라 그 팔에 닿는지 시험하는 놀이다. 아이가 기를 쓰고 뛰어도 아빠 팔에 닿지 않는다. 계속 뛰어오르는 아이에게 아빠가 살짝 팔을 내려주니 아이 머리가 닿았다. 아빠가 "아이쿠 닿았네." 하고 칭찬하자, 신이 난 아이는 뛰기를 거듭한다. 좋은 때다.

탕 안에서 마주 바라보이는 커다란 유리창에는 야산의 녹음이 가득하다. 가벼운 바람이 부는지 나뭇잎 뒷면의 진록과 연록이 뒤섞여 물결친다. 저 무성함도 머지않아 힘을 잃고 벌거벗은 몸으로 찬바람을 맞이할 것이다. 녹음을 바라보고 있으니 마음은 편안하고, 몸은 점점 나른해진다. 행복한 느낌이 들어 감사 기도를 드렸다. 목욕을 하면 뇌졸중을 줄일 수 있다는 연구 결과도 있듯이, 몸이 개운하고 잠 잘 때 특히 편안하다. 그러니 몸과 마음이 서로 연결되어 둘이 아님을 알겠다.

공중목욕탕 물이 깨끗하다고 할 수는 없다. 하지만 더러움으로 더러움을 씻어 낸다는 뜻이 거기에 담겨 있다. 우리 시대의 영적 스승인 청화 큰 스님은 하루에 세 번 목욕하라고 권했다. 이승에 잠시 맡겨진 무상한 몸뚱이지만 깨끗이 간직하여 정신까지 청정하게 하라는 말씀이다.

이런 뜻을 떠올리며 동네 목욕탕에 앉아 편안한 마음으로 바라보는 주변 풍경 모두 정겹고 포근하다.

향수에 잠긴 추억

바다를 싫어하는 사람도 있을까?

혼자 이렇게 물어보곤 대답 대신 피식 웃어보는 것이 나의 버릇이다. 내가 자란 곳이 여느 아름다운 어촌인 것도 아니고 또 내가 어부의 아들인 것도 아니다. 갯내음의 향기를 아주 잊어버려, 생각을 회상 하듯이 그 내음새를 회생시켜 보려는 것이 요즈음 나의 간절한 바램이다.

그러면서 작년에도 해수욕을 가보지 못했다.

우리가 강릉 앞바다 망망대해를 마음껏 바라보던 그 시간 진도 팽목항의 세월호 참사의 비보가 우리를 놀라게 했다. 갯벌에서 불어오는 바람, 그것은 바다에서 밀려와 갯바닥을 훑고 기슭에 와 닿는 바다의 물 냄새를 즐길 겨를도 없었다.

'사랑한다' 말 남긴 아이들이 극도의 공포와 외로움 속에서 애타게 구조를 기다리다 끝내 처참하게 스러져 갔을 17세 학생들의 모습을 떠올리면 말로 다 형언할 수 없는 분노와 슬픔이 가슴 속에 차오른다. 그 어린 청소년들이 살기 위해 애타게 그 무언가에 매달렸을 마지막 사투 과정이 순간순간 머릿속에 그려지면 차마 그 고통을 참아

낼 수가 없었다. 오늘은 단원 고등학교 교문 밖을 서성이다 돌아왔다.

내가 살던 고향은 꽃피는 산골이다. 선녀들도 경치가 좋아 놀다 갔다는 '선유동' 용추골 용추의 맑고 깊은 물은 이 고장 사람들의 가슴속에 한두 개쯤 전설을 간직할 만한 명소다. 철따라 풍광이 바뀌는 둔덕산은 이 마을 아이들의 꿈과 기상을 키워가기에 충분했다.

해방 직후 그곳을 떠났다. 하지만 나는 아직 그곳에 남기고 온 것들을 기억한다.

뒤뜰 헛간에 놓고 온 바퀴 차, 그 바퀴를 손으로 돌리고 놀면서 「평양 가고 경성가고 …」 하고 놀던 헌 바퀴 차, 또 감나무 허리에 새겨 놓고 온 이름 석 자!

내 나이 대여섯 살 적에 나는 동리 사람들이 구장 집 손자라고 부르는 것을 알게 되었다. 그리고 우리 집의 대명사가 구장 댁인 것도 귀담아 듣게 되었다. 감나무 두 그루가 엇갈려 서 있는 문경 선유동의 구장 집, 내 감은 두 눈 속에 얌전히 스며든다. 그것은 빛바랜 옛날의 사진처럼 뿌연 원색화이다.

뽕나무 밭이 줄그어 가시울타리까지 달려간 뒷밭에서 오디 철 한여름을 보내면 감나무의 감이 어린 나를 얼리면서 익어갔다.

오딧물 들어 입술이 너나없이 연두 빛이 되던 그 한철이 지나 뽕잎에 기름진 여름이 줄줄 녹아 흐르고 나면 그 다음엔 떫은 입속의 감맛을 느끼게 된다. 그 떫은 감겨를 소매에 비빈다고 야단을 맞던 어린 시절이 나의 눈앞에서 헤죽헤죽 웃는다. 내가 순수무구하게 웃음을 찾을 수 있다면 그것은 이런 혼자만의 회상 속에서나 가능한 것 같다.

처음 담근 감의 떫음이 빠지길 기다리다 못해 가을이 먼저 오는 곳이 그곳이었다. 개암 익기 기다려 산을 파헤치고 다닌다. 또 두 산이 기억 자처럼 붙어버린 산그늘, 그 속의 바위냇물로 빨래가는 아낙들을 부끄러운 줄 모르고 따라다니던 생각…. 사라지지 않는 방망이 소리. 또 먼지 피우며 달아나는 한 두어 대의 목탄차가 신작로로 빠져나가는 걸 바라보고 가슴 설레던 생각도, 시금털털한 머루 따먹느라고 쐐기에 쏘이던 생각도, 씨치레인 뺏지도 지금은 애써 다 그려보고 싶은 풍경들이다.

송편 쪄서 파는 할머니 집에 떡 써는 난장이 떡갈나무 잎 따다 주고 아주 크고 넓적한 놈을 따왔노라, 좋은 일 해준 듯이 뽐내고 송편 한 개 얻어먹고 둘러서는 동리 아이들이 이제는 얼마나 늙었을까? 청솔 잎 훑다 주고 송편 찌는데 깔아 시루에 찌면 송편에 향긋한 청솔 향기가 올랐다. 참기름 발라 스며든 그 청송 향기 고소하게 마시던 것도 그 고향에서만의 송편 맛이었다.

떡갈나무 잎 뒤에 붙은 가을 벌레집 따서 구슬치기 하고 놀던 동네 그 골목마다 가득한 고향 생각은 아직도 나의 여린 회상과 숨바꼭질을 하고 있다.

잊지 못하는 것은 그것만이 아니다. 마른 고사리를 뜯어다 길섶에 펼치고 청태콩 눈 몰래 뽑아다 콩서리 해먹고 그 자리에 찌익 오줌 깔기고 돌아서면 마냥 재미있던 장난, 그래도 아무도 꾸짖는 이 없던 그 곳, 산을 내릴 때 산등성이의 노을 달려와 우리들의 그림자 길게 늘어 잡던 곳 나의 기억 속에 펼쳐지는 구겨진 생각들이다.

고향은 지워지지 않고 잊혀버릴 뿐, 그러나 아직 잊어버리지 않으나 잃어버리는 생각은 있다. 쬐그만 옛날의 장난감을 잃어버리듯이.

비온 뒤 광에서 채를 훔쳐 내다가 달치 새끼나 건져 나누며 싸우던 냇가의 생각 또 포플라 높은 귀의 그림자가 물속에 드리울 때 잔등에 뿔이 숏은 쏘가리가 그 그늘로 기어들고 모래 속에 주둥이만 꽉 파묻는 모래무지가 무지하게 많던 강 가.

그놈들 잡아서 한 마리도 찌개 끓여 먹어 보질 못했건만 무엇 때문에 잡으려고 고무신만 떠내려 보내고 울곤 하였는지.

수수깡 뽑아 마디마디 끝마다 씹어 빨아먹고 안경 만들어 쓰고 우체국의 문을 열고 들어가 보던 시절로 달려가는 생각들 그것이 몰려가서 나의 고향을 이룬다.

4
오죽하면 정년을 포기할까

정년 포기하고 학교 떠나는 교사들을 보며

지난 세월이 꿈만 같다. 흰머리 늘어가는 내 얼굴에 문득 놀라 돌아 갈 수 없는 청춘이 그립다. 참으로 빠른 세월!

헤아려 보노라면 패기 충천(覇氣衝天)하던 20대 선생님에서 강산이 몇 번 변할 교단만을 지켜 온 외길 인생!

뒤를 돌아본 교단은 늘 아름다운 추억뿐이다. 때로는 이렇게 조용한 생각 속에 더듬어 보는 수많은 얼굴들 떠오르는 기억마다 흐뭇하고 즐겁다.

이제 얼마 남지 않은 나의 교단생활에 보람을 심자. 교실마다 내 아들 딸들이 청운의 꿈을 펼치고 있다. 저 꿈 담은 입, 희망에 넘치는 표정들이 입을 열면 나는 준비된 대답으로 조화를 이룰 때 내 수업시간은 늘 즐겁고 생기에 넘쳤다.

봄마다 새 학기를 맞아 다짐을 하고 수업을 마치고 교실을 나설 때마다 반성도 하며 내 스스로 채찍을 한다. 모두가 내 아들 딸 인양 사랑스럽다. 나는 학생들의 학생지도는 열심히 하여도 딸을 낳은 부지런함은 없었나보다. 예쁜 딸 하나쯤 있었더라면 싶다. "선생님! 저를 며느리 감으로 어떠세요?" 여학생들의 애교가 더욱 귀엽다.

창가에 기대앉아 밖을 내다보노라면 꿈과 낭만의 가벼운 발걸음,

저 싱싱하게 푸르른 아이들에게서 잃어버린 청춘을 찾아보자고 빙그레 미소를 머금는다. 이래서 선생님이란 직업이 좋다. 저들을 대하는 한 내 마음은 늘 청춘이니까.

- 빛 바랜 일기장에서

나는 지금도 해마다 2월이면 초등학교(초등학교) 졸업식에서 불렀던 노래를 3절까지 다 부르고 나서 아련한 추억 속에 잠긴다. 그리고 인사발령의 초조함과 희비(喜悲)속에서 정든 아이들이며 선생님들과의 헤어짐의 섭섭함이 떠오른다.

"빛나는 졸업장을 타신 언니께/ 꽃다발을 한 아름 선사합니다/ 물려받은 책으로 공부를 하며/ 우리들은 언니 뒤를 따르렵니다.

잘 있거라 아우들아 정든 교실아/ 선생님 저희들은 물러갑니다/ 부지런히 또 배우고 얼른 자라서/ 새 나라의 새 일꾼이 되겠습니다.

앞에서 끌어주고 뒤에서 밀며/ 우리나라 짊어지고 나갈 우리들/ 냇물이 바다에서 서로 만나듯/ 우리들도 이다음에 다시 만나세"

졸업식 노래를 부르며 너나 할 것 없이 울음바다가 되곤 했던 졸업식…. 졸업식에 참석한 학부모들도 눈시울을 붉히며 졸업생들을 위로하며 격려해 주었다. 그러나 이젠 아득한 옛 이야기일 뿐이다.

교사는 초·중등 학생들이 매우 선호하는 직업 중 하나로 꼽힌다. 하지만 수십 대 1의 치열한 경쟁을 뚫고 교단에 선 선생님들의 속사정은 딴판이다. 교사들은 "요즘 선생님하기 너무 힘들다"고 하소연한다.

초·중·고교에서 40년 넘게 교직 생활을 마무리하고 정년퇴임한 선배로서 하루가 다르게 무너지는 교권(敎權)이 남의 일 같지 않다. 사석에서 만난 후배 교사들은 "수업이나 학생 생활 지도가 너무 힘들고 스트레스를 받는다. 하루에도 수십 번씩 '참을 인(忍)'자를 되뇌고 있다"고 했다.

명예퇴직 교사가 급증하는 것은 교권 추락 현실을 극명하게 보여준다. 요즘같이 일자리가 불안한 시기에 정년 보장을 포기하고 교단을 떠나는 심정은 오죽할까.

올 2월말 시도교육청 17곳에 명예퇴직을 신청한 교사는 전국적으로 6039명에 이른다. 이는 매년 늘어가는 현실이다. 교사 명퇴 신청이 급증한 이유로 교권 추락이 꼽힌다. 한국교총이 교사를 대상으로 한 설문조사에서 응답자의 98.6%가 '과거보다 학생 생활 지도가 어려워졌다'고 했다.

구체적으로 학생 인권만 강조하면서 생긴 교권 약화, 문제학생 지도 권한 상실, 자녀만 감싸는 학부모 때문에 학생지도 실패 등을 꼽았다.

후배 교사들의 하소연을 들어보면, 수업시간 칠판에 판서할 때면 일부러 소음을 내서 수업을 방해 하는가 하면 여름철 교실 뒷문을 열어 놓으면 몰래 화장실을 마음대로 들락거리며 장난친다고 한다. 이를 본 교사가 가볍게 제지하거나 머리를 한번 살짝 쥐어박으면 바로 체벌 교사로 몰아세우기 일쑤다. 학부모가 교실로 찾아와 학생들이 보는 앞에서 교사 뺨을 치거나 소송을 걸기도 한다. 수업 시간에 스마트폰으로 게임을 한 학생을 나무라면 "안 하면 될 거 아니냐"며 대들곤 한다.

더구나 학생 인권의 중요성은 나날이 증대되는 반면 교권 보호 대책은 뒤따르지 못하고 있다. 몇몇 교육청이 마련한 학생 인권 조례에 따르면 학생들의 어떠한 용모나 복장도 '개성을 실현할 권리'이므로 허용하고, 교내 인터넷과 휴대전화 사용도 막아서는 안 되며, 학생 동의 없이 소지품을 검사해서도 안 된다고 규정하고 있다. 이런 상황에서는 교사들의 수업권과 생활 지도권을 행사할 여지가 현저히 줄어든다.

학교 내 교원 간 세대차도 심각하다. 예전에는 후배 교사들이 선배 교사에 대한 예우를 갖추고 양보했는데, 요즘은 개인주의적 성향의 젊은 교사들이 동등한 대우를 요구해 선배들과 갈등이 심하다는 것이다. 선배 교사들은 자주 바뀌는 교육 방침이나 첨단 교수법에 적응하기에 어려움을 겪는데, 후배들에게 물어보아도 잘 가르쳐주지 않자 자칫 '뒷방 노인네' 취급을 받을까 봐 서둘러 퇴직하는 경우도 많다.

최근 부산시 교육청에 따르면 교사 심리 상담건수는 2016년도 하반기 144건에서 2017년 683건, 2018년 714건으로 급증하고 있다. 직무 스트레스와 우울증, 번 아웃 증후군 등이 늘었다. 우리나라 교사의 직업 만족도는 OECD회원 27개국 중 22위에 머물고 있다는 조사도 있다.

교권 추락으로 황폐해진 학교 현장을 정상화하지 않으면 가장 큰 피해를 보는 것은 학생이다. 명예와 자부심을 먹고 사는 교사들의 권리를 보호할 특단 대책을 마련하지 않으면 참된 교육은 요원할 수밖에 없다.

예로부터 교직은 신성불가침의 천직(天職)이라고 일러왔다. 따라서 그 직에 봉사하는 자는 사회적으로나 국가적으로 신분의 보장을 받았으며 인격적으로도 국민의 모범이 되었던 것이다. 더구나 금전에 대해서는 청렴결백하였으므로 잘못 먹고 못 입었어도 별로 수치스럽게 여기는 일이 없었다.

교육자들은 국가의 영재(英材)를 길러내고 훌륭한 인간을 길러냄으로써 최상의 낙(樂)으로 삼았던 것이다.

최소한의 교권 보장도 없이 정상적 교육을 바란다면 연목구어(緣木求魚)이다. 범죄와 폭력에 눈감은 교실. 그게 대한민국의 미래일까봐 더 두렵다.

학교 폭력의 아픔

더 이상 교육 현장에 켜진 '적(赤) 신호'를 외면하면 안 된다.

홍사단이 최근 조사한 설문조사 결과에 의하면 고교생 44%가 "10억 원이 생긴다면 1년간 감옥행을 무릅쓰겠다."고 대답했다.

경상북도의 한 중학교 도덕교사가 작년 가을에 겪은 일이다. 급식시간에 새치기하는 학생에게 "줄을 서라"고 말하자 "X 같네. 뭐요? 왜 자꾸 그러는데"라는 말이 돌아왔다. 그 학생은 공부 잘하고 인기 많은 학급 임원이었다.

매년 3월 신학기를 앞두고 각 초등학교 교무실에서는 '6학년 담임 안 맡기' 경쟁이 벌어진다. 이전보다 신체가 발달한 요즘 초등 6학년생 다루기는 여간 힘든 게 아니다. 일부 학생들은 수업시간에 대놓고 교사에게 대들고 학생들 대화는 욕설투성이다.

교육의 기본적 기능 중 하나는 건전한 시민을 길러내는 것이다. '법과 질서를 지키고, 약자는 돕고, 정의로운 일에 용감해야 한다.'는 것을 학교에서 가르친다. 이를 위해 국가는 '국민공통 교육과정'을 만들어 학생들이 이수하게 한다. 그런데 결과는 정반대로 가고 있다. 극단적 이기주의와 물질주의에 물든 학생, 법과 질서는 무시하면서 욕과 폭력에 익숙한 학생이 점점 늘어난다. 이게 아이들만의 책임은 물론 아니다. 자녀를 학급 임원으로 뽑아주지 않았다고 학교에 찾아가 담임교사 머리채를 끄집어 당기며 폭행하는 학부모, 학생 고민을 진심으로 귀담아 듣지 않는 일부 교사, 학교 폭력 가해 학생 학부모가 오히려 학교에서 행패를 부리고도 당당해 하는 현실….

우리는 그동안 학생들의 높은 학력과 학업 성취도에 열광해 왔다. 3~4년 주기로 발표되는 PISA(국제수준 학업 성취도 평가)와 TIMSS(수학·과학 성취도 국제비교 연구)에서 한국 학생들은 늘 세계 1·2위를 다투는 최상위권이다. 하지만 그 '영광의 성적표'가 반드시 대한민국의 미래를 밝게 비추는 것은 아니다. 초등학생도 12%가 "10억을 위해서라면 감옥에 갈 수 있다"고 대답하는 현실이 벼랑 끝에 서 있는 대한민국 교육 현장을 보여준다.

개학과 함께 학생들의 웃음이 교정에 울려 퍼진다. 새로운 교실과 친구, 바뀐 선생님과 함께하는 새 학기는 생동감과 싱그러움이 넘쳐난다. 배움과 가르침에 대한 열정이 학교마다 넘쳐나야 할 때 안타까운 뉴스 두 가지가 전해졌다. 개학 날 경남 창원의 모 고교에서 학부모 등 5명이 대낮에 학교에 찾아가서 교사를 무릎 꿇게 한 후 멱살을 잡고 옷을 찢고 발로 정강이를 걷어찼다 한다.

지난 방학 기간에 학생이 보충수업에 말도 없이 나오지 않아 드럼스틱으로 교실 등에서 엉덩이를 몇 차례 때리고 훈계했다는 이유에서다.

이 소식을 들은 전국의 교육자들은 깊은 상실감에 빠져 있다. 학부모의 교사 폭행이 어제 오늘 일은 아니지만 개학 첫날, 그것도 학생

부모는 물론 다른 어른 3명까지 합세하여 수업 시간에 교사를 폭행한 것은 암울한 교단 현실을 극명하게 보여주고 있기 때문이다.

또 경북 경산에서 고교생이 학교 폭력을 견디다 못해 아파트에서 투신해 스스로 목숨을 끊은 안타까운 사건도 발생했다. 이 학생은 유서를 통해 학교 CCTV 화질 및 설치 문제 등 학교 폭력의 심각성을 지적하였다. 또다시 학기 초에 학교 폭력으로 소중한 제자를 잃어 안타깝고 비통한 심정이다. 이 두 사건을 통해 두 가지 교훈을 얻게 된다.

먼저 학생 교육과 관련하여 학부모와 교원 간 신뢰와 협력이 절실하다. 흔히 학생·학부모·교원을 교육의 3주체 또는 교육 공동체라고 한다. 이는 학생을 중심으로 학부모와 교원이 양 수레바퀴처럼 굴러가야 제대로 된 교육이 가능하다는 뜻이다.

즉 배움과 가르침이 균형을 이룰 때 학생과 자녀의 전인적 성장이 가능하다. 그러나 어느 때부터인가 지나치게 자기 자녀 중심의 사고가 확산되고 귀하게 자란 아이들은 남에 대한 배려심도 없고, 욱하는 성격을 참지 못하는 이른바 자기 분노 조절 능력 상실의 시대가 되었다. 그러다보니 '묻지 마 범죄'라는 사회적 병리 현상이 심화되고 있다. 비록 자녀에게 교사가 엄하게 하더라도 자녀의 잘못된 행동을 바로잡고자 하는 교육자의 열정으로 이해하고 '선생님 말씀 잘 들어라' 하고 자녀를 타일러야 교사는 잘못된 길을 가는 제자에게 혼을 불어 넣을 수 있다. 물론 교사도 감정이나 편애를 갖고 학생 교육에 임해서는 결코 안 된다.

학교 폭력과 교사에 대한 폭언·폭행은 신성한 교육 현장에서 결코 일어나지 말아야 할 범죄다. 재미 삼아, 죄의식 없이 친구를 괴롭히는 행동이 당하는 친구에게는 너무나 참을 수 없는 아픔이다. 마찬가지로 학부모의 교사 폭행은 교사의 열정을 사라지게 하고 많은 학생의 학습권을 침해하는 결과로 나타난다. 학교 폭력과 교사 폭행은 대화와 학부모·교사 간 상호 협력·신뢰가 해법이다.

그래서 제도적 보완이 시급하다. 늘어가는 교사에 대한 폭행과 근절되지 않고 있는 학교 폭력은 사람만의 노력으로 해결하기 어렵다. 다양한 유형의 학교 주변 폭력은 좀 더 현장적인 시스템 개선과 보완이 이루어져야 한다. 맞고 욕설 듣는 교사나 괴롭힘을 당하는 학생이 있는 교육으로는 대한민국의 밝은 미래가 있을 수 없다. 교권보호법 제정과 기존 학교 폭력 근절 종합 대책을 재점검하여 학교 안팎에서 벌어지는 폭력에 대해 범정부적·제도적 대응이 이루어지길 바란다.

오랫동안 사회적 이슈와 정부의 대책이 존재했지만 교사에 대한 폭행과 학교 폭력이 반복되는 것은 결국 교육 구성원간의 신뢰 부족과 제도적 장치 미비가 가장 큰 원인이다. 우선 학부모와 교원 상호 존중하며 이해하는 것이 무엇보다 중요하다.

또한 정부와 국회가 나서 학교 안팎의 폭력을 막을 제도를 마련하거나 보완에 나서야 한다. 교직 사회도 교원이 바로 CCTV라는 심정으로 학교 폭력 근절을 위해 더 분발하길 바란다.

그 시절 월급날 추억

조그마한 월급봉투에 매달리며, 보다 나은 미래를 위하여 저금통장을 만들어 보았다. 한 달에 1,000원도 좋고, 2,000원도 좋다. 늘어가는 액수를 보면 흐뭇하기만 하다. "얼마를 했느냐고요? 글쎄요." 남이 보면 기가 막힐 액수를 가지고…. "우습죠"

나는 결혼 후를 미리 생각해본다. 처음에 달걀에서부터 병아리로…. 이름 모를 골짜기에서 혹 내 발 뿌리에 채이는 금덩이를 줍기만 한다면 맨 먼저 그림 같은 2층 우리 집을 짓고, 아기는 몇 명을 낳자고 계획하고….

월급날의 봉급 표를 보거나 봉급을 수령하는 양(樣)을 보면 그 사람의 성격과 생활상을 대략은 짐작할 수 있다.

봉급계의 지불 선언이 끝나기가 바쁘게 달려가는 이는 틀림없이 수령액이 두툼한 사람이다. 여직원이나 착실한 남직원이 이 편인데, 대게는 공제 내역을 꼬치꼬치 따지거나 메모를 해가고, 간혹 2·30원의 거스름을 떼먹는다고 못마땅해 하기도 한다.

이와는 정반대로 도무지 봉급을 타갈 생각조차 않다가 빨리빨리 타가라는 불평 섞인 재촉을 받고서야 부득이 일어서는 사람도 있으니, 찾을 것이 없거나 찾긴 커녕 외려 물어넣어야만 되는 사람들이

이들이다.

많든 적든 봉급을 받고 사는데, 도대체 어찌하여 적자가 다 나느냐고 믿지 못할 사람이 많을 것이다. 그러나 불행히도 이 믿기 어려운 사실은 흔한 편이다. 사정이 있어서 가불을 받았다든가 곗돈이 많다든가, 어쩔 수 없어 써서는 안 될 돈을 써버렸다든가… 이러다가 보면 많잖은 봉급은 바닥이 들어나기 마련이다.

무슨 의연금(義捐金)이니 위문품대(慰問品代)니 기금(基金)이니 하는 것은 대개는 100원 미만, 하찮은 어린이들의 코 묻은 돈은 받는 대로 어디론지 달아나버리고(실은 쓰는 것이지만) 월급날이 되면 뭉뚱그려 공제당하기 마련이니 이것도 참 달갑잖은 일이다.

수금 되는대로 그날그날 계원에게 납부하거나 예금을 하거나 아니면 차곡차곡 모아두면 될 게 아니냐고 하겠지만 실상 교직 생활을 해보면 그렇게 되지 않으니 걱정이다. 몇 푼 되지도 않는 것을 일일이 납부하기도 귀찮고, 계원 또한 귀찮은 집금(集金)을 안 하려고 하며 주머니 안에 적금하기란 더욱 어려운 일이어서 이들 부스러기 돈은 그날그날의 담배 값에, 애들 사탕발림 돈에 안성맞춤인데 월급날이 되면 공짜 돈을 무는 것 같으니 후회되기도 한다.

월급날이면 참 복잡하고 떠들썩하고 어수선하기만 하다. 직원 수보다도 더 많은 외래객이 쇄도하여 밖에서 서성대거나 직원 의자를 점령하고서 초조하게 기다리며 각가지 청구서가 아가리를 벌리고서 날아들고, 봉급이 나왔느냐는 채권자들 때문에 전화통은 불이라도 날 지경이며, 주거니 받거니 미루거니 따지거니…. 이리하여 월급날을 기다리는 건 월급쟁이 아닌 이들 청구족들이다.

월급날을 그래도 기다리고 월급날 아침은 발걸음이 가볍다가도 정작 월급을 받는 자리에서는 울상이 되기 마련이니 좋다가 마는 날이 바로 월급날이다.

우선 먹기는 곶감이 달고 외상이면 소도 잡아먹는다는 속담대로 외상으로 마구 쓰고 빚을 얻어 쓰다보면 봉급을 받는 자리에서 빈털터리가 되기 마련이니 그저 허망하고 기분 잡치는 날이 월급날이다.

무슨 보람과 재미를 느끼고 사기가 앙양되긴 커녕 이대로는 정녕 살기 어렵다는 푸념과 조용한 아우성만이 연발되니 풀죽고 실망하는 날이 다름 아닌 월급날인 것이다.

월급날이면 으레 한 차례 부부싸움을 치른다고 한다. 부부싸움이래야 남자는 언제나 죄지은 사람처럼 묵묵히 듣기만 하고 아내 혼자서 바가지도 긁고 팔자 한탄도 하고 설교까지 하는 '원 사이드 게임'이니 과히 시끄럽지는 않다.

도대체 뭘 했기에 봉급이 이것뿐이냐는 질의가 반쯤 호통에 복잡한 지출 내역을 일일이 보고할 수도 없으니 아예 함구무언 묵비권을 행사하며, 대체 어떻게 살라는 거냐고 걱정해 오면 이전 같이만 살면 되지 않느냐고 웃으면서 말하고, 그러노라면 저 편에서도 별 수 없이 웃어버리며, 이리하여 월급날의 부부싸움은 단막극으로 막을 내린단다.

적자 인생이라더니 생각하면 나 같은 샐러리맨이야말로 적자인생에 적자생활이다. 이달만은 어떻게 맘 단단히 먹고 검약에 검약하여 적자 생활에서 흑자로 바꾸자고 굳은 결심을 해보지만 역시 허사다. 억지로는 안 된다. 되는대로 살아가자. 이렇게 자위하고 만다.

월급날이면 돈을 꾸러 오는 사람이 있으니 어이가 없어 웃을 뿐이다. 돈이 없노라고 해도 주기 싫어 그러느냐면서 믿어주지 않는 것을 생각하면 억울하기도 하고 한편 나보다도 더 어려운 사람이 많다는 데서 어떤 위안을 받기도 한다.

월급날이 기쁘긴 커녕 괴롭고 허망하고 기분 잡치는 날인 것만은 사실이지만, 그러나 이 날이 있기 때문에 월부 양복에 월부 구두, 외상 쌀에 외상 연료를 얻을 수 있으니, 고맙고 감사한 날임엔 틀림없다.

그러나 요새 직장인들에게는 이해가 될까, 먼 옛날이야기로 들리겠지.

참스승

사범대학에 들어온 신입생들에게 "세상에서 한마디 말로 사람을 변화시킬 수 있는 직업은 성직자를 제외하고 아마 선생님 밖에 없을 것이다"라고 말해준 양주동 박사님의 특강이 가슴 뿌듯했다. 선생님이란 직업은 그처럼 위대하고 숭고하다.

'사범(師範)'이라는 말은 중국 남송(南宋) 때 고종(高宗)이 공자(孔子)의 72제자를 평가하면서 공자가 가장 아끼던 제자인 안연(顏淵)의 아버지에게 "당신 아들은 풍도가 특별하였다. 공부는 다른 사람의 스승이 되었고 행동은 세상의 모범이 되었다"고 한 말에서 유래했다고 한다. '공부는 다른 사람의 스승이 됐고(學爲人師), 행동은 세상의 모범이 됐다(行爲世範)'에서 '師範'이란 말이 만들어진 것이다.

선생님이 되자면 학문이 다른 사람을 가르칠 수 있는 수준까지 가야 하는 것은 지당하지만 그것만으로는 단지 지식 전달자에 불과할 것이고 진정한 선생님이 되자면 학문은 물론 말과 행동도 다른 이의 모범이 돼야 한다.

우리 사회는 입시 위주의 일방적 교육으로 가정과 학교에서 인성 교육이나 사람답게 사는 법에 소홀한 지 오래다. 복잡다단한 현대 생활 속에서 어른들로부터 가르침을 받던 가정 문화는 소멸했고 오로지 대학 입학이라는 큰 화두 앞에 다른 모든 가치는 중요성을 잃고 말았다. 이런 세태 속에서 성장한 학생들을 보며 과연 이들이 무엇을 배웠고 무엇을 생각하는지 도저히 가늠할 수 없게 됐다. 자신의 의사를 거침없이 표현하고, 자유분방해 형식을 싫어하고 남을 배려하기보다 자신의 이익과 편함만을 생각하고 행동하는 이들을 보면서 과연 무엇을 어떻게 교육해야 하는지 새삼 걱정이 앞설 때가 많다. 학생들을 나무라고 인간다운 도리, 사람답게 사는 것이 무엇인지 일러주지 않고 오직 공부만 가르치는 것이 옳은 일인지 다시 한 번 생각하게 된다.

말과 행동으로 그들의 모범이 되는 것은 지극히 어려운 일이지만 그들의 장래가 우리의 미래임을 생각한다면 번거롭게 귀찮더라도 나무라고 사랑으로 보듬으며 그들이 단 한번이라도 보고 배울 수 있는 선생님이 되도록 노력해야 한다.

매년 스승의 날(15일) 학생들이 불러주는 "참되거라 바르거라 가르쳐주신 스승의 마음은 어버이시다"라는 '스승의 은혜'를 들을 때마다 과연 '참되고 바르게 살라'고 제대로 일러줬는지 돌이켜보게 된다.

학창 시절을 돌이키면 먼저 떠오른 게 선생님이다. 선생님이 왜 그리 좋았던지! 인생에서 가장 영향을 준, 분은 부모님 다음으로 선생님이 아니었을까? 어느 분야에 일가를 이룬 사람들의 회고담을 듣다 보면 어린 시절 선생님의 칭찬 한마디가 큰 힘이 되었다고 말한다.

'내가 좋아하는 선생님 같은 선생님이 되었으면' 하는 꿈을 누구나 한 번쯤 꾸었을 것이다.

선생님을 오래 하셨으니 자신의 이야기를 들어 보시란다.

얼마 전 아파트 단지 안 차도에서 교복을 입은 학생 4명이 일렬횡대로 차도를 다 차지한 채 걷고 있었다. 학생들에게 주의를 주고자 인도로 올라오라고 했더니 2명은 올라오고, 다른 2명은 차도에 선 채 "왜 오라느냐"며 반말을, 그것도 두 번씩이나 했다. 너무 기가 막혀서 사는 곳을 물으니 이 아파트 단지에 산다며, 부모에게 전화를 하는 것이었다. 그래서 "부모님이 오시느냐"고 물으니 "오시라고는 하지 않았다"고 했다.

우리 집 손자보다 나이가 15세나 어리고, 교복을 입은 고등학생이 어른이 반말을 한다고 해서 맞대고 반말을 하다니 우리나라 교육이 어쩌다 이 지경이 되었는지 암담하기만 하다.

우리는 학교에서 '어른을 보면 인사하라, 차를 타면 자리를 양보하라, 어르신네의 무거운 짐을 들어드려라, 나이 많으신 어른을 앞질러 갈 때 좌측으로 나아가 고개 숙여 죄송하다고 말씀 드리고 가라'는 등의 교육을 받았다. 이러했던 나라에서 자기 부모님보다 나이가 훨씬 많은 어른이 반말을 한다고 맞대고 반말을 한다는 것은 상상도 못할 일이다. 너무도 황당하여 해당 학교 교감 선생님께 전화를 걸었더니 요즘 세태가 그렇다고 한다. 정말 암담하다.

더욱 슬프게 하는 것은 그 학생 엄마가 나중에 현장에 나와 "왜 고등학생에게 반말을 했느냐"고 했다는 경비반장의 말을 듣고는 할 말이 없었다. 어찌 이 지경이 되었는가. 더 험해지기 전에 학교 교육의 강화와 학생, 부모들의 각성을 촉구한다. 다 듣고 나서 동감이라고 할 수밖에.

　학교는 결코 적자생존의 원리가 지배해서는 안 된다. 전체를 위해 한두 사람을 희생시킨다는 논리 또한 학교에서는 사라져야 한다. 아이가 실수하는 그 시기는 전체 인생에서 보면 너무나 짧은 시간이다. 한때의 실수나 허물을 용서하며 기다려 줄줄 아는 미덕은 한 사람의 인생을 좌우한다. 그래서 우리는 마지막까지 '절대로 믿는' 자세를 지녀야 하지 않겠는가?

섬마을 여선생님

그 시절을 생각하자니 오랜 옛날이야기로 떠오른다. 지금도 교사들의 보수가 넉넉하지 못하지만, 그 시절은 벽지를 가 봐도 운동장에는 학생들이 가득 뛰어 놀았는데, 봉급은 정말 부족했다.

사범대학을 졸업하고 꿈도 많은 여선생님의 아름다운 출발을 헤아려 본다.

앙상한 나뭇가지를 스쳐 온 찬바람은 교실 창문에 부딪치며 자신 없는 그녀의 마음에 물결을 이룬다. 3월 1일 기념식을 마치고 이어서 부임 인사도 끝났다.

매일 같이 백여 개의 맑은 눈동자 앞에서 낡은 지식의 재탕으로 위선자 노릇을 거침없이 해온 지도 어느덧 5년. 수줍음으로 발개지는 얼굴을 치켜들지 못하면서 C교에 첫발을 내디디던 때가 엊그제 같건만 이 학교 저 학교로 돌아다닌, 판에 박은 듯한 변화 없는 성직(?) 생활은 어느덧 그녀 인생에 5년이란 연륜을 새겨 주었다.

돌아보아도 나에게는 변한 것이 없다. 억지로라도 있다면, 코 흘린 영이를 보고 돌아서며 상을 찌푸리던 그녀가 더러운 줄 모르고 닦아 주는 것이 버릇처럼 되어 버렸고, 옷에 똥을 싼 철수를 보고 점심

밥을 먹지 못하던 그녀가 얼음물 속에서도 말끔히 빨아서 난로 불에 말려 입힐 줄 알게 된 것이라고나 할까.

그녀의 마음은 아직껏 단발머리로 처음 교단에 올라서던 때와 같이 소녀의 영역을 맴돌고 있건만, 그녀를 소녀로 보아 주지 않는 듯한 남들의 눈초리가 저으기 야속스러워 찬바람에 시달리는 앙상한 나뭇가지와 같이 쓸쓸한 생각이 겹쳐 흐른다.

그러나 그녀의 마음은 아직 소녀!

오랜만에 만났던 날은 무척 반가웠지. 제각기 갈 길을 가서 너는 남매(男妹)를 갖고 나는 딸을 가졌구나.

그날, 해가 저무는 줄 모르게 쏟아 놓은 이야기엔 미혼교사 시절 이야기가 많았지. 아이들의 손발에 묻은 때와 더러운 얼굴을 보았을 때는 곁을 피하면서 멀찍이서 깨끗이 하라고 말로만 되풀이하던 일이며, 후배를 아껴 주던 그 엄마 선생님이 아동들이 귀엽다고 어루만지면 우린 옆에서 보고 거짓이라고 뒷말들을 했던 일을 회상했지. 아기엄마가 된 지금은 그때와는 아주 딴판이 되었으니 세월이란 참 무서운 것이라고….

어버이가 나에게 한없이 주신 사랑처럼 나의 딸, 또 어린 저들에게 오래도록 가득히 사랑을 부어 가야겠어. 이 사랑만이 파란 싹을 길러 가는 온갖 힘이 될 거라고 생각하고 싶어. 또한 좋은 우리들이 될 것이고 하얗게 곱게 삶을 밟아 가자고, 그래서 "먼 이웃까지 덕을 펴 주자"고 했던 그 말을 다시 생각하면서 떠나온 후, 그동안 또 쌓인 숱한 사연을 가방 멘 집배원 아저씨가 바꿔 줄 것을 바라면서….

오늘은 이만. 벗이여 안녕!

해당화 피고 지는 섬마을에 / 철새 따라 찾아온 총각선생님…

섬마을 선생님은 서울로 떠날까 하여 애절하게 부르는 섬마을의 메아리라 하겠다. 여기 총각 선생님이 아닌 처녀 선생님이 자진해서 섬마을로 들어와 섬사람들의 계몽은 물론 어린이를 돌보는데 남다른 정열을 쏟고 있어 섬마을의 큰 화제가 되고 있다.

화제의 주인공은 서울 문리사범대학(文理師範大學)을 졸업한 23살의 앳된 선생님, 지금 근무하고 있는 곳은 인천 앞바다에 있는 부천군 무의 초등학교, 이름 김경희 교사이다. 4년 전에 이곳에 처음으로 부임한 선생은 도시를 외면하고 그곳에 참다운 교육을 심어보겠다고 다짐했다. 푸른 저 서해바다에서 닭 우는 소리를 벗 삼아….

섬사람들은 곧잘 그런 말을 한다. "중국에서 닭 우는 소리가 들린다고-"

할딱거리는 통통배가 학교 앞을 스칠 때면 책을 든 선생님이나 글을 쓰던 어린이나 할 것 없이 힘껏 손을 흔들어 반긴다. 그러나 배는 그저 저 갈 길을 재촉하며 지나쳐 버리고 마는 곳이다.

아무도 찾아 주지 않는 그 섬마을-

석유등불이 거센 바닷바람에 꺼지면 좁디좁은 방안은 찬바람이 사정없이 또 엄습을 한다. 그러나 다시 성냥불을 그어대면서 지금껏 쓰던 내일의 교재연구를 계속하는 것이다. 옹기종기 어린이들이 모여와서 재잘거리던 그 방도 어쩌면 귀신이라도 나올 것만 같은 적막만이 감돌아 넘겨지는 책장 소리에 때로는 자신이 소스라쳐 놀래 정신이 번쩍 든다. 부천군 교육청에서는 현지 장학시찰 때마다 그녀에게 육지 학교로 옮길 것을 권유했다. 섬학교에서 2년을 근무하면 4

년으로 간주되기 때문에 2년 전에 벌써 상륙할 자격이 있었던 것이다.

'섬사람이 달라지고 학교와 어린이가 달라지는 것이 소원'이란 그는 가족을 거느리지 못하고 간 남자 선생님들의 식모(?)도 겸하기 때문에 〈애기씨〉로도 애칭이 된단다.

구름도 쫓겨 가는 섬마을에 / 무엇하러 왔는가 총각 선생님 –

구성진 가락에 독백을 달래는 섬사람들, 뜻도 맛도 모르고 그저 흥얼거리며 콧노래로 엮는 섬 어린이들이 부르는 노래 속에서 그녀는 가끔 황홀한 서울의 지붕 밑도 그렸고 학창시절 캠퍼스에서 펴던 푸른 꿈도 되살아났으리라.

어제 붙인 교실의 시종표가 밤사이 바람에 찢기고 쓸고 닦은 교실 마루에는 손으로 움켜다 뿌린 듯 모래가 뿌옇게 깔린다.

이름 모를 고기를 들고 와서 구릿빛 얼굴에 고개를 끔뻑하는 뱃사람을 –

여기에 심은 젊음을 뉘라서 막으랴 –

7월의 이글이글 타오르는 태양처럼 그녀의 교육열에 신의 가호가 있으라.

길이길이 또 길이길이.

운동장엔 길이 없다

언제나 운동장을 바라보고 있으면 즐겁다. 운동장은 하나의 화폭(畵幅)이다. 그 많은 여백(餘白)의 미를 자랑하는 아름다운 풍경화라고 생각한다. 여름에서부터 봄까지 계절을 따라 바뀌어 가는 자연현상 만으로도 이 한 폭 그림은 아름다운 변화가 있다.

눈에 덮인 겨울 아침, 그 깨끗한 이부자리 아래 포근한 잠을 이룰새도 없이 부지런한 강아지들 같은 아이들은 뛰고 넘친다.

낙엽이 소리 내며 굴러가고 비둘기들이 잠시 학생처럼 내려와 나래를 쉬고 가는 가을의 오후도 있고, 장마에 갇혀 바다의 표정을 닮은 지루한 날이 개이면 구름 그늘이 늙은 학교 아저씨의 청소비처럼 쓸고 지나가는 분주한 여름의 대낮도 있다.

낯익은 아이들이 이별의 인사도 없이 사라졌다고 깨달을 무렵이면 운동장엔 이미 낯 설은, 그러나 귀여운 새 아이들의 새로운 신발들로 채워진다.

이러한 봄이면 운동장도 덩달아 신명 있는 움직임을 보인다.

이런 풍경들은 말할 것도 없이 대낮 그 넓은 마당을 채워 주는 햇빛의 밝음까지도 운동장은 가장 예민하게 구별하면서 반사(反射)해 준다.

마당가에 서 있는 몇 그루의 미루나무들도 단조로운 풍경에 변화와 움직임을 보태 주지만 매일같이 운동장을 들여다보고 있는 생활을 하고 있는 눈에는 이러한 변화에서보다도 무표정한 공간과 교착(膠着)된 정지 상태 가운데 더욱 무궁한 운동장의 표정이 드러난다.

아이들이 가득히 흩어져 움직이는 휴게시간에는 어지럽게 구겨지기만 하던 얼굴도 무수한 억센 신발들이 일제히 교실로 철수한 뒤면 운동장은 순한 짐승처럼 잘 들리지 않는 글 읽는 소리에 그 늙은 귀를 기울인다. 하얀 체육복들이 무슨 응용미술 도안처럼 늘어서서 움직이는 원경(遠景)도 운동장의 일과에서는 없을 수 없는 청초한 모습일 수 있으나, 만국기를 늘이고 현수막 펄럭이는 운동회 날은 호화로운 차림이 오히려 어울리지 않는 어색한 표정을 한다.

과장한 장판 같은 운동회 뒤끝, 사람들이 즐거움의 찌꺼기만을 사과껍질과 함께 버려두고 가버린 다음, 달빛 아래 운동장은 피곤하게 늘어져 잠이 든다.

긴 여름방학 동안 장마에 뼈가 드러나고 아무렇게나 길러진 수염같이 풀들이 무성한 운동장은 버림받은 사람의 초췌한 모양 같아서 보기 싫다.

아이들이 돌아간 운동장같이 고요한 표정은 없을 것이다.

허탈한 표정, 또는 안식과도 짙은 그 늙은 표정에는 다시 외로움이 깃들고 운동장은 백지 같은 기억을 더듬는다. 이 위에 뛰놀며 자라난 사람들 지금은 할아버지가 된, 이미 땅 아래 묻혀 간 사람들을 생각도 하고 총리가 되고 장군이 된 우수한 사람들 또한 그 아들이 다시 밟아 주는 아래에서 항상 점잖이 누워 있는 운동장은, 늙은 선생의 마음처럼 쓸쓸하다.

밟고 간 무수한 신발들 자취도 남기지 않고 지금은 저마다의 길을 걷고 있는 발들이 쏟아지던 빗발의 기억처럼 아득히 더듬으며 오늘도 운동장은 홀로 남겨진 채 어둠에 싸인다.

운동장엔 길이 없다.

백 미터의 직선의 코스도 2백 미터의 타원의 트랙도 될 수 있는 모두가 길일 수 있으면서 끝내 하나의 방향은 되지 못한다.

아이들은 이 길의 가능성 위에서 저마다의 길의 방향을 찾는다. 마침내 제 길을 찾은 아이들이, 모두가 길일 수 있으면서 끝내 하나의 방향일 수 없었던 운동장을 버리고 제 길의 방향을 따라 떠나가는 것이다.

그리고 운동장은 남는다. 영원한 가능성인 채 끝내 하나의 존재도, 생명도 될 수 없이 무수히 밟고 가는 발의 무게로 굳어지면서 가장 분주하고 흥성스런 운동 속에서 살면서도 운동장은 끝내 이렇게 외로운 모습으로 남아야 하는 것이다.

봄이 오고 가을이 가고 빗발이 지나가고 낙엽이 구르고 눈에 덮이면서, 영원한 별빛 아래 그 많은 발의 무게가 남겨 놓은 여운을 반추하며 순한 짐승처럼 누워 있는 운동장에 오늘은 바람이 불고 연한 먼지가 일고 있다.

창 밖에 조용히 깔려 있는 운동장을 내려다보면서 이렇게 마음의 평정 같은 것을 느끼는 까닭을 생각해 본다.

나의 마음의 표정과 흡사한 것은 나의 운동장의 표정에서 읽고 있는지 모른다.

운동장의 표정은 선생님의 얼굴 같은 것이다.

학생들이 돌아간 빈창에 기대어 나는 오늘도 운동장을 내려다보면서 흡사 나의 마음의 표정과 같은 것이 침묵 속에 떠오르는 것을 보고 있다.

사라지는 것에서의 추억

월말고사·기말고사가 끝나면 자신들 성적보다 단체영화 관람에 기대를 갖고 들떠 있게 마련이다. 전쟁 기록영화 '가미카제 특공대'를 상영 중이던 극장의 객석이 '전쟁터'가 됐다. 3개 학교의 단체 관람 학생들은 한꺼번에 밀어 넣어 대혼란이 빚어진 것이다. 일반 관객까지 마구 입장시켜 객석 2000여 석의 2배 가까이 되는 사람들이 뒤엉켰다. 영화가 시작됐는데도 어둠 속에서 헤매며 자리를 못 잡은 학생들의 고함 소리가 끊이지 않아 초반 20분가량은 영화 음향이 들리지 않을 정도였다.

혼란 속에 남학생 한 명이 3층에서 2층으로 떨어져 중상을 입는 사고까지 났다. 예고편 상영 순서에선 하필이면 진한 키스신 등이 포함된 '허슬러' 등 성인영화 2편이 소개돼 학생들이 기성을 질렀다.

각 급 학교의 '전교생 영화 단체 관람'이 성행하던 시절의 어지러운 극장 풍경들이 한꺼번에 펼쳐진 날이었다.(1963년 서울 대한극장)

요즘 학생들의 영화 단체 관람이 있지만 대개 100명 안팎의 규모인데 비해, 1950~1970년대의 단체 관람은 1,000명 안팎의 전교생이 움직인 대형 행사였다. 학생들의 영화관 출입을 단속하던 시절이어서, 단체 관람은 학생이 영화를 '합법적'으로 볼 수 있는 유일한 기회였다.

대개 중간시험·기말시험이 끝나면 학교 측은 수고했다고 위로하듯 단체 관람 날짜를 잡았다. 영화 내용 불문하고 학생들은 학교를 벗어났다는 사실 하나만으로도 충분히 들떴다. 남학생들은 극장 안에 여학생들이라도 보이면 휘파람 불고 난리가 났다. 그러다 보니 1960년대엔 단체 관람 도중의 안전사고가 가끔 터졌다. 서울로 수학여행 와 빡빡한 일정을 소화하던 지방 학생이 '벤허'를 관람하며 졸다가 2층 객석에서 추락해 사망하는 일까지 일어났다.

단체 관람할 작품의 선정을 놓고도 논란이 잦았다. 한 남자에게 농락당해 임신한 여성의 비극을 담은 영화를 5개 초등학교가 학생들에게 단체 관람시켰다가 거센 비난을 받았다. 학부모들은 "업자의 수입을 올려주려고 단체 관람한 것 아니냐"는 의혹까지 제기했다.

제3공화국 시절엔 '십계', '닥터 지바고' 같은 고전 외화뿐 아니라 '성웅 이순신', '빨간 마후라'처럼 애국심과 반공정신을 고취하는 영화들의 단체 관람이 많았다. 10월 유신 이후인 1976년 문화공보부는 전쟁영화 '원산공작' 등 국책 영화 5편을 거명하며 학생들에게 단체로 관람시켜 '유신이념을 고취'시키라고 문교부에 공식 요청하기도 했다.

유신체제에 대한 신임을 묻는 국민투표(1975년)를 앞두고 교육 당국이 '새야새야 유신새야/너도나도 잘 살자는/유신헌법 고수하여/국력배양 이룩하자'라는 노래를 학생들에게 보급하라고 지시했던 시절이었다.

오늘날 학생들의 영화 단체 관람은 그 개념이 달라졌다. 학급이나 동아리별로 보고 싶은 영화를 할인받아 보려고 함께 관람하는 경우가 많아졌다. 직장인들도 희망자끼리 수십 명이 단체 관람을 하기도 한다. 하향식·타율적이던 단체 관람이 자율적 문화행사로 변모해 이어지고 있다. 단체 관람 역사 반세기 만의 '진화'다.

사라지는 '초등학교 운동회' 허전한 마음에 고향을 잃은 마음이다. 세월이 흐르면 변하지 않는 것이 없다지만 초등학교 운동회는 지역에 빠질 수 없는 축제였다. 학교에서 울려 퍼지는 마이크 소리는 온 마을 사람들을 흥분시켰다.

이제는 지역 주민들로부터 "시끄럽다"는 민원의 대상이다. 우여곡절 끝에 운동회는 다시 열었지만 학부모는 돗자리를 가져올 수 없었고, 마이크 음량도 최소로 줄였다. '조용한' 운동회가 됐다. 그래도 소재지 지역 주민들의 불만은 여전했다.

초등학교 운동회가 사라지고 있다. 국내 학교들은 입시 위주의 교육 때문에 다른 나라에 비해 체육 활동이 크게 부족하고, 비만 학생이 꾸준히 늘고 있다. 초등학생들이 사교육에 의존하는 비중이 높아지면서 오랜 시간을 들여 운동회를 준비하는 것을 부담스럽게 여기는 경향이 있다. 학생들의 신체 활동이 부족한 상황에서 운동회를 줄이면 학생들의 체력 저하를 더 부추길 수 있어 염려된다.

집 지키던 개를 추억함

어렸을 적 우리 집에는 커다란 셰퍼드가 있었다. 어찌나 똑똑하고 잘 생겼는지 집에서 키우는 개로는 단연 최고였다. 가족은 물론 구면인 사람에겐 공손히 두 발 모아 엎드리고 낯선 사람에겐 단박에라도 물 것처럼 사나운 것이 쏙 마음에 들었다. 그 시절 개를 키운 이유는 단 하나, 집을 지켜주기 때문이었다. 애완견이 아니라 보안견(保安犬) 또는 경비견(警備犬)이었다.

우리 집 대문에는 '개 조심'이라는 문구가 늘 붙어 있어 특히 잡상인들이 유념해야 했다. 그들이 초인종을 누를라치면 대문 틈 사이로 누렇고 시커먼 셰퍼드가 달려들어 "크르릉, 왕왕(안 사요, 안사)!" 하고 소리쳤기 때문이다. 그럴 때 "메리! 조용히 해!" 하고 지시하면 셰퍼드는 즉각 정 위치로 돌아가 집사(執事)처럼 늠름하고도 점잖게 앉아 있곤 했다. (그때 개들 이름은 대개 메리 아니면 해피였다). 종종 들르던 출판사 외판원들은, 우리 집을 '개 있는 파란 대문 집'이라고 부르곤 했다.

마당 넓은 집으로 이사 간 뒤로는 늘 개가 두 마리 이상 있었다. 대문 지키는 개와 쪽문 지키는 개였다. 대문은 메리와 그 자손들이 대대로 지켰고 쪽문은 스피츠나 똥개 차지였다. 집 지키던 개들은 크기나 생김새와 상관없이 잘도 짖었다. 어떤 이웃도 한밤중에 옆집 개가 짖는다고 불평하지 않았다. 옆집 개가 짖으면 우리 집 개도 덩달아 짖었으니까. CCTV 없던 시절 담 넘으려던 도둑을 개들이 죄다 쫓아 냈으니까 말이다.

부모님이 알아서 다 하셨던 것일까. 그 때는 개가 새끼를 낳아도 무슨 예방접종을 한 기억이 없다. 개에게 사료를 먹이지도 않았다. 개는 늘 우리가 먹고 남은 음식을 잡탕으로 끓여 찌그러진 양은그릇 에 부어주면 헐떡헐떡 씹지도 않고 먹었다. 그런데도 동물병원에 간 기억이 거의 없다. 여하튼 그때 개들은 사람이 먹는 것과 먹고 남긴 것, 먹지 않는 것을 골고루 다 먹었다.

개를 씻길 때는 수돗가에서 빨랫비누로 목욕시켰다. 개 샴푸는커 녕 세숫비누도 쓰지 않았다. 새끼 강아지일 때 아니고는 집에 들이지 도 않았다. 가끔 목줄이 풀린 개가 집에 들어올 때가 있었는데, 어머 니는 반사적으로 빗자루나 쓰레받기를 들고 내쫓으며 이렇게 말씀 하셨다. "요놈, 어디라고 여길 들어와?" 집에 들어오는 건 언감생심 (焉敢生心), 개는 그저 비가 오나 눈이오나 마당에서 집을 지키는 존 재였다.

주말이면 '놀아줄개'나 '까페개네' 같은 애견까페에 가서 몇 시간 씩 놀다 오는 아들이 "아빠 우리도 강아지 키워요" 하고 조를 때면 "개는 마당에서 키워야 돼. 그러지 않고는 할아버지가 싫어 하셔. 마 당 있는 집으로 이사 가면 키우자"고 말해왔다. 그 많던 마당 있는 집 들은 집 지키는 개들과 함께 사라져 버렸다.

그러다 문득 작은 강아지를 입양키로 했다. 애견숍에 가면서 아이 에게 말했다. "개 때문에 절대로 남에게 폐 끼치면 안 돼. 일체의 염색, 옷 입히기, 이상하게 털 깎기, 쓸데없는 수술도 전부 안 돼. 개는 개처럼 키워야 돼." 그러면서도 요즘 시대에 개를 과연 개처럼 키울 수 있을까 스스로 의문스러웠다.

마음에 드는 개를 정하니 '입양계약서'라는 걸 쓰라고 했다. '아가에게 사람 먹는 것을 주면 절대 안 됩니다.' '주기적으로 아가의 귀를 세정제로 씻어주세요', '개 샴푸를 쓰지 않으면 피부병에 걸려요' 같은 주의 사항이 빼곡했고 맨 밑에 숙지했다는 뜻의 사인을 해야 했다. 개 샴푸와 개 빗, 개 발톱깎이, 개 장난감, 개 사료까지 한 아름 챙겨서 '아가'와 함께 집에 왔다.

주먹보다 조금 더 큰 강아지가 이제 막 돋기 시작한 이빨로 옷을 물어 당기고 손을 깨문다. '가라랑' 하고 제법 울음소리도 낸다. 개를 데려온 첫날 밤, 아이는 개가 콧물이 나는 것 같으니 당장 병원에 데려가자고 했다. 나는 "개는 기원전부터 있던 동물이야. 그렇게 허약하지 않으니까 걱정하지 마" 하고 대답했다. 아이는 개가 불쌍하다고 울었다. 열을 재보니 정상이고 사료도 잘 먹기에 괜찮을 것 같았지만 슬그머니 개 방석 담요 사이에 핫팩을 넣어줬다. 아무리 봐도 마당에서 집 지키던 메리처럼 든직해 보이지 않았기 때문이다.

애견인구 1000만 시대, '집 지키는 개'는 추억 속으로 꼬리를 살랑거리며 사라지고 있다.

울음과 웃음

아기가 이 세상에 태어나면서 왜 상을 잔뜩 찌푸리고 앵앵 울어야 하는지 모르겠다. 깜깜하고 답답한 어머니 뱃속에서 광명 천지로 나왔으면 기분이 상쾌해서 깔깔 웃어야 마땅하지 않을까.

아기는 줄곧 울고만 지내다가 삼칠일이 다 되어야 비로소 웃는 것을 배운다. 그 웃음이 얼마나 귀여운가! 사람은 울음으로 인생을 시작하기 때문에 평생 근심과 고생과 비극이 떠나지 않나 보다.

한국 사람은 새가 노래하는 것도 운다고 하고 어미 소가 송아지를 부르는 것도 운다고 한다. 연락선의 쌍고동도 울고 나뭇가지에 바람도 우는 것으로 들리는 모양이다. 이렇게 울음을 좋아하니까 영화나 TV를 보아도 걸핏하면 찔찔 우는 장면이다.

문학이론을 읽으면 비극은 인간의 감정에 호소하고 희극은 지성으로 이해하는 것이라고 하였다. 그렇다면 우리는 지성보다도 감성이 앞서는 민족인 모양이다.

웃어넘길 만한 일을 가지고 얼굴을 붉히고 언성을 높이는 것이 우리가 감성이 풍부해서 그런 것이라면 우리 문학에는 세계적 비극 작품이 있음직도 한데 '춘향전'이나 '심청전'을 그런 작품이라고 내놓을 수 있을지 의문이다.

우리는 웃음에 인색할 뿐 아니라 웃어도 가시가 돋쳐 있는 웃음일 경우가 많은 것 같다. 일상생활에서도 농담이나 재담에 날카로운 공격이 숨어 있는 일이 많지만 문학도 너그러운 유머보다 신랄한 풍자로 된 작품이 더욱 많다.

가령 실력으로 대항할 수 없는 계층이 지배계급을 풍자하기 위한 웃음으로 상대를 공격하는 태도를 벗어날 수 없다. 그러나 유머란 상대의 마음속으로까지 들어가서 호의와 동정을 느끼면서도 그것을 객관적으로 바라볼 수 있는 마음의 여유를 말한다. 이것은 따뜻한 웃음이며 결코 완전히 지성적 이해만으로 성립되는 것은 아니다.

그러므로 우리 생활에 바람직한 웃음은 상대를 폭로하고 야유하고 풍자하는 공격적인 웃음이 아니라 인생을 긍정하고 축복하면서 자연과 운명에 대한 사랑이 담긴 따뜻하고 너그러운 웃음이다. 그것은 가령 경주 석굴암의 11면 관세음보살상의 눈언저리와 입가에 은은히 서려 있는 웃음임에 틀림없다. 모나리자가 머금고 있는 불가사의한 미소도 사실은 이런 달관과 온정의 가장 은근한 표현일 것이다.

우리도 어떤 수련을 쌓으면 간혹 그런 미소를 머금을 수 있을지 부럽기만 하다.

사회는 참으로 부조리하다. 무능한 이가 높은 자리를 차지하고, 유능한 이는 능력을 발휘할 자리가 없다. 재산이 많은 사람은 누릴 자식이 없는 반면 자식 많은 이는 배고파 걱정이다. 하늘은 한 사람에게 복을 몰아주지 않는다. 어디 그뿐인가? 그만하면 됐다 싶은 삶의 궤도에 오르니 그 때부터는 내리막길이다. 그런 부조리와 결함이 인생인가 싶다.

오늘도 생활에 속고 마음이 깨어지는 많은 사람들이 한세상 웃으며 살자고 한다. 웃을 일이 많으면 얼마나 좋을까. 어떤 웃음을 웃어야 할까? 부조리한 사회에서 빙긋이 웃는 미소(微笑), 입가에 머금는 함소(含笑), 차가운 냉소(冷笑), 써서 웃는 고소(苦笑), 저도 몰래 나오는 실소(失笑), 비웃는 조소(嘲笑), 큰소리로 웃는 홍소(哄笑) 등 웃음에도 종류가 참 많다. 손뼉을 치며 웃으면 박장대소(拍掌大笑)요, 깔깔대다 뒤집어지면 가가대소(呵呵大笑)다.

웃음에도 코드가 있다. 코드가 안 맞으면 소통에 문제가 생긴다.

언어와 문장

사람은 자기의 의사를 표시하며 살아가게 되어 있다. 살아있는 사람으로서 의사 표시가 정지된다면 그는 폐인이 되는 것이다. 사람이 살아가기 위하여 사용하는 수단과 방법은 실로 셀 수도 없을 정도로 많다.

그렇게 많은 중에도 가장 중요한 것이 의사 표시의 방법이다. 의사 표시는 생활 수단의 가장 중요한 것에 속한다.

그런데 이 의사 표시의 방법에는 몇 가지가 있다. 첫째 동작, 둘째 언어, 셋째 문장이다. 이 세 가지 중에서 가장 쉽게 사용되는 것이 동작이다. 많은 수련을 겪지 않으면 쓸 수 없는 것이 문장이다.

뿐만 아니라 문장처럼 완벽한 의사 표시의 길은 없다. 현대의 우리들에게 의사 표시의 방법으로 문장을 요구하고 있다.

그렇기 때문에 현대를 살아가는 우리들로서는 이 문장에 대하여 등한시할 수가 없다. 즉 문장에 대하여 등한시한다는 것은 그 만큼 현대생활을 거부하는 태도가 될 것이다.

누구를 위해서도 아니다. 어디까지나 자기의 생활을 위해서 우리들은 문장에 대하여 깊은 관심과 보다 훌륭한 수련이 있어야 할 것이다.

이 세상에 남아서 그 빛을 나타내고 있는 그 많은 문장들을 쓴 사람들과 같이 되기를 원할 필요는 없다. 다만 나의 의사를 그대로 나타낼 수만 있으면 그것으로 생활인들은 족할 것이다. 문장을 쓰려고 하기보다 절실한 문장을 쓰려고 노력해야 할 것이다. 문장에 잘 되고 못 된 것이 어디에 있을까? 그것은 진실과 거짓에 있는 것이다.

진실한 문장은 꽃처럼 피고, 거짓된 문장은 문장이 아니다.

그러면 진실한 문장을 쓰려면 어떻게 하는 것이 좋을까, 그 비결을 여기서 말하려는 것이 아니다. 다만 자기 성품에 맞는 문체를 가지는 것이 좋은 문장을 쓰게 되는 계기가 되지 않을까 하는 것이다.

문체(文體)는 문장의 호흡이며 생리이다. 그리고 문장의 색깔이며 또한 체격인 것이다. 사람은 생긴 데 따라 남에게 주는 인상이 달라진다. 마음이 순하면서도 생기기를 왈살스럽게 생겼으면 왈살스러운 사람으로 평가되고, 마음은 사나우면서도 생기기를 앳되게 생겼으면 양순한 사람으로 인정받는다.

몸이 큰 사람이면서도 노랑 색깔의 옷을 입으면 약해 보이고, 검은색과 붉은 색을 혼합해 입으면 몸이 더 커 보인다.

문체는 이와도 같은 것이다. 자기의 생각을 어떤 몸과 또한 어떤 색깔을 입혀 내놓을까 하는 생각은 누구에게도 있는 것이다, 그런데 문체를 잘 고르지 못해서 효과를 반감당하는 경우가 더러 있다.

생각을 몸이라 하면 문체는 옷이라고 하자. 그 몸에 잘 조화되는 색깔을 골라 입히는 것이 가장 효과적이다.

그 문체에 따라 맛이 달라지는 것이다.

여기 간결체(簡潔體)는 수다스럽지 않고 그대로 간결한 문체다.

센텐스가 짧고 색깔이 흰 문체인 것이다.

거기에 비하여 화려체(華麗體)는 구구절절이 현란한 미구와 화려한 수식이 회화적 색감, 음악적 운율(韻律)을 갖는 문체다.

간결체가 박꽃 같다면, 화려체는 장미꽃 같다고나 할까. 화장하지 않은 순진하고 청초한 시골 처녀 같은 것이 간결체라면, 도시적이고 짙은 화장을 한 문체가 화려체인 것이다.

속눈썹이 길고 살결이 흰 처녀와 아이새도우며 매니큐어를 칠한 처녀와는 그 풍김이 전혀 다른 것이다.

그러나 어떤 경우를 막론하고 같은 문체를 쓸 수는 없다. 가령 호소하듯이 조용하게 글을 쓰려면 것은 간결체에 담아야 할 것이다.

어머니가 자식들에게 기도를 드리는 마음으로 글을 쓴다고 하면 그것은 묻지 않아도 간결체가 될 것이지만, 그렇지만 아버지가 꾸지람하듯이 자식에게 보낸 편지는 강건체(剛健體)가 될 것이다.

자기의 생각을 가장 효과적인 문체에 담아야 한다. 그것이 무엇보다도 중요한 것이다.

앞에서도 말했거니와 간결체는 호소하는 어머님의 음성과도 같은 것이다.

백합꽃이나 박꽃 패랭이 꽃 등은 화려하지 않고 순박하며 청초하다. 그러면서도 사람의 마음을 움직이는 힘을 가진다. 이것이 중요하다.

긍정의 언어

인간이란 종족이 다른 동물들과 특유하게 구별되는 이유는 생각하는 것과 말을 하고 산다는 것이지만 우리는 흔히 이런 중대한 사실을 잊고 있는 때가 많다. 아니 늘 어느 순간에나 숨을 쉬면서도 한시도 공기 걱정을 안 하고 기껏 하루 세끼 밥을 거르면 큰일 난다고 식량 걱정하는 것과 마찬가지다.

하루 한 순간인들 말을 하지 않고 살 수 있겠는가? 몸짓 손짓으로도 충분히 말의 효과를 낼 수 있으리라는 반론도 있겠으나 인간다운 생활, 문명 속에 살아가자면 갖가지 정교한 의사 표시, 의식의 흐름을 말로써 표출시키지 않고서는 인간 전통의 계승이라는 대화는 영 막혀 버리고 말 것이다.

최근 층간 소음 문제로 살인 사태까지 벌어진 데 경악을 금치 못했다. 순간의 화를 참지 못하는 격한 행동은 언어폭력에서 비롯된다고 한다. 언어 순화 운동은 먼저 가정에서부터 시작되어야 한다. 부모님께 경어를 쓰는 아이들은 밖에서도 언행이 모범적인 경우가 훨씬 많다. 자녀 앞에서 막말을 한다든지, 부부간의 호칭도 "야, 너" 같은 저속어는 피하는 게 좋다. 요즘 드라마나 영화에서도 부모와의 소통이나 가족 간의 대화 방식에서 존칭이나 경어가 생략된 경우가 많고 심지어는 폭언과 폭력도 일삼는데, 자라는 아이들한테 미칠 인성과 가치 교육을 생각해줬으면 한다.

누군가가 말끝에 "에고~! 이 나이 돼 보라고, 여기저기 안 아픈 데가 있나"라는 푸념을 하자 모두 고개를 끄덕인다. 사실 노년기에 접어든 나이다 보니 선후배나 친구들 또래가 모여 수다를 늘어놓다 보면 동병상련이 아닐 수 없다. 시도 때도 없는 나이 타령에 면역도 될법 하건만 습관처럼 따라붙는 자조적인 표현이 거슬렸는지 재치 반짝이는 한 선배가 게임을 하잔다. 말 중에 무의식적으로 나이 타령하는 사람에게 벌점을 한 점씩 주고 삼 점이 모이면 '삼진아웃제'로 밥이든 술이든 사는 벌칙을 주자는 제안이다.

생각해보니 칙칙하게 늘 하던 대로 나이 탓만 하는 식상함도 해소하고 분위기도 유쾌하게 바꿀 겸, 제법 구미가 당겨 그러기로 했다. 자주 만나 담소를 나누는 사이다 보니 곧잘 폭소가 터진다. "나는 말이야, 나이 먹다 보니 자꾸만 꽃무늬 옷에 눈길이 가네." 무심히 던진 한마디에 ㅅ친구는 첫 벌점을 먹고도 "아이고~ 이 짓도 나이 먹으니 신명이 안 나는구먼." 하며 또 툴툴거리다 시원하게 세 번 연속 걸려든다. 그녀가 벌칙으로 마련한 식사와 벌주를 마시며 웃다보니 순간 나도 모르게 나이 탓을 하고 말았다. "오래 살다 보니 별일이네. 말로 받는 벌주를 다 마셔보고…. 하하하~"

"옳지, 너도 걸렸구나. 벌점 얹는다!" 대수롭지 않게 넘어가려던 순간 눈치 빠른 ㅈ친구가 곧바로 나를 지적하자 까르르 웃음이 터지면서도 어쩔 수 없이 입에 밴 나이 타령이 어디 가랴 싶어 조금은 우울해진다. 재미삼아 하는 게임이긴 했지만 말인즉 하나도 틀리지 않음에야…. 빈틈없이 보이던 ㅈ친구는 용케 잘 피해 가더니 결국 한 점을 먹고 나는 어느새 석 점을 다 채워 조만간 벌칙 자리를 마련해야 한다.

그러고 보니 우리는 필요이상으로 자주 나이 타령을 하고 있었으며 세월의 흐름에 알게 모르게 집단 히스테리를 부리고 있는 듯싶다. 앞으로는 상습적이고 체념적인 푸념을 지양해야겠단 반성이다. 나름 윤택한 삶의 질을 찾고자 인문학 강의를 듣고 있는 노년의 우리들은 의기투합해 우선 말에서부터 나이 타령을 걷어내기로 했다.

그래, 이제 더는 나이 탓으로 돌리지 말자. 무엇이든 가능하고 극복할 수 있는 시절임을 잊지 말지어다. 기성세대라서 어쩔 수 없다는 자조적인 표현도 없앨지어다.

그러면 '이 나이에 무슨…'이 아니라 '지금 당장 뭐든지 할 수 있어'라는 '내'가 될 테니까. 새롭게 더 새롭게 비상하는 진정한 '나'를 자각해보자. 주름진 얼굴이지만 계속 꿈꾸고 성장을 부르는 긍정의 언어가 화사하게 펼쳐지기를.

5
아흔을 눈앞에 두고 보니

수의엔 주머니가 없다

부모를 여의었을 때 수의 때문에 고민을 하게 된다. 수의는 돌아가신 이를 저세상으로 보낼 때 입혀 드리는 옷이다. 장례 업자가 두 가지 견본을 보여주었다. 값이 수월찮게 차이가 났지만 싼 쪽을 고를 수는 없다. 생전의 불효(不孝)를 몇 푼 더 되는 저승길 옷값으로나마 조금 탕감 받아보자는 마음이 작동했을 것이다.

장례 때면 으레 삼베로 된 수의를 쓰는 게 오래된 풍습인 줄 알았는데 그게 아니었다. 조선시대 무덤에서 삼베 수의가 나온 경우는 없다고 한다. 무덤 속, 옷들은 치마저고리나 관복 · 혼례복 등 모두 망자(亡者)가 일상 입던 옷이었다.

삼베가 수의 옷감으로 쓰는 것은 일제 강점기 때부터라고 한다. 삼베옷은 원래 더 좋은 옷감이 없어서 입거나 죄인이 입던 옷이었다. 신라 마지막 경순왕의 태자는 신라가 망한 후 삼베옷을 입고 전국을 떠돌았다. 부모를 잃고 죄인 심정이 된 자식들이 장례 때 삼베옷을 입었던 것도 같은 이유에서였을 것이다.

그랬던 삼베옷을 부모를 마지막 호사시켜 드리겠다고 쓰고 있으니 보통 아이러니가 아니다. 지금은 경제적 부담도 만만치 않다. 삼베의 생산이 줄어 대부분 중국산을 쓰고 고급 안동포의 경우 천만 원을 홀쩍 넘는 것도 있다. 수의는 조선시대 관복을 본떠 치렁치렁 거창하다. 돌아가신 분이 생전 입어보지 않던 옷을 걸치고 저세상에서 얼마나 편히 지내실지도 알 수 없다.

노인들을 불러 모아놓고 중국산 싸구려 수의를 국내산인 것처럼 속여 팔아온 일당이 엊그제 경찰에 붙잡혔다. 9년 동안 2만여 명의 노인들에게서 245억여 원을 챙겼다. 14만 원짜리 수의를 200만원씩에 팔기도 했다. 노인 피해자 대부분은 '자식들 짐을 덜어주겠다'는 생각에서 아껴뒀던 돈을 털었다고 한다.

화장(火葬)이 대세가 돼가는 요즘 추세로 보면 아무리 비싼 수의나 호화 관(棺)도 몇 시간 후면 소각로에서 한 줌 재가 된다. 우리나라 장례비용을 1200만원으로 잡는다면 미국이나 유럽의 2~5배에 달한다. 부모를 생각하는 자식 마음, 자식을 생각하는 부모 마음을 파고드는 악덕 상혼(商魂)을 용서해선 안 된다. 그에 앞서 우리 장례 문화에 쓸데없는 낭비가 없는지 돌아볼 필요가 있다.

A군의 아버지가 돌아가셨다. 지난 연말이다. 사람들에게 알리지 않았다. 바쁜 세밑, 왕복 하루가 꼬박 걸리는 지방에까지 오게 하고 싶지 않았기 때문이다. 뒤늦게 알게 된 지인들이 죄인을 만들었다고 원망한다. 부친상만큼은 알리는 게 도리라고 했다. 그런 원망을 들으면서 아버지의 죽음에 대해 생각한다.

아버지는 평생 싫은 소리를 안 하셨다. 그래서 며느리들에게까지 인기가 좋았다. 그런 아버지는 어머니에게 늘 원망과 한숨의 대상이었단다. 살아오면서 온갖 궂은일은 어머니 몫이었다. 유산 갈등에서도 아버지는 당신의 형제에게 대폭 양보했다. "장남이 책임만 지고 권리를 포기했다"며 어머니는 두고두고 원망하셨다. 일평생 샌님처럼 곱게 살다 돌아가신 아버지를 생각하는 요즈음 통 잠을 이루지 못한다고 한다.

해마다 명절엔 부자지간 산행을 나섰다. 막걸리라도 한잔 걸치면 무척 행복해 하셨다. 몇 년 전 힘에 부쳐 산행 중단을 선언했을 때 우리 형제는 할 말을 잊었다. 영원한 이별이 가까워 왔음을 눈치 챈 것이다. 아버지는 당신의 몸을 소진시켜 우리를 키워내셨다. 일과도 바뀌었다. 마당 잔디는 걷히고 고추 묘목이 대신했다. 우렁찬 자목련은 고추밭에 그늘이 진다는 이유로 싹둑 잘렸다. 우리가 불평이라도 하려 치면 가만히 응답했다. "세월이 답이다. 늙어봐라. 꽃보다도 고추·상추가 키우는 재미가 더 쏠쏠하다."

뜨거운 불이 들어가는 것을 오열 속에 지켜보길 두어 시간, 유골함이 전해졌다. 당신의 마지막을 담은 상자는 놀랍도록 가벼웠다. 선산으로 가는 길, 내 몸에 전해지는 유골함의 따뜻함에 진저리 쳤다. 천붕(天崩)이라고 하는 이유를 비로소 알았다. 잠을 설친 새벽, 마르쿠스 아우렐리우스의 '명상록'을 손에 쥔다. 학창 시절 의미도 모르고 읽었던 책이 왜 위대한 고전인지 이제야 알 것 같다. 세상에 영원한 것은 없다. 황제가 그토록 강조했던 진리를 아버지의 죽음으로 오늘 문득 깨달았다.

사람은 원래 빈손으로 왔다가 빈손으로 돌아가는 것. 이 간단한 진리를 조용히 생각해 보자.

우리 모두 언젠가 빈손으로 돌아간다. 그래서 수의에는 주머니조
차 없다.

아흔을 눈앞에 두고 보니

'한 손에 가시 쥐고 또 한 손에 매를 들고
 늙는 길은 가시로 막고 오는 백발 매로 치렸더니
 백발이 먼저 눈치 알고 지름길로 오더라.'

우탁(禹倬) 시조 '백발가'는 언제 대해도 그 짧은 문장 속에 함께 깃들인 해학과 허무에 감탄을 금할 수가 없다.

가시와 매를 양 손에 들고 길목을 지켜 침입을 막으려는 대상이 도둑이나 맹수가 아니라 세월, 즉 시간인 것이다.

어리석고도 엉뚱한 면을 지녀 끝내는 싸한 슬픔을 느끼게 하는 이야기가 아닌가. 세월의 달력 한 장을 찢으며 벌써 내가 이런 나이가 되다니, 하고 혼자 중얼거리는 날이 있다. 얼핏 스치는 감출 수 없는 주름 하나를 바라보며 거울에서 눈을 돌리는 때가 있다. 살면서 가장 잡을 수 없는 것 가운데 하나가 나 자신이었다. 붙잡아 두지 못해 속절없이 바라보고 있어야 했던 것, 흘러가고 변해 가는 것을 그저 망연히 바라보고 있어야 했던 것이 바로 나 자신이었음을 늦게 깨닫는 날이 있다.

오늘 따라 또다시 전화벨 소리가 울린다. 선배 교사의 전화였다. 곧 아흔 살 생일이 되는데 몇몇 옛 동료들과 점심식사를 함께 하자고 한다.

아흔 살, 남의 일이 아니다. 나도 손가락 몇 개만 더 꼽으면 아흔 살이 된다. 인간 만사가 허무하고 무상하다는 생각이 새삼 든다.

당초 우리 교사 모임은 십수 명이 넘었으나 벌써 절반 이상이 세상을 떠났다. "밤새 안녕하세요."라는 말이 진짜 실감난다. 오래 되고 묵은 나무의 뿌리는 툭 차면 넘어진다. 그런 처지가 지금의 우리들의 모습이다.

우리를 초청해 그렇게 기뻐했던 그는 고통스러운 노후를 맞았다. 의류상을 하던 사위에게 자기 집을 담보로 내놓았다가 집이 넘어갔다. 눈이 펑펑 쏟아지던 어느 날 사위는 외국으로 떠나고, 올 데 갈 데 없는 신세가 된 그가 나를 만나 눈물짓던 게 지금도 눈에 선하다.

수양버들처럼 가는 몸매에 얌전했던 화학 선생도 아들의 사업 밑천을 대주었다가 생활이 어려워졌다고 한다. 모임에도 나오지 않고 소식이 끊겼는데 얼마 전 돌아가셨다는 소식을 들었다.

"다음 차례는 누구일까?" 익은 감도 떨어지고 설익은 감도 떨어지는데, 어쩌면 그 화살이 나에게 꽂힐 수도 있다는 생각이 들 때면 등골이 오싹해진다.

밤 열시가 되면 잠자리에 든다. 여러 생각에 빠져 쉽게 잠들기 어렵다. 지난 80여 년의 세월이 주마등처럼 지나간다. 기뻤던 일들, 숨기고 싶은 슬프고 괴로운 일들, 지금도 쥐구멍이 있다면 숨어버리고 싶었던 일들, 그리고 아직도 풀지 못한 묵은 문제들……

내 마음 한쪽에는 아직 풀지 못한 숙제가 있다. 교사 월급을 아끼고 쪼개 집 칸을 마련한 게 유일한 내 재산이다. 친구들은 "자식에게 다 주고나면 아예 찾아오지도 않는다."며 적은 재산이라도 죽을 때까지 붙잡고 있으라고 한다. 이렇게 아이들과 미뤄놓은 숙제들이 나를 지치게 한다.

그러다가 잠이 든다. 하지만 그 잠도 그야말로 토막잠이다. 대 여섯 번의 화장실 출입, 그러다가 또 잠에 빠진다. 이번에는 꿈이다. 그야말로 흐리멍덩한 꿈들이지만 때로는 불안하고 긴박하고 공포스러운 경우도 있다. 모든 그런 것이 죽음의 시간을 재촉하는 전주곡인 것 같아 슬퍼진다.

오늘은 새벽 세시에 깼다. 깼다기보다 잠에서 쫓겨난 셈이다.

잠자는 아내의 얼굴을 보고 있으니 아내와 동시에 죽었으면 좋겠다는 생각이 든다. 홀로 남아 자식들에게 폐가 되고 짐이 될까 염려스럽다.

그 곱던 얼굴, 쫓기듯 출퇴근에 아들 셋을 키우며 80이 너머서도 부엌을 못 떠나는 것을 보노라니 내가 죄인이다.

내가 세상에서 한 것은 교사로 아이들을 가르친 것뿐이다. 그동안 수천 명이 되는 내 제자들은 지금 무엇을 할까. 나는 다시 태어나도 교사가 되고 싶다. "좀 더 열심히 가르칠 걸" 하는 반성에 다시 한 번 아이들을 가르치고 싶어진다.

시간은 쏜살같이 흐른다. 보석 같은 시간은 손에 쥔 모래처럼 스르르 빠져나간다. 새소리에 눈떠… 흘러가는 구름 좇다 보면 어느새 하루가 저문다.

엊그제 일은 까맣게 생각이 안 나도 몇 십 년 전 일은 어제 일처럼 생생하다. 팔랑팔랑 하던 젊은 시절은 늘 기쁘고 좋았는데 나이가 들자 스쳐가는 바람에도 공연히 눈물이 난다. 나는 그대로건만 세월이 다르다. 밤에는 뒤척이다 낮잠이 많아진다. 아들은 점점 소원해가고 손주만 예뻐 죽겠다. 눈을 가늘게 뜨고 멀리 보면 분별할 수 있는데 눈을 크게 뜨고 가까이 보면 도리어 희미하다. 모두 늙었다는 증거다.

돌아보면 젊음의 시간이 다 빛났던 것은 아니다. 늘 조바심치고 바동거리며 살았다. 열심히 했지만 막상 손에 쥔 것은 없었다. 노년의 멀리 내다보는 안목을 그때 지녔더라면 좀 좋았을까?

누구나 늙는다. 그러고 보니 모든 게 후회뿐이다. 정년퇴직하고 직업 없이 산 게 벌써 20여년이다. 지금이나마 앞으로 무엇을 하며 살지, 무엇을 남기고 떠날지를 곰곰이 생각해 본다.

속리산俗離山

지열(地熱)과 인열(人熱)이 들끓는 공해권을 벗어나 옥천까지 경부 고속도로를 거쳐 국립공원 개발의 일환으로 닦여진 속리산과 옥천간의 아스팔트길을 따라 쾌적한 자동차 관광길을 달리노라면 보은을 지나 얼마 안가서 속리산의 관문인 말티 고개를 치닫게 된다.

해발 8백 미터의 꼬불꼬불 열 두 굽이의 가파른 산을 사행(蛇行)하여 고갯마루에 이르게 되면 마치 구름 위에 둥실 떠 있는 듯한 상쾌감과 더불어 청신한 맑은 공기를 흠뻑 들이마실 수 있고, 병풍처럼 첩첩으로 두른 듯한 검푸른 산마루들이 꿈틀거리는 듯한 절경들을 한눈에 볼 수 있다. 이 말티 고개에서 내속리로 발을 옮기노라면 길가에 우뚝 서 있는 천연기념물인 정이품송(正二品松)의 의젓한 모습이 발길을 멈추게 한다. 조선 7대 왕인 세조가 환후(患候)로 말미암아 속리산 복천암으로 요양 행차를 하던 길에 이 소나무 밑을 지나게 되었는데 기이하게도 가지가 위로 치켜 올라가 어련(御輦)이 무사히 지나치게 했다는 연유로 정2품 벼슬을 하사받은 유서 깊은 길송(吉松)이다.

높이 15m, 둘레 4.5m의 푸르디푸른 이 낙락장송은 수령 6백여 년의 기나긴 세월의 풍상을 고이 간직한 채 의연히 서 있는 것이다. 이

정이품송을 지나면 어느새 법주사 초입인 유명한 오리수해(五里樹海)로 접어든다. 이 오리숲은 아름드리의 떡갈나무 · 참나무 · 잡목들이 울울창창하게 우거져 거대한 터널을 이루고 있다. 숲에 스며드는 삼복(三伏)의 햇살을 헤치며 발걸음을 옮기면 일주문이 앞을 가로막는다. 현판에는 「湖世第一伽藍」이라 새겨져 있다.

이는 우리나라 팔승지(八勝地)의 하나인 명산 속리산에 자리 잡아 이른바 한국 5대 사찰의 하나로, 충북 여러 사찰을 총괄 지휘하는 대법주사로서의 면모를 여실히 과시하는 것이기도 하건만, 이 문을 한 번 들어선 뒤에는 진세(塵世)의 인연을 돈절(頓絶)하고 무상불법(無上佛法)에 정진해야 한다는 존엄한 계명을 암시하는 듯하다.

산은 끝 간 데가 없고 마음은 진한 푸르름의 서늘한 녹음에 젖어드는데, 세속은 무엇이며 이속(離俗)은 또한 무엇이런가? 「道不遠人人遠道」하니 山非離俗俗離山이라」는 글귀가 생각난다. 즉 〈도(道)〉는 사람을 멀리하지 않건마는 사람이 〈도〉를 멀리하고 〈산〉은 〈속(俗)〉을 떠난 것이 아니언만 〈속〉은 〈산〉을 떠났다는 뜻으로, 이는 일찍이 조선 시인 임백호가 속리산에 들어가 《중용(中庸)》8백번을 읽은 뒤에 문득 속리산의 산 이름을 가지고 지은 명귀(名句)이려니와, 이름은 비록 속리산이로되 그것이 결코 세속과 등진 산일 수는 없다. 어찌 〈산〉과 〈속〉이 따로 있을까보냐? 우주라는 드넓은 대자연 속에 인간이 존재하는 한, 〈산〉과 〈속〉이 따로 떨어질 수가 없으렷다.

속리라는 이름은 신라 36대 왕인 혜공왕 12년에 진표율사라는 고승에 의해 명명됐다는 설이 있고, 그 이전에는 〈광명산(光明山)〉, 〈지명산(智明山)〉, 〈자하산(紫霞山)〉 등의 이름이 전해 내려왔다고 한다. 그러나 예부터 조선 8경의 하나로 꼽혀 온 속리산은 해발 1천

57미터로 산 둘레는 영봉으로 잇달았고, 의연한 구릉과 유적(幽寂)한 계곡이 속세와는 전혀 다른 별유천지라 하여 속리산 이름이 붙여졌다는 설도 있다.

옛날의 8개 다리 중에 이제 겨우 하나만 남은 수정교를 건너 속리산의 얼굴이라 할 수 있는 법주사 미륵도장으로 들어서면, 중앙에 우뚝 솟아 선의 조형과 색조의 미를 유감없이 발휘한 오층탑의 팔상전이라든가, 그 왼쪽으로 창공에 솟아 있는 세계 제일을 자랑하는 우람한 미륵불상(높이 30m, 허리둘레 12m)이며, 웅대한 위용의 대웅보전의 모습이 주위를 압도하며 눈앞에 다가온다.

신라 진흥왕 14년(553년)에 고승 의신조사가 천축(天竺·印度)으로부터 불경을 싣고 이곳에 이르러 창건했다는 이 법주사에는 5백 61개의 기둥으로 받쳐진 팔상전·쌍사자석 등 석련지(石蓮池) 등의 국보와 사천왕석 등 그 밖에 갖가지 보물과 유적들이 간직되어 있다.

속리산 국립공원의 이름난 경승지로는 주봉인 천황봉을 중심으로 거대한 바위가 첩첩으로 높이 솟아 있는 문장대를 비롯한 여러 개의 봉우리와 상고암 등 7곳의 암자, 신은폭동·은폭동·목욕소 등이 장관을 이루고 있다. 상환암 바로 앞에 은폭동이 있는데 큰 바위가 겹겹으로 쌓인 바위 속에서 물소리만 들리니 희한하고 신비롭기 이를 데가 없다. 일찍이 송우암은 〈도도히 흘러야 할 물, 네게 묻노니, 무슨 연고로 돌 속에서 우는 거냐, 발 씻는 세인을 꺼려, 흐름을 감추며 다만 소리만 내는 것이냐〉라는 뜻의 시를 읊었다.

나는 계곡을 내려오며 세조가 피부병을 고쳤다는 목욕소에 몸을 담그어 본다. 비록 설악산과 백담사 천불동 계곡이나 또는 용문산이나 오대산 계곡처럼 수량이 많다거나 소리를 내며 흐르는 물줄기는 아닐지라도 울창한 숲속을 소리도 없이 수줍은 처녀처럼 고요히 흐르는 물에 등목을 하는 시원함이란 상쾌하기 그지없다. 일순에 속세의 오뇌를 잊고 만곡(萬斛)의 청신한 쾌감을 만끽한다. 수림 사이로 불어오는 산바람이 또한 모든 열기를 휘몰아 가는 것만 같다.

도시의 사람들은 얼마나 삼복더위에 시달리고 있을까? 녹음과 여울물, 그리고 바람이 그리워서 피서를 가야만 직성이 풀린다는 사람들의 심정을 알고도 남음이 있겠다. 나는 내 자신이 이 여울물 속을 거니는 범인이란 것을 만연히 잊게 한다. 산그늘이 짙어지니 어느덧 으스스 한기가 감돈다. 사람의 몸은 이렇듯 얄밉도록 간사한 것인가? 시원한 물수건을 목에 걸치고 어슬렁어슬렁 산사(山寺)를 더듬어 내려온다.

– 세월 지난 일기장에서

강화도 나들이

지난달 중순 중국의 사드 보복으로 제주를 찾은 '유커' 수가 86%가 줄었다고 한다. 국내 여행객은 10% 가까이 늘었다. 외국인 관광객 70%가 줄어도 국내 여행객이 20~25%만 늘면 제주 여행업계 타격은 상쇄될 것이란 전망이 나온다. "국내 여행 가자"는 얘기는 그래서 나온다.

강화는 몇 번 간 곳이다. 그 중 처음 강화도를 가게 된 건 "수입 농산물로부터 건강을 챙기자"는 여론과 '신토불이' 구호 때문이었다. 그런데 해를 거듭하면서 국산 곡물뿐 아니라 강화도의 흙과 물과 역사와 사람이 보이기 시작했다.

강화도는 섬 같지 않다는 생각이 들 때가 있다. 연륙교를 건너왔지만 산과 들과 고개로 이어지는 길을 지날 때면 내륙 깊숙이 들어온 느낌을 떨칠 수가 없다. 강원도의 어느 산중인가 싶으면 넓은 평야가 나타나고, 백두대간의 두문동 고개인가 하면 끝없이 펼쳐진 바다를 보여준다. 눈 돌리는 곳마다 문화재고, 발길 닿는 데마다 역사의 현장이다. 다니면 다닐수록 없는 게 없는, 섬 같지 않은 섬이라는 생각이 든다.

언제부턴가 테마를 정하기 시작했다. 고려 궁터와 성문, 절의 창건 설화와 산성, 해안 도로와 돈대의 전투사(戰鬪史), 향교와 왕들의 귀양지 등을 찾아봤다. 산비탈 붉은 흙에서는 진한 인삼 향이 나고, 썰물 진 먼 바다 갯벌은 바로 천연 머드팩이고, 용두돈대 해협의 휘돌아 나가는 물살은 억울하게 죽어 떠도는 손돌의 혼 때문이라는 전설을 안 것도 상당한 발품을 판 덕이었다.

이 섬은 켜켜이 쌓인 지층이다. 어떻게 자르든 아픈 역사의 무늬가 나타난다. 1876년 2월 26일(양력) 강화도 조약(한일수호조규)이 체결됐다.

강화대교 지나 읍내 방향으로 간다. 삼거리에 있는 서문에서 길을 건넌다. 성곽 안쪽에 네모난 돌이 서 있다. '연무당 옛터'라고 새겼다. 강화도 조약이 체결된 곳이다. 잔디밭 터만 남았다. 흔히 불평등 조약이라 한다. 일제 침략이 여기서 비롯됐다 한다. 설명문에도 그렇게 적혀 있다.

일본 함대는 제물포 앞바다를 지나 강화도와 육지 사이 좁은 해협으로 진입했다. 5년 전(1871년·신미양요) 미국 아시아 함대 군함 2척이 침입한 곳이다. 또 앞서 5년 전(1866년·병인양요)에는 프랑스 함대가 침략했다. 조선 정부는 이 해협에 포머·돈대·진 50여 개를 설치했다.

남쪽으로는 초지진이다. 육지와 섬을 잇는 초지대교가 있어 서울에서도 가깝다. 수령 400년 소나무에는 운요호 사건 때 포격전에서 입은 상처 자국이 남아 있다. 일본 함대는 이곳을 제집처럼 들락거렸다.

강화도 조약은 일본에 페리 제독이 내항한 후 23년 만의 일이었다. 조선은 1905년 을사늑약까지 거의 30년간 '지켜낼 조흔방도'를 짜내야 했다.

최근 도시화 바람이 불면서 점차 강화도는 그 풍경을 잃고 있다. 매음리 염전은 흔적도 없이 사라졌고, 가을이면 붉게 익은 감이 주렁주렁 달리던 초가집과 거대한 물레방아가 돌던 식당도 새 도로가 나면서 없어졌다. 농부카페를 지나는 흙길이 아스팔트로 포장된 것은 어쩔 수 없다 해도 온전한 소금창고 하나, 고목이 된 가로수 몇 그루 정도는 남겨둘 수 있지 않았을까.

그런 와중에도 천연기념물인 400년 된 탱자나무를 아직 볼 수 있는 건 행운이다. 언젠가 올라가려다 떨어진 적 있는 부근리 고인돌도 남을 것이기에 다행이다.

여행이란 즐기는 것이다, 국내를 여행해야 경기 부양 효과가 있다는 캠페인은 '관치(官治)'의 냄새가 난다. 즐기려고 떠나는 여행에 정치·경제 효과에다 외교적 고려까지 더하는 것은 정치적 이유로 한국 여행을 제한하는 중국이나 할 발상이다. 그렇게 가는 여행에서 감동하고 '다시 가보고 싶다'는 마음은 생기지 않는다. 일본도 처음부터 국내 여행자가 좋았던 것은 아니다. 외교관 출신 가와사키 이치로는 30여년 전 책 '일본을 벗긴다'에서 쓰레기 안 치우는 일본인을 비판했다.

중국의 한국 여행 금지는 부당하다. 하지만 분노는 답을 주지 않는다. 이럴 때 우리 관광 경쟁력의 문제점을 돌아보고 위기에 쓰러지지 않을 맷집도 키워야 한다. 어느 한 나라만 바라보고 관광산업을 키웠다가 낭패를 보는 일도 없어야 한다. 당장 죽게 생겼는데 한가한 소리일지 모른다. 그래도 그 방법 밖에 없다.

빨리빨리

외국에 나가 한국 사람을 금방 가려내는 방법이 있다고 해서 귀가 솔깃했다. "빨리빨리"를 입에 달고 사는 사람들을 찾으면 된다고 해서 웃은 적이 있다.

그래서 우리는 빨리빨리 민족이다. 뭐든 빨리빨리 한다. 밥도 빨리 먹고 술도 빨리 머고 임기 한참 남은 대통령도 급하다며 빨리 갈아치운다. 그 빨리빨리가 대한민국이라는 부실 공사의 주범이라는 사람도 있다.

세상일은 다 맞거나 다 틀리지 않는다. 좋은 것도 뒤집어 보면 나쁘고 나쁜 것도 찬찬히 들여다보면 좋은 구석이 있다. 빨리빨리는 나쁜 것보다 좋은 게 더 많다. 우리는 경제도 빨리빨리 성장시켰다. 남들 50년, 100년 걸려하는 것을 20년 만에 끝냈다. 먹어가며 쉬어가며 해도 되는데 안 자고 안 먹고 속도전으로 끝냈다.

박정희 대통령은 가끔 조급증을 드러냈다. 1972년 정부는 8년 후 수출 목표를 55억 달러로 잡았다가 갑자기 100억 달러로 확 올린다. 북한을 경제적으로 완벽하게 압도하고 싶었던 박정희 대통령의 조급증이다.

그 대통령에 그 국민이라 해야 하나. 1980년을 목표로 했던 100억 달러 고지를 3년 당겨 1977년에 돌파해 버린다. 이렇게 앞뒤를 가리지 않고 속도를 다하여 마라톤 전 구간을 뛰는 게 대한민국 기질이다. 그런데 이게 실은 유서 깊은 증세다.

일제 때 기록을 보면 한국인의 평균 기상 시각은 새벽 5시다. 식민 지배를 더 열심히 받으려고 이렇게 일찍 일어나지는 않았을 것이고, 이유가 있다. 한국의 벼농사는 수확 적기를 며칠만 놓쳐도 이슬과 찬 서리에 수확량의 절반 이상이 날아간다. 기후는 들쑥날쑥해서 공정상 해야 할 일의 기한은 대략 열흘 남짓이다. 빨리빨리 안 하면 수확량이 줄고 농사를 망친다. 서두르지 않을 수가 없다는 것이다.

계(契)는 우리나라에만 있는 독특한 문화다. 이 계에는 별별 것이 다 있는데 그중 압권은 늦잠을 서로 경계하며 막아주는 조기계(早期契)다. 나도 못 자고 너도 못 자도록 돕는 이런 황당한 계까지 만들어 가며 살아온 게 우리 민족이다.

잠을 못 자게 하기위해 동원한 방법은 엽기적이다. 영침목이라는 베개가 있다. 옹이가 박힌 나무 베개인데 이걸 베고 잔 이유는 머리가 배겨 잠을 오래 못 자기 때문이다. 더 끔직한 게 상계침(霜鷄枕)이다. 베게 이름에 웬 닭? 이건 거의 TV 프로그램 서프라이즈에 나올 수준이다. 서리가 내릴 때 부화한 닭은 몸집이 작다. 이 서릿닭의 알을 다시 서리철에 품어 부화시키면 이 손자 닭은 주먹크기에서 성장을 멈춘다. 이렇게 기른 병아리 사이즈 닭을 판자로 만든 베개에 넣고 잤다. 이 닭을 축시(丑時)에 운다. 늦어도 새벽 세 시에는 시끄러워서라도 깬다는 이야기다.

그 시간에 일어날 거면 아예 자지를 말지 뭣 하러 자리 펴고 누웠나 싶다. 그게 다 일찍 잠자리에 드는 습성 때문에 가능한 일 아니냐고? 그건 모르겠다.

이제는 좀 쉬자고 한다. 열심히 일한 당신(휴가) 떠나라. 부추기는 광고도 있었다. 그런데 이 광고 역시 며칠 안 자고 죽기를 살기로 만든 작품이다. 느림의 미학을 주장하는 사람도 있다. 그러나 그건 비가 와도 느릿느릿 걸었던 조선시대 양반들이나 하던 짓이다. 빨리빨리와 미리 당겨서 하는 습관, 우리의 천성이고 굳이 고칠 필요 없는 기질이다. 문제는 빨리빨리가 아니라 뛰는 방향이다.

지난날 우리는 국가 어젠다라는 것을 통해 방향을 잡고 뛰었다. 지금은 어디로 뛸지 모르고 무작정 뛰거나 포기한 채 멍하게 서 있다. 멍은 멍청과 같은 말이다.

지금 외국 유명 관광지나 박물관처럼 줄을 길게 서야 하는 곳에서는 쉽게 들을 수 있다고 한다. 단체 여행을 하다보면 한두 사람은 무리보다 꼭 먼저 출발하고, 다른 사람들이 그 사람을 찾으러 나서고, 그러다가 오히려 전체가 늦어지는 악순환에 빠진다. 버스·지하철을 탈 때도, 운전을 할 때도 우리는 늘 급하다. 산에 오를 때도 남보다 빨리 올라야 적성이 풀리고 출세도 빨리 해야 하고, 심지어 자녀 성적도 빨리 올라가야 한다.

가끔 수단과 방법을 가리지 않고 자기 욕심을 채우려는 사람들을 본다. 다른 사람이 해놓은 성과를 자기 것인 양 슬그머니 가로채기도 하고, 얼핏 보면 그런 사람들이 남보다 잘되는 것처럼 보이기도 한다. 그러나 길게 인생을 보면, 빨리 가는 것 같은 사람들이 나중에 보면 오히려 더 늦는 경우가 있다. 아예 추락하는 경우도 많다.

언제부터인지 '순리대로'라는 말을 중요시하게 된다. 억지로는 안 되는 일이 많고, 또 그것은 오래가지도 않는다. 나는 빨리 보다는 천천히 순리대로 사는 것이, 한 걸음 한 걸음 앞으로 나아가는 것이 더 힘 있고 소중하다고 믿는다. 말과 행동이 빠르다 보면 얼핏 앞서 가는 듯해도 실수가 잦아지게 마련이다. 그만큼 신용 없는 사람으로 낙인찍히기도 쉽다.

올해도 한 달 남짓 남았다. 자칫 마음이 급해지기 쉬운 때다. 그러니 한숨 고르며 마음의 여유를 가질 필요가 있겠다. 빨리빨리 내 것으로 만들려고 욕심 부리기보다 천천히, 그냥 순리대로 남은 한 해 마무리하면 어떨지.

산과 나이

어머니께서 그렇게도 좋아하시던 산채(山菜)들이 지금 이 곳에선 한창이다. 산골 처녀들은 물론 아가씨 아주머니 할 것 없이 떼를 지어 석양 준령을 넘어 오는 광경은 한 폭의 그림과도 같다.

이것은 산이 좋아서라기보다 그 시절 배고픈 보릿고개 식량을 보태기 위한 아낙네들의 노동에 가까운 모습이다. 보기에 따라 감동적이기도 하다.

산을 향하여 길을 나서지만 나의 발길은 마을. 적은 동리에서 멈추고 만다.

마을에 들어서면 나는 그대로 그곳에 주저앉아 있고 싶고 산은 차라리 산사람에게 맡기는 것이 좋을 거라는 생각이 들어 그럴 때문 산이 마음에서 멀어지곤 한다.

산은 그 앞에 닿으면 우람한 주인이 되고 나는 그저 한 조그마한 나그네에 불과한데 마을을 들어서면서부터 어느새 내가 주인이 되고 이웃은 손님 같은 그런 관계가 되기 때문이다.

산은 들어갈수록 깊고 험한데 마을은 머무를수록 형제처럼 친근하게 느껴지는 것이 이상하다.

그러나 산에 간다는 친구들을 보면 언제나 따라가고 싶은 충동을 느껴 용기와 힘이 있었던 얼마 전까지도 나는 곧잘 산사람 차림으로 일행을 따라 길을 나서곤 하는 일이 있었다.

하지만 처음 생각한대로 산꼭대기까지 오른 일은 해마다 줄어든다. 이것도 나이 탓임을 어찌하랴. 언제나 중턱 정도 오르고 말거나 아니면 숫제 아래 마을에서 남아 버리곤 하였다.

산은 가까이 가서 보는 것보다 멀리서 보는 것이 더 아름답고 멀리서 생각하는 것이 더 동경이 있고 유혹적이라고 느껴진다. 나는 산 밑 마을에 다다르면 언제나 그렇게 생각하는 것으로서 자신을 달래고 그곳에 주저 물러앉는다.

산이 싫어서가 아니라, 무서워서가 아니라, 다만 산 앞에 다다르면 왜 그런지 너무도 단련되지 않은 나의 허약한 심신이 고만 갈 길 없는 나그네 모양 걷잡을 수 없이 위축되어 아예 나는 마을에다 더 정을 두고 산을 생각만 하는 것으로 스스로를 만족시키곤 한다.

그러나 산과 마을이 똑같이 멀리 있으면 나는 별로 생각 없이 우선 그 산봉우리들에 눈이 끌려 특히 그 위에 흰 구름이라도 머물고 있으면 한없는 유혹을 느끼곤 한다.

그럴 때면 류색도 메지 않은 준비 없는 몸차림으로도 높은 산에 감히 오를 기상을 보며 오히려 친구들의 만류를 받기도 한다.

옛날 사람들은 요란하게 차리지 않았어도 험준한 준령을 넘었었다. 간단한 짚신에 괴나리봇짐 하나라 쉽게 여러 겹의 산을 넘었었다. 그런데 현대인은 준비된 장비를 갖추어야만 산을 타는지? 나는 풋내기 생각으로 나의 산에 못 오른 것에 대한 감정을 해소시킬 때가 있다.

어쨌든 나는 그때 친구의 만류로 산에 오르지 못하고 뒤돌아서고 말았으나 그 일로 두고두고 후회한다. 꼭 오를 것만 같은 마음이 들었던 그 좋은 기회를 이제 다시는 그런 용기와 마음의 유혹을 얻기 힘들 거란 생각이 들어서다. 이제 한 달만 더 있으면 나이 숫자도 늘어 가는데….

인간은 어떤 의미에서 산 앞에서 너무 자학하는 것일까? 너무도 과학을 신봉하는 나머지 어쩌면 스스로의 기능과 능력을 위축시키고 마는 것이란 생각도 든다.

옛날엔 산이 들어서면 벌써 자기는 그 산의 한 부분으로서 그 자연 속에서 하나의 자연으로서 행동하고 순종하였기 때문에 탈이 없었을 것이다.

멀리 보는 산에 그토록 매혹당하고 또 동경하면서 그리고 산 앞에 가까이 갔을 때 그 웅대하고 유연한 신비성에 마음을 사로잡히면서도 한 번도 그 속에 자신을 내맡기지 못하고 만 나 스스로를 한없이 동정한다.

그러나 나는 지금도 계속 산을 바라보고 내가 보지 못한 산 뒤쪽과 산 너머를 그리워하고 있다.

성묘

　땅 속의 조상은 말 한마디 없어도 묘위에 자란 풀이 자손을 부른다. 일 년 내내 발걸음도 않던 자손도 풀을 벨 때가 되면 묘를 찾게된다. 풀은 묘를 보호하지만 베지 않으면 길로 자라 묘를 황폐시킨다. 무심한 자손도 차마 그대로 둘 수가 없지 않은가.

　아무도 오지 않는 골짜기지만 비가 내리고 해가 쪼인다. 열과 물은 묻힌 사람을 흙이 되게 하고 씻어 내리면서 풀을 자라게 한다. 무성한 풀이 해마다 자손을 불러들이는 원리가 서도록.

　추석날에는 산과 들에 사람이 핀다. 달리는 차창에서 내다보면 나타나는 골짜기마다 울긋불긋한 옷들이 널려 있다. 사람들이 온통 도시와 집들을 비우고 산으로 쏟아져 나온 것이다.

　성묘 가는 사람은 서러운 사람과 즐거운 사람이 있다. 부모가 세상을 떠난 지 얼마 되지 않은 사람의 얼굴은 침중하다. 아니 나이가 들수록 부모의 모습은 더 뚜렷해진다. 그러나 자기 부모가 죽은 것이 아니기 때문에 슬픔과 한 다리 떨어져 있는 아이들에게는 이보다 즐거운 날이 없다. 성묘는 가족이 함께 가는 들놀이이다.

　혈기가 왕성한 젊은이들로 우울할 것이 하나도 없다. 남녀가 잘 차리고 몰려나오면 마음은 마냥 부풀고 축제의 기분이 들어찬다. 추위가 나뭇잎을 죽이면 잎은 눈부시게 채색되지 않는가? 서러움 속에는 기쁨이 들어 있다.

현대는 사람들이 도시로 옮겨가며 산다. 추석날 하루는 거꾸로 농촌으로 돌아온다. 도시로의 이주가 클수록 역 이전(逆移轉)의 날의 교통량은 크다. 낯 설은 이웃을 떠나 고향으로 인정을 찾아간다. 세월에 앗긴 어린 시절을 땅 위의 우정과 땅 속의 정에서 구한다. 죽은 것 속에서 생기를 찾으러 간다.

그리운 어머니를 찾아 도랑을 따라가고 인자한 아버지를 보러 언덕에 오른다. 사람들은 산 사람의 정만으로는 빈 곳이 차지 않아 잠자는 사람의 정을 구하러 간다. 땅속에 부모를 모시고 향락을 누리는 것도 허전하여 일 년에 한번 효심을 갖는다. 부모를 죽음으로 내몰던 지난날의 자기의 부정함이 마음 아파 머리를 조아리고 죄를 빈다.

부모를 만나러 묘소를 향할 때마다 자기도 모르게 어떤 기대가 마음에 들어선다. 부모의 묘가 가까워질수록 마음이 설렌다. 그러다가 묘에 이르고 보면 실망이 한숨 되어 나온다. 무언지 바라던 그림자는 느낄 수 없고 말없는 공간이 좀 답답하다. 벌레만 울 뿐 아무 소리도 기척도 없는 그 텅 빈 허무가 다시금 마음을 아프게 한다. 풀들이 가볍게 흔들리고 봉우리로 구름이 흘러간다.

벌초 가는 사람으로 승객이 조금은 많아진 시골 버스간이었다. 낫을 든 한 청년이 벤치에서 만난 친구에게 벌초 다닐 곳이 많다고 투덜거렸다. 한 묘소의 풀을 베면 십리 쯤 걸어가야 하고, 그곳을 베고 나면 또 십리 쯤 산속을 걷고 하면서 여덟 곳을 다녀야 한다는 것이다. 세월이 가면 자손도 많아지지만 조상도 많아진다. 먼 조상은 정도 멀어져 먼 친척같이 된다.

하나의 묘가 만들어질 때는 많은 눈물이 뿌려진다. 통곡은 골짜기에 메아리치고 슬픔은 하늘을 어둡게 한다. 이렇게 피눈물 속에 묻혀가는 그 사람도 옛날에 자기 아버지를 그렇게 묻었다. 그 아버지는 또 그 아버지를, 비탄의 행렬은 구슬픈 만가(輓歌)의 울림 속에 아득한 과거 속으로 뻗어간다.

묘가 만들어진 뒤에는 가슴 찢는 슬픔이 남는다. 묻은 사람도 죽어 묻히는 날에서 비로소 그 슬픔이 묻힌다. 할아버지의 묘를 잊지 못하던 아버지가 죽으니 자식은 아버지의 몸과 함께 그의 슬픔을 묻은 것이다. 그런데 그 매장은 또 새로운 슬픔을 자식에게 남긴다. 아들은 또 그 아들에 뼈아픈 슬픔을. 끝없는 행렬이 역시 뒤이어 온다.

그런데 조상의 묘를 자손에서 자손으로 넘겨주다가 그 고리의 어느 하나가 빠져 버리면 그 많은 묘들을 모두 잃어버리고 만다. 죽은 사람이 자기의 묘를 일러줄 수도 없다. 자손이 알면 깜짝 반가워할 묘도 남의 묘가 되어 파 일구어진다.

묘 아래쪽의 밭이 해마다 몇 고랑씩 묘 쪽으로 육박해 들어오다가 드디어 묘한 섬처럼 달랑 남겨놓고 에워싸 버린다. 묘가 많던 곳을 먹어들어 간 밭은 그래서 다도해 같은 풍경이다. 묘라고 말을 듣고 보니 그런 것 같은 무덤 위에 풀이 자라 바람에 흔들리고 있다. 이 치외법권의 자리도 밭 임자의 대가 바뀌면 파 일구어지기 쉽다.

죽음은 무정하고 사람은 더 무정하고.

그러나 세상이 신선하게 되려고 사람도 죽어가듯 자연이 새로워지려고 묘도 없어지지 않을 수 없다. 그 많은 사람이 다 살 수 없고, 그 많은 묘가 다 지켜질 수가 없지 않은가. 조상이 죽었으니 우리도 죽고 조상의 묘가 버려졌으니 우리 묘도 버려지는 것 아닌가.

살아 있는 동안 우리 성묘나 다니자. 조상이 있기에 내가 있다.

노여움만 늘어가고

TV를 보다가도, 내 또래 출연자의 얼굴이 클로즈업되면 얼른 채널을 돌려버릴 때가 있다. 왜 그러느냐고 묻는 남편에게는 이렇게 대답한다. "쭈글쭈글한 얼굴보다는 이왕이면 젊고 생기 있는 얼굴들을 보고 싶어서" 그러면 남편은 허허 웃는다. '당신도 늙었나보네'라며.

남편 말대로 한 해가 다르게 늙어가는 과정 중 하나인지는 모르겠지만, 나는 요즘 늙는다는 것이 부쩍 싫고 두렵다. 천년만년 젊고 싶어서가 아니라 아름답지 못한 모습으로 늙을까 봐 걱정이 되어서다.

지난 몇 년 감사하게도 식구들이 모두 무탈하다 보니 내가 별 사치스러운 고민을 다 하는 것인지 모르겠지만, 나는 요즘 잘 늙어가는 것에 관해 생각할 때가 잦다. 어떻게 하면 젊은이들에게 밉상이 아닌, 넉넉한 어른으로 기억될 수 있을까?

그러나 뭐니 뭐니 해도, 남편의 변화에 나는 슬픔을 느낀다. 내 남편은 다른 건 몰라도 사람 하나는 호인이었다. 언제 어느 순간에도 유머를 잃지 않고, 부드러운 태도로 약자를 돕는 사람이다. 그런데 얼마 전, 나는 남편의 변한 모습을 봤다.

내가 발목을 접 질러 걸음이 불편한 상황이기에 휠체어를 하나 대

여해서 볼 때였다. 에스컬레이터를 오르려고 내가 잠깐 일어서고 남편이 허둥대고 있자니, 아이를 업은 새댁이 뒤에서 "어르신, 저쪽에 엘리베이터가 있어요. 그게 더 안전하실 거예요" 그 순간 남편 얼굴이 일그러지며 거친 소리를 뱉었다. "자, 비켜줄 테니 갈 길 가쇼. 나 참 남이야 어떻게 가든 뭘 참견인가…"

젊은 새댁은 민망해져서 얼른 에스컬레이터를 타고 올라갔고, 나는 그 등을 올려다보며 어찌할 바를 몰랐다. 남편은 우격다짐으로 휠체어를 접어 에스컬레이터를 탔고, 나도 그 곁에 기대고 섰다. 우린 아무 말도 할 기분이 아니었다. 볼일을 다 보고 식당에 가서 점심 주문을 한 뒤에야 남편이 한마디 하였다. "내가 요새 왜 이러는지 몰라."

그 말 듣고 "아까 그 새댁은 우릴 도와주려고 한 거지 딴 뜻은 없었어." 남편도 고개를 끄덕이더니 나도 안다고 한다, 순간 내가 행동도 굼뜨고, 눈치도 없는 늙은이라고 젊은 것들이 비웃는 걸로 생각되더란다. 휠체어가 잘 안 접혀서 당황스러운데 부끄러웠단다. 마누라 휠체어 미는 게 예전처럼 거뜬하지가 않아서 우울하던 참이었다고 한다. 생각 같아서는 로비로 복도로 쌩쌩 날 것만 같은데, 두 발이 자꾸 뒤엉키니….

역시 세월을 이길 장사는 없다 싶었다. 식구들에 대한 노여움이 확실히 늘어난 것 같다. 불과 며칠 전에도 나는 혼자만의 노여움으로 집안 분위기가 찬바람이 돌게 했다.

남편 팔순 생일이 얼마 남지 않았다. 기념으로 자식들이 부부 해외여행을 보내드리겠단다. 더 늦으면 여행도 못 다닌다고 큰 아들의 생각이었다. 하지만 맞벌이하는 며느리한테 시부모 여행 경비가 주어지는 것이 미안했다. "가족끼리 식사나 하자"고 했다. "나는 무릎이 아파 멀리 못 간다고…." 막내 내외는 통장으로 입금하겠다 하고, 큰 며느리는 직접 가지고 왔다. 저희들 삼형제 한참 자식들 교육비가 너무나 버거운데 이렇게 쓸 돈이 있다고…. 그러자 며느리가 "어머님, 저도 벌잖아요. 이럴 때 드리려고 제가 애들 학원 보내고 대학 등록금 준비하고 아등바등 뛰는 거 아니겠어요?"

며느리는 환하게 웃으며 말을 하는데, 나는 순간 남편이 말한 순간적인 분노가 이해되었다. 아들 돈이 아니라 며느리 돈인 줄 알라고 못을 박는 것 같고 유세떠는 것 같이 생각되었다. 스스로 마음을 누그러뜨리려 해도 얼굴이 굳어서 풀리지 않았고 아마 며느리도 눈치를 챘을 것이다. 그러나 생각하니, 내가 너무 예민했나 싶었다. 아마 듣기 좋게 말하려고 한 것이 그렇게 꼬여버린 거겠지. 저희야 무슨 속셈으로 그런 말을 했든. 내가 선의로 받으면 고부 관계가 좋아진다는 걸 모르는 바 아닌데….

늙는다는 건 약해지는 것이고, 약해지니 노여움만 남는 모양이다. 내 돈 벌어 내가 쓰며 살 때는 이런 감정을 몰랐다. 몰랐던 세상을 알게 되는 것이 성숙이건만 왜 이리 마음이 쪼그라드는 느낌일까?

내 자식들을 포함하여, 젊은이들에게 말하고 싶다. 부디 젊은이의 아량을 가져달라. 노인들이 억지 부리고 호통 친다 생각하기 전에, 늙은이들의 처지를 한 번쯤 새겨 달라고. 그들도 한때는 유능하고 날렵한 사람들이었고, 지금의 변한 모습에 스스로도 당혹스러워하고 있음을 알아 달라고 부탁하고 싶다.

-〈아내의 마음에서〉

장기의 날

계절마다 할 일이 다른 것처럼 오락도 계절 따라 다르기 마련이다. 흔히 우리들 주위에서 애용되고 있는 오락물도 계절에 따라 자연 달라진다.

재미있는 오락일수록 승부가 있어야 재미있고 정신과 육체가 함께 긴장하니 한번 빠진 오락은 좀처럼 헤어나기가 쉽지 않다.

하루의 피로를 충분히 회복해야 할 잠자리에 들어서도 패배의 상처를 달래느라 잠 못 이루는 경우가 없지 않으니, 는다는 것이 상대를 적대시하게 되고 복수심만이 조성되니 정신적으로나 육체적으로 오는 해독 역시 적지 않다. 승자 역시 불로소득이라는 만만치 않은 정신적 병폐가 배양되겠으니 대국적 견지에서 볼 때 승리의 기쁨을 맛볼만한 자랑거리가 못된다고 하겠다.

이쯤 되고 보면 놀이라는 본연의 자세에서 벗어나 노름의 성격을 다분히 갖게 된다. 모험과 긴장에서 본능적으로 오는 도박적인 쾌감을 지각(知覺)하려 함인지 아니면 고질화된 병적인 습관에서인지 "심심한데 한판 합시다." 하는 것이 요즘 오가는 인사가 되어버렸으며, '고 · 스톱' 소리에 기(氣)가 산다.

더욱 조심스러운 일은 놀이 아닌 노름으로 단속반에 들켜 쥐구멍이라도 찾을 다급함이 TV 화면에 비칠 때는 보는 사람도 몸이 단다.

주부가 놀아나는 가정이 충실할 수가 없으며 불충실한 가정에서 생활하는 국민이 많을수록 그 국가는 결코 건전할 수가 없다.

동네어귀의 시원한 느티나무 그늘 아래나 시골 장터, 길모퉁이에서 무료함을 달래기 위해 삼삼오오 무리지어 있는 사람들의 모습을 볼 때가 있다. 무슨 일인가 싶어 고개를 디밀어 보면 여지없이 내기 장기가 한창이고, 모두 자기 일인 듯 훈수를 놓느라 시종 진지한 모습들이다.

뜨거운 여름철에는 시원한 나무 그늘에 앉아 장기 알이 장기판 위로 내려질 때의 음향은 확실히 무량 청량제(淸凉劑)임에는 틀림이 없으며 거기에다가 "장군 - " 하고 길게 빼는 의기양양한 여운까지 곁들이게 되면 금방이라도 승부를 판가름 낼 것 같은 기세로 쌍방이 불을 뿜는 용호상박전일수록 더위는 아랑곳없이 저만치 사라지고 길고 긴 여름 해도 "신선놀음에 도끼자루 썩는 줄 모른다."는 말처럼 해가 기운다.

여름철에는 그런대로 장기가 한더위를 잊어보는 오락물이 되겠는데 그와는 반대로 찬바람이 몰아치는 엄동을 맞게 되면 장기판은 다락 속 깊숙이 묻히게 된다.

청과 홍 두 편으로 나뉘어 16개 말을 가지고 군대를 지휘하면서 상대의 장(將)을 포위해 먼저 빼앗는 놀이인 장기는, 4천 년 전 인도의 승려들에게서 전래되었다고 한다. 전쟁이나 살생을 금기하는 불가에서 승려들이 인간 본연에 흐르는 파괴본능이나 세속을 향한 잡념을 떨쳐 버리기 위해 전쟁을 본 뜬 장기를 발명했다는 것이다. 한편 버마의 고대국이었던 타이링의 한 왕비가 늘 전쟁터에 나가는 왕을 궁중에 머물게 하기 위해 고안해 냈다는 설도 있지만, 우리나라의 장기는 장기 말이 항우(項羽)와 유방(劉邦)을 본뜬 것으로 보아 중국에서 전래된 것으로 여겨진다.

장기는 將(장군), 차(車), 포(包), 마(馬), 상(象), 사(士)가 2개씩, 병(兵)또는 졸(卒)이 각 5개씩 한 편이 16개 말로 구성되어 있다. 9궁 가운데 있는 장을 지키기 위해 사는 장 뒤 좌우에 상은 사의 좌우에 있고, 마는 상의 좌우에, 병·졸은 포의 앞 각 칸에 놓는다. 이런 장기의 차림을 포진이라 하는데 특히 우리나라 장기 포진법에서는 마와 상은 임의로 바꾸어 배치할 수 있다.

장기의 각 말들은 중국 삼국시대를 호령하던 영웅호걸에 빗대어지며 장기의 재미를 한층 더한다. 8척 장신으로 다섯 자나 되는 수염을 휘날리던 관우는 차, 지혜는 모자라나 힘이 대단했던 여포는 포, 마는 기마명의 명수 마초에 비유되며, 상은 장판교에서 필마단기로 유비의 아들을 품에 안고 조조의 10만 대군으로부터 유유히 탈출했던 조자룡에 비유된다. 또 장기의 기력은 초급부터 9단까지 27등급으로 나뉘는데 장기를 둘 때 초(楚)를 가진 편이 먼저 수를 두고, 상대가 상수이거나 연장자일 경우에는 한(漢)을 양보한다.

송나라의 〈부장록〉에 보면 장기판을 '목야호(目野狐)'라고 불렀다는데, 여우처럼 사람을 홀려 생업마저 버려두고 몰두하게 만든다는 뜻이다. 많은 시간을 들이지 않고도 남녀노소나 장소에 구애됨 없이 간편하게 즐길 수 있는 장기는 각 기물의 움직임과 이기는 방법 등을 익히다 보면 자연스럽게 충효정신, 협동심, 책임감 등을 체험할 수 있는 놀이이다. 조그마한 장기판 위에 삼국지의 영웅호걸이 모인 한자리가 된다.

한국장기협회는 장기판이 9×10 줄인 것에 착안하여 9월 10일을 '장기의 날'로 정해 기념하고 있다.

올갱이국

    현존하는 우리나라 최고 해장국은? 차례대로 꼽는다면 콩나물국·북엇국·우거지해장국…. 나는 해중국계의 톱은 단연 올갱이국이다. 물론 내 생각이다. 더위로 심신이 나른해지는 6월이 되면 올갱이국을 먹고 싶은 욕구가 폭발하듯 치솟는다.

    친구의 말로는 서울에선 올갱이를 쉽게 살 수도, 마땅한 올갱이국 집도 없다고 한다. 일명 솟증(이 말을 대처할 정확한 표준어를 못 찾겠다.)이 나면 병아리만 아도 낫는다는 속담이 있듯 올갱이국과 유사한 음식을 찾아야 되는데 그게 쉽지 않다. 올갱이국은 오로지 올갱이로만 완성되는. 세상에서 유일무이한 맛을 가진 동시에 잡맛을 허용치 않는다. 지극히 배타적인 음식이기 때문이다. 거칠게 요약하면 꼴값 이상을 하는 요리라는 얘기다.

    생긴 것과 다르게 맛깔난 요리로는 그 첫째가 올갱이국이고, 둘째는 망둑엇과 물고기인 짱뚱어탕이라고 생각한다.

    꼭 이맘때부터 8월까지, 들판에서 일하던 마을 사람들은 밤이 되면 삼삼오오 새다리 밑으로 모여들었다. 칭얼대는 어린 것에게 젖을 물린 아낙은 긴긴 숨을 토해내며 그 밤에야 등을 곧게 폈고, 사내들은 손전등을 켠 채 냇물에서 올갱이를 훑으며 하루의 땀을 씻었다.

올갱이는 야생성이라 밤이면 돌 틈에 새까맣게 붙어있다. 뜨거운 쑥불에서 불티가 날고 반딧불이의 분주한 짝짓기가 시작되면 냇가에서 첨벙거리던 아이들이 돗자리로 몰려든다.

커다란 가마솥에선 이미 올갱이가 삶기고 있다. 새파란 입술로 오돌오돌 떨며 까먹던 올갱이의 고소하고 아릿한 맛, 1급수에서 사는 청정한 올갱이에게서 우러나던 푸르스름한 육수, 가끔 씹히는 수제비의 쫄깃한 식감. 너나없이 올갱이국에 밥을 말아 후후 불며 먹던 그 여름밤의 성대한 공동체 밤참. 아이들조차 '혼밥'을 먹는 쓸쓸한 시대, 그 맛을 대체할 음식이 세상 어디에 있으랴.

다슬기 또는 고둥이라고 하는 올갱이는 요즘이 제철이다. 시골 5일장에 가면 나오는데 1kg에 1만5000원 가량 한다. 색은 암갈색으로 표면이 매끈하고 굵은 참 다슬기를 깊은 물에서 잡은 것이다. 껍데기가 길고 골이 많이 진 것은 얕은 시내나 모래가 많은 곳에서 채취한 것으로 맛이 떨어진다.

올갱이는 찬물에 1시간 정도 담가 해감한(불순물을 뱉음) 뒤 바락바락 씻어 건진다. 소쿠리에 담긴 올갱이 입이 쏙 나오면 이때 끓는 육수에 넣어야 살이 잘 빠진다.

올갱이로 해장할 땐 푸르스름한 올갱이 육수를 눈으로 식별할 수 있도록 맑게 끓이는 것이 좋다. 집된장+소금+집간장(깊은 맛을 내기 위해)으로 간한 뒤 아욱 대신 부추를 넣으면 영양 만점 올갱이 해장국이 완성된다.

올갱이국은 충북 영동군 황간면에 있는 동해식당과 안성식당이 유명하다. 경부고속도로를 타고 가다가 추풍령휴게소가 가까워질 무렵

황간 나들목으로 나가면 된다. 올갱이국이 진국인 대신 식당이 허름
하고 주인들은 하나같이 상냥하질 않다. 상냥하면 체면이 깎인다고
생각하는 이 고장 사람들 기질 탓이다. 그렇지만 음식을 가지고 장난
치지는 않는다.

속도위반 조절

어제와 똑같이 생긴 아내가 오늘 와서 묻는다.

"여보 나 어때요?"

"뭐가 어때?"

"아니, 제 머리가 어떠냐고요."

"머리가 왜? 모르겠는데."

앞머리를 조금 잘랐다는 것이고, 그 앞머리가 맘에 들어 자랑하고 싶은데 내가 몰라본 것이다.

"당신은 차은택의 가발과 대머리 정도만 구분할 수 있을 거야."

결혼 전 연애라는 것을 거의 해본 적 없어 여자들이 머리에 신경 쓰는 것을 알지 못했다. 아내의 머리카락은 어깨에 닿을 정도였다가 어느 날 보면 싹둑 잘라 귀를 드러내고 있었다. 그때마다 "내 머리 어때?" 하는 질문을 받았다. "당신 머리? 좋은 편은 아니지" 하는 대꾸를 농담이랍시고 했으니 아내는 더 이상 묻지 않았다. 그 침묵에는 '멋대가리 없기는', '요즘 뭔 일이 있어 머리 자른 걸 몰라주느냐' 같은 메시지가 섞여 있었겠지만, 한동안은 몰랐고 그 뒤로 한동안은 모르는 척 했다.

아내는 어떤 미용실이 머리를 잘 자른다는 소문에 민감한 것 같았고 그 집에 전화를 걸어 예약했다.

어느 토요일이 되면 아침부터 "오늘 머리 자르러 갈거야"라고 예고했으며, 이윽고 머리를 자르러 청주까지 차를 타고 갔다. 머리 자르러 간 아내는 서너 시간이 되도록 돌아오지 않았는데, 이윽고 집에 당도할 때면 어묵이며 튀김을 사오곤 했다.

아내가 TV 앞에 앉아 대만 영화 '나의 소녀시대'를 보고 있었다. 영화 속 여주인공은 남주인공과 사이가 나빴다가 좋아지는데, 그 두 시기의 유일한 차이는 여주인공 헤어스타일이었다. "저거 봐, 여자는 머리가 진짜 중요해," 알 것도 같고 모를 것도 같았다. 다만 생각의 속도위반 조절이 아쉽다.

속도위반. 적어도 결혼에선 더 이상 책잡힐 일이 아닌 듯하다. 한때는 평생을 따라다니는 낙인의 단어였지만, 이제는 수줍게 고백하면 당당한 축하로 되돌아올 정도로 호감 단어가 되어가고 있다. 어느덧 속도위반에 대한 경계심은 이제 도로 위에만 남아 있는 것처럼 보인다.

그러나 우리가 경계해야 할 속도위반은 도로에만 있는 것이 아니라 우리의 생각에도 있다. 우리는 오래전부터 생각의 내용에 관해서는 각별한 관심을 가져왔다. 그래서 폭력적 영화나 게임이 폭력성을 유발할 수 도 있다는 점, 여성에 대한 성폭력을 담은 영화가 청소년들에게 왜곡된 성 의식을 심어줄 수 있다는 점, 흡연이나 음주 장면이 시청자들에게 흡연과 음주 행동을 유발할 수 있다는 점, 자살에 대한 지나치게 자세한 보도가 자살을 유도할 수 있다는 점 등을 주목하고, 각종 규제와 대응 방안을 마련해 왔다. 생각의 내용이 중요하다는 점에 우리 사회가 동의한 결과이다.

그러나 생각은 내용뿐만 아니라 속도 역시 매우 중요하다. 심리학 연구에 따르면, 평상시 속도보다 빠른 속도로 제시되는 문장을 읽은 사람이 평상시 속도보다 천천히 제시되는 문장을 읽은 사람에 비해 훨씬 더 위험한 결정을 내린다고 한다. 빠른 속도로 읽게 되면 생각하는 속도가 빨라진다. 빨라진 생각은 성급한 의사결정을 유도하게 되고, 성급한 의사결정은 잠재적 위험 요인들을 차분히 따져보고 신중하게 행동하는 일을 가로막게 된다.

도로 위 속도위반이 자동차 사고 원인이 되듯이 생각의 속도위반이 인생의 사고 원인이 되기도 한다.

지금 우리 사회는 생각의 속도가 너무 빠르다. 인터넷 포털 사이트 뉴스 페이지는 가만두어도 빠르게 페이지가 넘어간다. 달리는 지하철 안에서 들여다보는 스마트폰 활자는 쏜살같다. 운전 중 읽어 내려가는 이메일 속도는 가히 혁명적이다. 수시로 제시되는 실시간 검색어 순위는 우리를 가만히 내버려두지 않는다. 읽기만이 아니다. 연구에 따르면 어떤 장면이 빠르게 제시되는 영상을 본 사람이 느리게 제시되는 영상을 본 사람보다 일상의 많은 장면에서 더 위험한 선택을 한다고 한다.

모든 것이 빨라졌다. 특히 '속도'라는 단어가 붙는 영역이 그렇다. 자동차 속도, 인터넷 속도, 배달 속도, 충전속도….

그러나 생각은 속도의 영역이 아니다. 생각은 깊이와 방향성의 영역이다. 그래서 생각에는 뚝심이 중요하다. 비록 느려 보이지만 어떤 문제에 대하여 뚝심있게 천천히 오랫동안 생각하는 습관이 중요하다. 몇 달째, 몇 년째 천착하는 생각의 주제가 있는가?

우리의 생각이 심각한 속도위반을 범하고 있다. 〈내려올 때 보았네 올라갈 때 보지 못한 그 꽃〉이라는 고은 선생 시처럼, "멈춰야 비로소 보이는 것들"이라는 혜민 스님 책 제목처럼 이제 생각의 폭주를 멈춰야 한다.

인생은 한 곳에서 빨리 사진을 찍고 다른 곳으로 서둘러 이동해서 또 기념사진을 찍어야 하는 단체 여행이 아니다.

여행은 어디를 가든 천천히 가면 볼만한 것이 많지만 서둘러 가면 별 볼일 없기 마련이다.

생각의 속도를 늦추려는 자발적 노력이 우리 사회에서 이미 시작됐다는 것이다. 그중 하나가 걷기이고, 다른 하나가 인문학 열풍이다.

느리게 생각하기, 천천히 걷기, 하루의 아침을 천천히 그리고 여유 있게 맞이하기, 바쁠수록 놓치지 말아야 할 행복의 조건들이다.

6
아줌마 당신이 아름다워

아줌마 당신이 아름다워

그녀는 스물다섯 살, 피어오르는 모란이 아니면 함박꽃이다.

그녀는 말소리까지 감미롭다.

그녀보다 더 예쁘고 잘 생긴 여인이 있다고 생각지도 않는다.

긴 속눈썹을 서늘하게 감을 때는 온 세상을 잠재울 것만 같다.

큰 눈에 영롱한 눈망울은 한 마리 사슴 같은 당신을 좋아 한다.

여우같은 아내, 곰 같은 아내!

여우같은 아내를 취했을 때는 아홉 개의 꼬리를 감수해야 하고

곰 같은 아내가 주어졌을 때는 그녀의 듬직함에 한 점수를 주어야

한다.

50년을 넘게 살아 온 우리는 늘 신혼이다. 또 팔불출이가 됐지요?

인생도 자연도 세상 모든 것이 다 변한다.

좋은 점만 생각하며 살아가자.

지혜롭고 후덕한 '아줌마' 당신이 아름다워!

어머니는 말씀하셨지 "마누라 얼굴 뜯어먹고 살 거냐. 여자는 뭐니

뭐니해도 마음 착한 것이 제일이다." 그 때마다 팽하고 코웃음 치며

독백했었지. "아이고 어머니, 예쁜 여자가 마음도 착한 거고, 미인 아

내는 남자의 권력이라고요." 세상에는 '예쁜 여자'와 '안 예쁜 여자'가 있을 뿐이라고 친구들 앞에서 떠벌이던 때였으니 독백도 겸손이었으리.

그러나 운명과 인연이라는 괴물은 사람을 변덕쟁이로 만들어버린다. 소개팅으로부터 아내를 만났을 때, 그녀는 '안 예쁜 여자'였지만 사랑의 콩깍지 안에서 그녀는 '예쁜 여자'였고 설령 그녀가 '안 예쁜 여자'라 해도 귀엽거나, 착하거나, 순진하거나 등의 오만가지 이유가 결혼 결정에의 명분으로 이미 대기 중이었다. 훗날 부모님은 말씀하셨다.

"네가 살면서 했던 유일한 효도는 제 날짜에 군대 간 거랑, 에미랑 결혼한 두 개"였다고.

그러나 당시 친구들은 뜨악했다. 자유연애로 천년은 놀 것 같던 놈이 조기 결혼을 한다는 것도 의외였지만 청첩장 신부 이름이 저들도 알고 있는 A양, B양도 아닌 생소한 X양이라는 것에 경악했다. 결혼식 당일 식장에 몰려온 친구들은 아기공룡 둘리 보듯 신부 얼굴을 요리 보고 조리 본 후 쑥덕거렸다. "저 자식 사고 쳤군. 신부가 돈이 많든가."

차라리 그 소리를 듣지나 말 것을. 마누라 못생겼다는 친구들의 말이 비수가 되어 의식의 한 쪽에 똬리 틀고 앉을 줄은 당시엔 몰랐다. 그것이 작은 콤플렉스가 되리라는 것도 그때는 몰랐다. 회식 자리에서 누군가 상사 부인의 미모를 칭찬할 때, 마트에서 함께 장을 보는 어느 부부의 아내가 절세미인일 때 나는 기가 죽었다. 심지어 부부동반 모임을 알리는 안내장 앞에서도 살짝 움츠러들었다. 따지고 보면 아내의 얼굴이 허물벗기 전 '박씨부인'보다 만 배는 더 예쁘고, 아내 스스로 자기 얼굴에 큰 열등감을 느끼지 않는데도 혼자서만 '옴매 기죽어'였다. 죄라면 이 죽일 놈의 마초근성이겠고, 더 큰 죄인이라면 남의 결혼식에 와서 망발을 날린 15년 동안 군만두만을 먹여도 시원치 않을 친구 놈들이었다.

그런데 신기하기도 하여라. 그 병이 사라진 것이다! 나이 50이 넘으면서 못난 놈의 못난 병이 감쪽같이 증발한 것이다.

연예인이 아닌 바에야, 일명 여염집 중년 여인들의 얼굴은 모두 똑같이 변해버린다. 그녀들은 한결같이 적당히 여유롭고, 적당히 후덕하며, 적당히 지혜롭고, 또 적당히 뻔뻔하게 통일돼간다. 사람들은 이들을 통틀어 '아줌마'라 호칭했고 이제 와 정정하나니, 세상에는 '예쁜 여자', '안 예쁜 여자' 그리고 외모지상주의를 혁명적으로 타파하고 얼굴의 평등시대를 열어젖힌 '아줌마'가 존재하는 것이다.

살이 포동포동하게 오르기를 바래며 인상 좋은 아줌마로 변하는 아내를 흐뭇하게 바라보느라니 부부동반 모임을 먼저 챙기는 요즘이다. 여보, 철딱서니 없었던 내 과거를 용서해줘요.

짜장면

나는 짜장면을 '자장면'으로 부른 데 익숙하지 않다. 목울대를 타고 넘어가는 동그랗고 굵은 면발이 '자장면'으로 불리는 순간 넓적하고 밋밋한 가는 면으로 바뀌는 느낌이라고나 할까. 역시 자장면은 '짜장면'이라 불러야 제격이다.

어렸을 때 난 어리광이 무척 심했다. 아마 젖을 못 먹고 자란 엄마의 과도한 애정과 보호에서 기인했을 것이다. 초등학교 6학년 소풍 전날, 김밥을 싸던 엄마에게 소풍 안 갈 테니 짜장면을 사 달라고 마구 떼를 썼다.

지금이야 간식거리에 불과하지만 그 당시 짜장면을 먹는 것은 반드시 일기장에 기록해야 할 중요한 사건이자 자랑거리였다.

다음날 아침, 나는 엄마 손에 이끌려(내가 끌고 가다시피 한 거지만) 군청 앞 시장에 있는 정통 짜장면 집에 갔다. 엄마는 짜장 한 그릇만 시켰고, 나는 김이 모락모락 나는 짜장면을 허겁지겁 먹기 시작했다. "엄만 왜 안 먹어?" "배불러, 너 많이 먹어." 왜 그때 어른들은 다들 먹지도 않고 배가 불렀는지. 그런 의문을 품을 새 없이 난 60원짜리 짜장면에 빠져 있었다. 그때 흐뭇하게 내 모습을 지켜보시던 엄마는 이제 없다. 물론 군청 앞에 있던 그 짜장면 집도 없다.

청주에 볼일이 있어 본정(지금 성안 길)을 걷고 있는데 문득 중국집 간판이 내 눈앞에 들어왔다. 무엇에 끌린 듯 중국집 안으로 들어간 나는 후미진 테이블에 앉아 짜장면을 하나 주문했다. 잠시 뒤 나온 짜장면은 6학년 때 먹었던 큰 감자 조각이 들어간 옛날 짜장이었다. 면발을 밀어 넣었지만 어째 목구멍을 넘어서지 못했다. 내 입은 짜장면을 그대로 물고 있었고, 짜장면 한 그릇을 시켜놓고 난 배부르다. "너 많이 먹으라"시던 엄마 생각에 눈에서는 닭똥 같은 눈물이 흘러내렸다. 난 그냥 짜장 한 그릇 먹고 싶었을 뿐인데 왜 그리 주체할 수 없이 눈물이 쏟아지는지…. 나는 결국 그 맛있는 짜장면을 다 먹지 못했다.

짜장면은 좀 침침한 작은 중국집에서 먹어야 맛이 난다.
그리고 그 집 주인은 뚱뚱해야 한다. 그가 검은색 중국옷을 입고…. 하여간 이런 주인에게 돈을 치르고 나오면 언제나 마음이 편안해서 좋다.
내가 어려서 최초로 대면한 중국 음식이 짜장면이었고 내가 제일 처음 가본 중국집이 그런 집이었고 이따금 흑설탕을 한 봉지씩 싸주며 "이거 먹어해 헤헤헤" 하던 그 집 중국인이 그런 사람이어서 나는 중국 사람은 다 그런 줄로만 알고 컸다. 해서 내가 처음으로 으리으리한 중국집을 보았을 때 그리고 엄청난 중국요리 앞에 앉았을 때 나는 그것들이 온통 가짜처럼 보였고, 겁이 났고, 괜히 왔구나. 했다.
서울 시골 할 것 없이 음식집은 많이도 불어났다. 한식·중국식·일본식·서양식 또 무슨 식이 더 있는지 모른다. 값이 비싼 곳도 있고 보통이라는 데도 있고 싼 듯한 곳도 있다. 비싼 곳의 사정은 잘 모르지만 보통이란 데는 더러 가 보았다. 그러나 얻어먹을 때는 불안하고 내가 낼 땐 갈빗대가 휘어서 그곳의 분위기와 그 음식 맛을 제대로 감상할 수 없음이 큰 흠이다.

그러나 내가 마음 놓고 갈 수 있는 곳은 그 싼 듯한 곳일 수밖에 없고, 그 싼 듯한 곳이란 위에 말한 그런 주인의 그런 중국집일 수밖에 없다. 싸구려 한식은 집에서 늘 먹으니 갈 필요가 없고 싸구려 왜(倭)·양식(洋食)에선 국적을 찾기 어려우매 진짜에 가까운 왜·양식은 먹으려면 자연히 불안해지기 때문이다.

그러나 짜장면 장수들도 자꾸만 집을 늘리고 수리하고 새 시설을 갖추는 모양이어서 마음 편히 갈만한 곳이 줄어들까 염려된다. 돈을 벌고 빌딩을 세우고 나보다 훌륭한 고객을 맞고 싶은 것이야 그분들의 소원들이겠지만 적어도 내가 사는 동네와 내가 다니는 직장 근처에만은 좁은데다 허름한 중국집과 내 어린 날의 그 뚱뚱한 주인이 오래오래 몇 만 남아 있으면 한다. 세상이 아무리 변해도….

그러면 나는 어느 일요일 저녁 때, 호기 있게 내 식구들을 인솔하고 우리 동네 그 중국집에 갈 것이다. 아이들은 입술에도 볼에다 짜장을 바르고 깔깔대며 맛있게 먹을 것이고, 나는 모처럼 유능한 할아비일 수 있지 않겠나.

돌아오는 길에 친구를 만나면 나는 그의 어깨를 한 팔로 얼싸안고 그 중국집으로 선뜻 들어갈 것이다. 양파 조각에 짜장을 묻혀 들고 「이 사람 어서 들어」 하며, 고량주 한 병을 맛있게 비운 다음 좀 굵었지만 함께 짜장면을 나눌 것이다. 내 친구도 세상을 좁게 겁 많게 사는 사람이니 나를 보고 부담 없는 인정 있는 친구라고 할 것이 아닌가.

라면

라면은 평등하다.

이 음식 앞에서는 남녀노소, 빈부 차이가 없다. 아이들은 라면을 끓이면서 불과 물, 음식의 관계를 이해하기 시작한다.

갑부도 가끔 B급 먹거리를 먹지 않곤 못 배길 것이다. 라면이 올해로 국내에서 생산(1963년 9월 삼양라면이 최초)된 지 50년이 더 되었다. 라면은 하나의 음식 혁명이었고 우리 삶이라는 드라마에 꼭 필요한 조역이었다.

한국인과 라면의 '열애(熱愛)'는 수치로 증명된다. 1인당 라면 소비량이 73봉지로, 원산지 일본(1인당 43봉지)을 멀찌감치 따돌리고 세계 1위다. 50년 라면사(史)에 헌정하는 신간 '라면이 없었더라면' 사진까지 나왔다. 라면은 대체로 절친한 벗이며, 강렬한 추억을 나눠 가진 동지이자, 남몰래 즐기는 당신에게 라면은 무엇이냐고 묻는다.

그는 라면을 안주로 술을 마시던 스물아홉 자취방 시절로 간다. 함께 지내던 K는 "라면은 국물이 지닌 넉넉함에 우리 모두 배부를 수 있다"고 했다. 마음에 두고 있던 여인은 떠나고 친구들도 스키장으로 놀러 가 혼자 라면으로 버티던 크리스마스 연휴. 특선 영화 '나 홀로 집에 2' 마지막 장면에서 주르륵 눈물이 쏟아져 라면 안으로 떨어졌다. "태어나 처음으로 눈물을 흘렸고 그렇게 내 20대는 끝났다"고 추억했다.

어머니는 라면을 불량식품 취급했다. 주택 담보 대출을 갚으려고 어머니와 동네 아주머니들이 모여 스웨터나 목도리를 짜느라 바빴을 때만 그 '특식'을 먹을 수 있었다. 그런데 지난 봄, 아버지와 단둘이 라면을 먹으면서 아버지도 라면을 좋아했다는 사실을 알게 된다. 아버지는 "네 엄마와 일평생 내 끼니 챙겨줬다는 자부심이 꽤 큰 사람이거든"이라고 말한다. 어머니가 서운해할까봐 밖에서만 몰래 사먹었다는 것이다. 생의 조건은 어쩌면 우리 곁에 다 준비돼 있는 것일지 모른다면서 라면에 찬밥을 만다.

"뽀글뽀글 뽀글뽀글 맛 좋은 라면/ 라면이 있기에 세상 살맛 나/ 하루에 열 개라도 먹을 수 있어/ 후루룩 짭짭 후루룩 짭짭 맛 좋은 라면⋯."

TV 만화 '아기공룡 둘리'에서 마이콜이 부른 '라면과 구공탄'은 라면을 먹을 때 나는 소리도 라면 맛의 일부라는 것을 보여준다. 이 노래가 아직도 회자되는 까닭은 '후루룩 짭짭 후루룩 짭짭' 때문이다. 라면을 어지간히 좋아하는 사람들의 전폭적 공감을 불러일으키기 충분한 노랫말이다. 영화 '봄날은 간다'에서 은수(이영애)와 상우(유지태)가 서로의 마음을 확인하는 순간 그들 곁에도 라면이 있다. "라면 먹을래요?" 한 냄비에 끓여 먹는 라면은 격식의 틀을 넘어 친밀성의 차원에 들어섰다는 증거다.

라면 광고는 소주와 정반대로 남자 스타일의 차지다. "형님 먼저 아우 먼저", "사나이 대장부가 울긴 왜 울어?" 한 광고인은 "소주는 남자가 고객이라 무조건 예쁘고 섹시한 여자가 찍어야 하고, 라면은 '먹방'이 잘 나와야 한다. 그런데 '이쁜것들'은 화장품·옷·가전을 반기지 그런 품목은 싫어한다."고 했다.

라면을 향한 우리의 감정은 이중적이다. 라면에 첨가된 나트륨이 중죄인 취급을 받는다. '가급적 건강을 생각해 국물까지 드시지는 마세요.'라는 경고문이 붙은 라면까지 나왔다. 라면은 짜장면보다 주기(週期)가 빨리 돌아오는 중독성 식품이며 서양의 초콜릿 같은 '길티 플레저'(죄책감이 부가된 즐거움)인데, 손에 닿는 곳에 있고 빨리 먹을 수 있다는 게 문제다.

라면에 들씌워진 혐의를 강력히 부인한다. "짜기로 말하면 찌개가 더 심각하다. 밀가루야 어디 라면뿐인가. 단돈 육칠백 원에 한 끼를 해결할 수 있는 이 식품의 미덕을 무시하는 건 솔직하지 못한 태도다. 누가 뭐래도 우리는 인스턴트 라면으로 팍팍한 세상을 견뎌오지 않았는가."

삼겹살 데이

어릴 적 명절 전날이면 어머니가 푸줏간에서 소·돼지고기를 친척 수에 맞춰 근으로 끊어 오셨다. 그 고깃덩이를 해거름에 신문지로 둘둘 말아 들고 큰집·작은집으로 부리나케 뛰었다. "엄마가 명절 잘 쇠시래요." 인사를 빼 먹으면 다시 갔다 와야 했다. 손바닥에 축축하게 얹힌 고기의 감촉이 한동안 선했다. 때로 신문지 활자가 살덩이에 선명하게 찍혔다. 이튿날 명절 아침 국에도 활자 찍힌 고깃점이 떠다니곤 했다.

아버지가 돼지고기 두어 근 끊어 오는 날이면 어린 맘에 그리도 반가울 수가 없었다. 어머니는 방문을 닫고 고기를 구웠다. "나누어 먹지 못할 바에는 고기 볶는 냄새 퍼져나가 좋을 거 없다." 어제 점심에 만난 K씨도 '고기의 추억'을 말했다. '풀만 먹다가' 월남전에 가서 갑자기 미군 베이컨에 입맛을 들였다고 했다. A씨는 설이면 모처럼 맛본 고기 산적에 위장이 놀라 설사 끼가 돌았다고 한다.

식약처가 2009~2012년 고기 소비 통계를 뽑았다. 한 사람이 지난해 먹은 육류가 43.7kg, 4년 사이 22.3% 늘었다. 삼겹살 같은 돼지고기를 가장 많이 먹었고 다음으로 닭고기·쇠고기였다. 오리고기도 2006년 1.2kg을 먹던 게 2011년 3.1kg으로 늘었다. 집 밥상에 오르는 고기도 많아졌지만 밖에서 사먹는 일이 엄청 흔해졌기 때문이다. 육류 생산과 수입이 늘면서 소비를 권장하는 정책도 맞물렸다.

꼬마가 명절 심부름을 하던 1970년 한국인 일인당 육류소비는 5kg 남짓이었다. 옛날 군대 고깃국이 멀건 국물뿐이어서 '우도강탕 (牛渡江湯)'이라 했다면 요즘 젊은 병사들이 믿을까. 세계는 지난 반세기 육류 소비가 두 배 늘었다.

60년대는 쇠고기를, 지금은 돼지고기를 많이 먹는다. 중국인은 한해 돼지고기 38.3kg을 먹는다. 미국인도 80년대까지 쇠고기를 가장 많이 먹다가 지금은 닭·소·돼지 순이다. '붉은 살코기'에 거부감이 커진 탓이다.

벤저민 프랭클린은 젊은 날 육식을 끊었다. 그러다 생선 배속에서 작은 물고기가 나오자 마음을 바꿨다. "너희끼리도 잡아먹는데 내가 너를 못 먹을 이유가 없지." 육류 소비는 문화·종교·경제 여건에 따라 크게 다르다. 동물에게도 감정이 있다면서 '윤리적 채식'을 하는 사람도 있다. 옛날 우리가 궁핍했던 시절 쇠고기는 약으로 여겼을 만큼 귀했다. "고기도 먹어 본 사람이 잘 먹는다"고 부러워들 했다. 보릿고개 넘던 그 배고픔의 기억이 언제였던가 싶다.

청주 서문시장 오늘부터 삼겹살 축제, 왕소금 뿌려 구워먹자.

전국 유일 삼겹살 특화 거리인 충북 청주시 서문시장에서 3일부터 3일간 특별한 삼겹살 축제가 열린다. 서문시장 상인회는 삼겹살의 '삼'을 연상케 하는 숫자 '3'이 두 번 들어간 3월 3일을 '삼삼데이'로 지정, 2012년부터 매년 축제를 열고 있다. 예년엔 3월 3일 하루만 열던 축제를 올해는 사흘로 늘렸다. 작년 행사 땐 삼겹살 1t(1일)이 소비됐다. 주최 측은 올해 행사를 위해 삼겹살 0.5t을 주문했다고 한다.

축제 첫날인 3일 무료 시식행사를 시작으로 4일 배가 많이 나온 사람을 뽑는 '배둘레 햄 왕자 선발대회', 목소리 톤을 겨루는 '돼지 먹따기 대회' 등 이색 이벤트가 이어진다.

청주시는 도심 공동화와 대형마트의 등장으로 침체에 빠진 60여 년 전통의 서문시장을 되살리려고 2012년 이곳에 삼겹살 거리를 만들었다. 현재 삼겹살 음식점 14곳이 운영 중이다. 청주는 '세종실록지리지' 충청도 편에 돼지고기를 공물로 조정(朝廷)에 바쳤던 기록이 있다. 토박이들은 이미 삼겹살을 연탄불 석쇠 위에 얹어 왕소금을 뿌려 구워 먹거나, 간장 소스에 담갔다가 구워 먹은 방식이 청주에서 시작됐거나 유행했다는 주장을 펼치며 청주를 '삼겹살의 고향'이라 믿는다.

이제 3월, 따뜻한 봄이다. 그러나 축산 농가들은 살얼음판을 걷는 기분이다. 사상 최악의 조류 인플루엔자(AI)에 이어 덮친 구제역으로 시름이 깊다. 전반적인 축산물 소비 위축도 걱정이다. '부정청탁 금지법(김영란법)', 이번 가축 질병으로 커진 불안감, 그리고 FTA에 따른 시장 개방 확대로 늘어난 수입육 증가 등이 모두 악재이다.

우리나라의 축산업 규모는 전체 농업에서 42%를 차지할 만큼 농촌 경제의 핵심이 됐다. 특히 돼지고기는 작년 6조 7,700억 원 규모로, 주식인 쌀을 제치고 처음으로 단일 품목 생산액 1위에 올랐다. 우리 돼지 한돈(韓豚)이 5,000만 국민의 밥상을 책임지고 있다는 자부심과 더불어 이번 사태에 대한 책임감이 더욱 무겁게 느껴진다.

숫자 3이 겹치는 3월 3일은 '삼겹살 데이'이다. 온 국민이 우리 돼지 삼겹살을 먹자는 날이다. 올해로 14년째인 삼겹살 데이는 예년 같으면 한돈 농가나 유통업계, 소비자 모두 즐거운 날이었다. 하지만 구제역 직격탄을 맞은 지금, 축산시장이 얼어붙고 가격까지 오르면서 비교적 가격이 저렴한 수입육에만 좋은 날이 되지 않을까 걱정이다.

'삼겹살'이라는 단어가 처음 쓰인 것은 1970년대이다. 강원도 태백·영월 광부들은 매달 고기 교환권을 받았다. 여러 고기 중 가장 싸고 배부르게 먹을 수 있었던 것이 삼겹살이었다. 이 문화가 퍼지면서 1980년대부터 삼겹살집이 늘기 시작했고, 지금은 대중이 즐겨 찾는 음식으로 자리 잡았다. 1994년에는 국어사전에도 삼겹살이란 단어가 올랐다.

하지만 2003년 구제역 사태로 한돈 농가들은 많은 피해를 입었다. 지금은 백신과 방역으로 구제역을 어느 정도 막을 수 있지만, 당시에는 140여만 마리나 살 처분 됐다. 축산 농가들은 하루아침에 애지중지 키우던 가축들을 눈물로 보내야 했다. 이때 탄생한 것이 '삼겹살 데이'이다. 축협이 구제역 사태로 어려워진 축산 농가를 돕자는 취지에서 만든 날이다. '3'자가 겹치는 날에 삼삼오오 모여 삼겹살을 많이 먹자고 했고, 이제는 많은 사람이 알게 됐다.

이런 국민적 삼겹살 사랑을 이번에도 보여줬으면 하는 것이 한돈 농가들의 바람이다. 맛좋고 영양 풍부한 우리 돼지로 축산 농가의 어려움을 나누는 뜻있는 식사 자리를 마련해보면 생산자·소비자가 모두 함께 즐거움이 되겠다.

얼굴

　며칠을 뚝딱거리며 칠을 해대는가 싶더니 조그마한 가게 하나가 문을 연 것이다. 온통 까맣게 장식한 진열장에는 웃고 울고, 찡그리고 해해거리는 얼굴들로 꽉 들이찼다. 실낱같은 눈썹을 꺾으며 하얗게 웃고 있는 각시 얼굴을 비롯하여 험상 굳게 찌푸린 얼굴, 주름살투성이의 능글맞은 얼굴, 또한 왕방울 같은 눈을 흡뜨고 부라리는 얼굴 등 온갖 표정의 얼굴들을 전문으로 파는 가면 가게가 생긴 것이다.

　사람을 첫 대면할 때, 대화 이전에 제일 먼저 그 사람을 평가해 버리는 기준점은 얼굴이다. 실상 대화를 나눠보면 그렇지도 않은데 어쩐지 유들유들하여 구토증을 느끼게 하는 얼굴이 있는가 하면 너무 빈틈이 없는 얼굴은 저항감을 느끼게 한다.

　내면에는 정치가 이상으로 쇼맨쉽이 있는데도 겉으로는 어수룩하게만 보이는 얼굴, 마음과는 다르게 너무 깍쟁이 같아 손해 보는 얼굴도 있다.

　무언가 겁먹은 듯한 기죽은 얼굴이 있는가 하면, 무게 없이 깝죽대는 채신없는 얼굴도 더러 있다.

　그 중에서 내가 좋아하는 얼굴은 자신감이 충만하여 조금도 허

(虛)가 없는 그런 얼굴보다도 좀 빈 듯하고 어수룩해 보이는 얼굴이다.

이런 얼굴을 가진 사람은 상대방에게도 피로감을 덜 줄 뿐만 아니라 또한 자신에게도 이로운 점이 뜻밖에 많으리라고 본다.

미국의 에이브라함 링컨이 훌륭한 대통령이 될 수 있었던 것도 그의 어딘가 어수룩하고 불쌍한 듯한 얼굴 덕분이었다고 한 어느 서양사 교수의 말이 생각난다. 「나의 사전에 불가능이라는 단어는 없다」고 호언장담하던 나폴레옹의 얼굴, 인간이 얼마나 잔인할 수 있는가를 최대의 실감으로 보여준 히틀러의 얼굴은 어떠했는가.

자기를 가장 솔직하게 드러내 주는 것은 말 이전에 그 얼굴이다.

그러나 혹간은 본의 아니게 피해를 입는 사람도 있다. 사실은 그렇지 않은데 「생긴 것 봐라. 그렇게 생기지 않았던?」하고 전적으로 얼굴 탓으로 돌려 일축해 버리는 수도 많기 때문이다.

그런가 하면 어수룩해 보이는 얼굴 때문에 오히려 덕을 보는 사람도 있다.

내가 단골로 드나드는 고서점(古書店)에는 나이 겨우 20이 넘었을까 하는 약간 모자라 보이는 청년이 점원이다. 고서적상들은 낡은 책들을 정가에 기준해서 파는 것이 아니고 그때그때 기분 내키는 대로 책값을 받는 것이 보통이다. 그야말로 〈엿장수 맘대로〉 받는 셈이다.

이러한 것이 통예로 되어 있기 때문에 어쩌다가 꼭 사고 싶은 책이라도 발견하면 또 얼마나 불러댈까 미리 겁을 먹고 눈치를 살피게 되는데, 이럴 적마다 그 청년은 늘 자신 없는 투로 「이게 얼마더라. 아저씨가 안 계셔서 잘은 모르겠지만 오천 원만 내고 가지고 가세요.」하고 뒤통수를 긁어댄다. 이렇게 나오면 나는 사고 싶은 책을 생각했던 것보다 싸게 사게 된 것 같은 기쁨과 그 사이에 주인아저씨라도 들이닥쳐 값을 더 내라고나 하지 않을까 하여 서둘러 값을 치르고 나오곤 했다.

이렇게 생각한 사람이 나뿐만이 아니었던지 그 점원 청년은 많은 고객을 가지고 있었는데 그렇게 된 것도 다 그의 모자라 보이는 얼굴 덕이 아닌가 싶다.

하지만 이런 얼굴로부터 배신을 당했을 경우에 받는 실망은 신뢰했던 것에 갑절은 큰 것 또한 사실이다.

이미 타고난 얼굴을 어쩔 수는 없는 것이겠지만 옛날 완전무결하게 결점이 없는 미인의 얼굴은 삭막스럽기조차 하다. 그래서 미인은 자기의 얼굴에 점을 그려 넣으며 스스로 애교스러운 결점을 만드는 것이다.(미용술어로는 차아밍 포인트라고 하든가.)

그러나 내 얼굴에는 이런 결점의 티가 너무 많아 노상 불만이니 이래서 세상은 공평치 못하다고 하는가 보다.

얼굴을 다듬는 것은 만남을 전제로 한다.

세수를 하고, 머리를 빗고, 화장을 하는 것은 만남을 위한 것이며, 화장품의 종류가 다양한 이유는 아름다움을 추구하는 측면이 있는가 하면 이것 역시 만남을 위한 것이다. 꽃이 아름답다는 것은 만남이 있기 때문에 가능한 표현이며, 누구와 잠자리를 같이 한다는 것, 보고 싶어 죽겠다는 말도 만남을 전제로 한다.

세상에는 그렇게 많은 얼굴이 있으면서도 같은 얼굴이 하나도 없다는 것은 생각할수록 신기한 일이다. 눈 둘, 코 하나에 입이라는 매우 간단한 구조이면서 어느 두 얼굴을 견주어 보아도 동쪽과 서쪽이

다르듯 전혀 다른 인상을 주고 있다. 무궁한 조화에 그저 놀랄 뿐이다.

하기야 사람의 얼굴이 서로 다르다는 것도 일리가 있다. 만일 얼굴로 사람을 구별할 수 없다면 세상은 큰 혼란에 빠지게 될 것이다. 내 아이 남의 아이인지 모른다. 더욱 난처한 것은 내 아내인지 남의 부인인지 모르게 될 일이다. 자연의 배려에 세삼 고마움을 알게 한다.

얼굴은 기분에 따라 변하기를 잘하는 뜬구름 같은 존재다. 자신의 얼굴이지만 어떤 때는 잘 생겨서 우쭐대게 하고 어떤 때는 못생긴 것 같아 서운하기도 하다.

얼굴에는 기분이 나타나고 나이가 나타나고 교양과 직업까지 짐작을 하게 한다. 얼굴은 그 사람의 이력서이다. 관상가가 얼굴을 보고 운명을 점치는 것도 일리가 있다.

한 세월을 지난 사람이 그 사진을 찍었을 때는 아무리 밉게 보인 사진이라도 지나가서 보면 늘 예쁘게 보인다.

얼굴 – 생각해 볼수록 신비한 것이다. 인생에 있어서 전혀 자기 자신이 의도하지 않은 채 주어진 것, 그러면서도 바꿀 수 없는 것, 그러면서도 늘 변하는 것. 이렇게 생각해 가면 얼굴이란 인생 전체처럼 깊은 의미를 가지고 있다.

아무리 아름답게 피어난 꽃이라고 하더라도 그 아름다움에 변화가 있어서는 안 되고, 둔갑을 해서는 '본질'을 파괴한다.

그 여인의 슬픈 얼굴

해마다 가을이 짙어 가면 나는 언제부턴가 산을 찾는 버릇이 있다.
산을 찾으면 단풍이 아름다운 것은 물론, 그 단풍진 산을 안고 흐
르는 내(川)가 있다. 물밑 모래가 환히 들여다보이고 송사리 떼 한가
히 노니는 사이로 물가재가 뽀그르르 물거품 일구고, 이따금 붉은 낙
엽이 뱅그르르 물길 따라 흐른다. 흐르다가는 이끼 낀 돌다리 사이로
빠져 나간다.

이 돌다리는 언제 누구의 손으로 놓였는지 알 수 없으나 나는 돌다
리만 보면 생각나는 것이 있고 이맘때 쯤 산을 찾는 이유가 사실은
돌다리가 그립고 그 돌다리에서 만난 한 슬픈 여인이 떠오르기 때문
인지 모른다.

그러니까 대학 2학년 때의 가을 그해는 별스럽게도 가을이 짙은
것같이 느껴졌다. 서울서 공부랍시고 하던 나는 무슨 일로해서 급히
시골집을 다녀와야 했다. 내 시골집 들어가는 동네 어귀에 이끼 낀
돌다리가 놓인 내(川)가 꿈같은 저녁연기를 피워 오르고 있었다. 그
날따라 돌다리 이끼도 더욱 윤이 났다.

막 돌다리 징검돌에 발을 옮겨 놓으려더 주춤 멈췄다. 내(川) 건너
쪽 물가에 눈빛처럼 하얀 스웨터를 입은 한 여인의 물속의 송사리

떼를 지켜보며 쪼그리고 앉아 있다.

마침 넘어가는 저녁 해의 붉은 햇살을 받아 여인의 옆얼굴이 주홍빛으로 물들었다. 어쩌면 여인의 하얀 스웨터도 석양빛으로 물들지 않을까 하는 의구심마저 들게 하였다.

돌다리를 건넜다.

여인은 사람의 기척이 나는데도 돌아볼 생각도 없이 그냥 그대로 앉아 있었다. 가까이 본 여인의 얼굴은 놀랍도록 이지적이며 아름다웠다.

그런데 어딘지 모르게 아주 깊은 수심이 풍겨왔다. 옆에서 한참을 서성여 보았지만 석상(石像)처럼 굳어진 여인의 표정에는 약간의 변화도 없어 말을 건네지 못하고 아쉬운 마음으로 집으로 왔다.

마을에서도 그 여인이 누군지 아무도 모른다.

다만 며칠 전 이 마을에 와서 건너 집에 방 한 칸을 빌려 들고 며칠째 날만 새면 사뭇 물가에서 밤을 맞는다는 것이다.

나는 부쩍 호기심이 동해 수건을 어깨에 걸치고 냇가로 나가 여인의 곁에 자리 잡고 세수를 했다. 그제야 여인은 고개를 돌렸는데 소녀에 가깝도록 청순하였다.

아주 짧게 마주친 시선에서 진한 슬픔과 설움이 묻어나서 나는 아무 말도 못했다. 여인은 조용히 일어섰다. 목이 예쁘고 희고 긴 다리가 타고난 미인이라고 생각되었다. 나도 따라 일어섰다. 그대로 걸었다

여인은 거처하는 집으로 들어갔다. 나에게 약간의 목례를 보내 주고서….

저녁을 먹고 또 냇가로 나갔다. 다시 여인을 만날 수 있을 것 같았

기 때문이다. 역시 그 자리에 흰빛 스웨터가 보였다.

　물소리가 한결 청명하고 가끔 쉴 곳을 찾는 산새의 울음소리가 들려 왔다. 나는 여인의 옆에 가만히 앉았다.

　여인의 진한 채취가 슬픔과 함께 풍겨 왔다. 나보다 여인이 먼저 입을 열었다.

　"서울 언제 떠나세요.", "서울까지만 가시면 되는 거겠죠"

　절박할 것 같으면서도 힘없는 말을 들으면서 나는 어둠 속에서 여인의 표정을 짐작했다. 나는 그 말 속에서 또 한 번 여인에게 주어진 숙명 같은 것을 느꼈다.

　여인은 서울보다 더 먼 곳으로 떠나야 한다고 했다. 나는 왜냐고 물을 수가 없었다. 그냥 물소리만 듣고 있었다. 여인도 더 이상 말이 없었다.

　밤이 깊어 우리는 각각 헤어졌다. 여인은 전보다 좀 더 깊은 목례를 보내 주었다. 그날 밤 여인에 대한 상상으로 밤을 새우다시피 한 나는 새벽에야 잠이 들어 아침 늦게야 일어났다. 일어나는 길로 곧 돌다리로 나갔다. 그러나 여인은 없었다. 다만 여인이 앉았던 자리에 고이 접힌 하얀 종이가 조그마한 돌에 눌려 있는 것이 보였다.

　저는 멀리 떠나야 할 슬픈 여인입니다. 나에게 왜 이런 슬픈 운명이 지워져야 했는지 저는 신을 저주하고픈 생각까지 듭니다. 저는 폐결핵자입니다. 의지로 병을 낫게 하려 했습니다만 도저히 불가능한가 봅니다.

　잔잔한 물 위로 여인의 그 슬픈 얼굴이 떠오른다. 다시 어디선가

방황하고 있을 턱밑으로 곱게 흘러내린 목이 예쁜 여인의 슬픈 얼굴이 자꾸 떠오른다. 그리고 그 얼굴 위로 노을이 붉게 아주 곱게 물결쳐 왔다. 가을빛 단풍잎 하나를 띄우고 저 멀리 사라진 허공을 하염없이 바라보았다.

며느리는 비정규직

놋그릇을 보았다. 문중 시제를 지낼 때마다 보았다. 우리 집에서도 일 년에 여덟 번 지내는 제사 때도 보았다. 놋그릇은 이제 찾아보기 힘들다. 골동품 가게에서나 볼 수 있다. 물론 방짜 유기라고 해서 부잣집에서 새롭게 조명 받고 있다고들 한다.

놋그릇은 내게 그리움의 대상이다. 관혼상제가 엄격하던 집안. 제삿날이 다가오면 어머니는 놋그릇을 꺼냈다. 놋그릇이 담긴 무거운 광주리를 머리에 이고 우물가로 가는 어머니 손에는 짚수세미와 잘게 부순 기와 가루가 들려 있다. 어머니는 짚에다 기와 가루를 묻혀 놋그릇을 닦는다. 해 본 사람은 안다. 그 일이 얼마나 단조롭고 지난한지를.

단지 엄마 곁에 있고 싶다는 이유만으로 나는 우물가를 서성거렸다. 동지섣달 제삿날은 엄청 추웠다. 두 귀가 빨갛게 얼어갈 때쯤이면 그릇 닦기는 끝났다. 황금빛으로 반짝이는 놋그릇을 머리에 이고 돌아오는 길. 길가 사시나무는 윙윙 바람소리를 내었다. 아주 어린 시절이다.

기억은 꼬리를 문다. 오랫동안 한옥에 살았다. 가을이 오면 아버지는 방문들을 물가로 가져갔다. 여름을 나며 누렇게 변색 된 문종이를 물에 불려 벗겨 낸 뒤 새 창호지를 발랐다. 기다렸던 어머니는 무거운 다듬잇돌 밑에 곱게 말려 놓은 은행잎들을 문 중앙에 장식용으로 붙여졌다. 햇살이 비치면 유난히 노랗던 은행잎들이 어제같이 선명하다.

어린 시절을 생각하면 아버지의 저녁밥이 떠오른다. 겨울날, 어머니는 밥을 담은 놋그릇을 면 수건으로 겹겹이 싼 뒤 아랫목이나 이불 속에 깊숙이 묻어두셨다. 어머니는 말씀하셨다. 나가 있는 식구들의 밥을 따뜻하게 묻어둬야 밖에서도 굶지 않게 된다고 나는 그 말을 철썩 같이 믿었다.

지금도 믿고 싶다. 그래서 우리 아들 삼형제가 군(軍)에 입대했을 때 며칠간이라도 밥그릇에 밥을 소복 담아두라고 했다.

5일장을 빠짐없이 가시던 아버지는 늦었다. 버스도 안 다니던 시절, 아버지를 기다리며 불러주던 어머니의 노래가 희미해질 때쯤이면 아랫목의 놋그릇의 온기를 발가락으로 느끼며 어린 생명들은 잠이 들었다. 그때 우물가에서 칭얼대던 아이는 이제 손주들의 결혼을 생각하는 노년이다.

어쩌다가 거리에서 놋그릇을 보게 되면 걸음이 멈춰진다. 창 너머 놋그릇에 뽀얀 얼굴의 어린 내가 보인다. 불현 듯 코끝이 찡해진다. 가을이다.

물에 불려 뽀얗게 껍질 벗긴 녹두는 전을 부칠 재료다. 방앗간에서 갓 빼온 떡국거리 가래떡도 한 소쿠리나 된다. 이건 꾸들꾸들할 무렵 어깨가 아프도록 썰어야 한다. 그나마 해마다 빚던 만두를 올핸 특별히 사오기로 했다. 음식 솜씨 서툰 며느리는 끙끙거리며 녹두를 갖고 전을 부친다. 칠순 넘은 어머니는 가족에게 먹일 음식거리를 이것저 것 자꾸 꺼낸다.

쉬지 않고 꼬박 서너 시간 쪼그려 일하고 나니 허리에서 우두둑 소리가 난다. 리모컨을 든 남자들은 팔베개를 하고 한쪽 눈은 텔레비전에 고정한 채 외친다. "점심은 안 주나?" 남자들의 끝없는 어리광에 다시 태어나는 세상의 여자들. 그들의 또 다른 이름은 며느리요, 시어머니인 것이다.

젖은 손을 닦고 잠시 쉬고 있는 내게 고불고불 늙으신 어머니가 들어오셨다.

"힘들지? 좀 쉬거라.", "그런데 이것 한번 들어볼래?"

방금 쉬라고 하시고는 그새 말씀을 고치신다.

"예전 시집살이 하던 며느리가 부지깽이 두들기며 부르던 아리랑이야."

대답도 듣기 전에 어머니는 구성진 아리랑을 불러낸다. 애련한 저 노랫가락은 잊혀져간 '괴산 아리랑'이라던가?

「팔라당 팔라당 갑사나 댕기 본때도 안 묻어 사주가 왔네.
시동생 장가가서 좋댔더니 나뭇가리 줄어드니 또 생각나네.
아리랑 아리랑 아라리요.
시어머니 죽어서 좋댔더니 보리방아 물붜보니 또 생각난다.
아리랑 아리랑 아라리요…」

나는 당신의 시집살이를 알지 못한다. 하지만 저것은 당신의 넋두리가 분명할 것이다. 어머니의 노랫가락은 젖어 있다. 나는 착하게도 열여섯 소절이나 되는 눈물 나는 아리랑을 다 들어 드렸다. 가족이란 보잘것없는 개인사를 들어주고 기억해 주는 존재일 것이다.

"이 많은 떡을 언제 다 썰까?" 방금 전 투덜댔던 사소한 일들을 반성한다. 그리고 전 생애가 가족뿐이었을 모든 무명(無名)의 어머니를 예찬한다. 수천 년 붉은 해를 떠오르게 한 막강한 힘, 그것은 남자들의 근육질 때문만은 아닐 것이다.

세상의 며느리와 시어머니, 그녀들이 부엌에 떨군 고달픈 신음소리를 삼키며 참아 온 덕분일 것이라고 위로를 보낸다.

부부의 날

우리 속담에 '달 밝은 밤이 흐린 낮만 못하다'거나 '곯아도 젓국이 좋고 늙어도 영감이 좋다'고 했다. 자식이 아무리 효자라도 속 썩이는 남편만 못하다는 얘기다.

비익연리(比翼連理)라는 말이 있다. '비익'은 암수가 눈과 날개 하나씩만 달려 있어 짝을 지어야 비로소 날 수 있는 중국 전설의 새다. '연리'는 한 나무의 가지가 다른 나무 가지와 잇닿아 결까지 서로 통하는 것을 이른다. 부부는 살며 한몸이 돼간다는 얘기다.

백거이도 '장한가(長恨歌)'에서 현종과 양귀비의 비련을 그려 "하늘에선 비익의 새가 되고 땅에선 연리의 가지가 되리라"고 노래했다.

흔히들 부부는 닮는다고 말한다. 부부는 병도 닮는다. 얼마 전 어느 교수가 부부 3141쌍을 조사했더니 대사증후군을 지닌 사람은 배우자도 같은 병을 지닌 예가 많았다. 대사증후군은 고혈압을 비롯해 심혈관질환 위험 요인 5개 중 3개 이상에 해당되는 경우다. 한 집에서 먹고 자는 부부는 식성과 운동습관에 음주·흡연처럼 나쁜 습관도 닮아 병도 같이 걸리게 마련이다. 나아가 성격, 가치관, 생각까지 닮아가는 게 이치다.

부부는 3주 서로 연구하고, 3개월 사랑하고, 3년 싸우고, 30년 참고 견딘다고 한다. 다름으로 만나 같음으로 사는 게 부부다. 김종길 시인이 '부부'를 말했다. '놋쇠든, 사기이든, 오지이든/ 오십 년이 넘도록 하루같이 함께/ 붙어 다니느라 비록 때 묻고 이 빠졌을망정/ 늘 함께 있어야만 제격인/ 사발과 대접'

부부가 서로를 닮으려 노력하는 것이야말로 서로에게 바치는 최상의 배려이자 이해다. 좋은 부부는 그래서 닮을 수밖에 없다.

여우같은 아내가 낫다고들 한다. 맞는 말이다. 미련하게 곰통이처럼 구는 것보다야 날렵하게 비위를 맞춰 넘어가는 게 한결 편하고 기분 좋다.

그래서 언젠가부터 우리는 여우를 지향해왔다. 여우같은 아내, 여우같은 딸, 여우같은 며느리가 높은 점수를 받으며 인기를 누렸다.

세상은 복잡해졌고, 너무들 바빠졌다. 사람들은 이제 무엇을 생각하기도 싫고, 깊이 따져보기도 싫고, 골치 아픈 건 딱 질색이라고 공공연히 말한다.

그러나 생각해보지 않고 따져보지 않고 끝까지 잘살 수 있을까. 생각이 필요 없는 오락 영화만 보며 후회 없는 임종을 맞을 수 있을까.

분명한 건 곰과 여우를 비교할 때는 공정히 해야 한다는 것이다. 여우같은 아내를 취했을 때는 아홉 개의 꼬리를 감수해야 하고, 곰 같은 아내가 주어졌을 때는 그녀의 듬직함에 한 점수를 주어야 한다.

결혼한 두 쌍 가운데 한 쌍 꼴로 이혼하고, 다시 그 이혼한 두 쌍 가운데 한 쌍 꼴로 재혼하며, 다시 그 재혼한 두 쌍 가운데 한 쌍 꼴로 이혼하는 사회를 이분해체사회(二分解體社會)라 한다. 미국 사회가 바로 그 이분해체사회다. 한데 우리 한국이 결혼한 세 쌍 가운데 한 쌍 꼴로 이혼하고 재혼하고 다시 이혼하는 삼분해체사회(三分解體社會)로 돌입했다는 보도가 있었다.

결혼식 때 주례 앞에서 검은 머리가 파뿌리가 되도록 해로하고 사랑한다고 서약하지만 그건 허구다. 우리 민요에 부부의 사랑의 실체를 갈파한 노래가 있다.

'신랑 신부 열 살 줄은/ 뭣 모르고 살고/ 스무 살 줄은/ 서로 좋아서 살고/서른 살 줄은/ 눈 코 뜰 새 없이 바삐 살고/ 마흔 살 줄에는/ 서로 버리지 못해 살고/ 쉰 살 줄에는/ 서로 가엾어 살고/ 예순 살 줄에는/ 살아준 것이 고마워서 살고/ 일흔 살 줄에는/ 등 긁어줄 사람 없어 산다'/했다.

한데 삼분해체사회가 됐다는 것은 뭣 모르고 살았던 10대에 타산을 하고 서로 좋아서 살았던 20대에 바람을 피웠다는 것이 된다. 조물주가 사람을 만들 때 마음을 일곱 칸으로 갈라 넣어주면서 부부간이 되면 여섯 칸을 배필에게 주고 나머지 한 칸만 네가 가지라고 했다. 그렇게 함으로써 아무리 바쁜 30대도, 버리고 싶은 40대도, 가엾은 50대, 고마운 60대도 지탱할 수 있었는 데, 요즈음 세상은 이기적 자아가 비대하여 여섯 칸을 제가 갖고 한 칸만을 배필에게 주기에 갈라서고 말고에 그다지 고민도 하지 않는다.

이 같은 가족해체시대에 부응하여 부부의 날 제정운동이 기승을 부리고 있다. 5월 21일 부부와 가족이 참석한 가운데 부부음악회, 각종 부부상, 남편의 아내자랑, 아내의 남편자랑, 부부 스포츠 댄스 등

행사를 베풀었고 이날을 국가 기념일로 정하기를 국회에 청원하기로 했다 한다.

어린이 박사대회에 어린이날이 생기고, 부모에의 효심이 희석되면서 어버이날이 생겼으며, 스승에의 존경심이 약해지면서 스승의 날이 생겼다.

미국에는 장모의 날을 제정한 주가 많은데 장모와 사위 사이가 견원지간이기 때문이다.

부부의 날이 거론되고 공감을 얻는 것은 바로 한국이 삼분해체사회에 돌입한 역사 사회적 지표로서 주목이 되는 것이다.

요새 아버지는 왕따 아버지

그때 여름날 한 손엔 부지깽이 발로는 보리 짚을 연방 아궁이에 밀어 넣는 어머니의 삼베적삼은 아침인데도 땀에 젖어 있었다. 아버지는 보리 짚을 한 아름 질끈 묶어 부엌으로 들어오는데 순간 다섯 살동생은 사고를 당했다.

어머니가 밥솥에서 익은 감자를 찍은 젓가락이 부러져 입천장에 박혔다. 금방 피가 입안에 고이고 아버지는 입을 벌려 부러져 박힌 나무젓가락을 뽑아냈다. 즉시 아버지는 동생을 업고 산골 험한 길 몇고개를 넘고 넘어서 삼십 리도 더 되는 읍내 병원을 갔다.

치료를 받은 동생은 쓰리고 아파서 어린 양손을 꼭 쥔 채 소리 없이 눈물로 온 얼굴을 적시며 참는 것이 애처로웠고 대견스러웠다. 불쌍했다.

비가 올 듯 날이 어둡고 바람이 부는 어느 날이었다. 종합병원 택시 승강장에서 노인이 문을 열고 타는데, 온몸이 어그러질 것처럼 위태로웠다. 행선지를 묻고 말한 것 말고는 나도 노인도 말이 없었지만 노인의 날 숨에서 병이 깊었을 때의 아버지 냄새가 났다. 문득 아버지 생각이 났다.

아버지는 평생을 써도 못다 쓰실 만큼 힘이 넘치셨지만 어느새 깃든 병에 물 빠진 풍선 같은 몸이 되셨다. 방에만 있게 되면서부터는 꼭두새벽부터 동트는 창을 바라보시다가 아침볕을 확인한 뒤에야 돌아누우셨다. 일어나 앉기가 힘들어졌을 때도 약만큼은 꼬박꼬박 챙겨 드셨지만 당신에게서 자유로워지려는 몸을 아버지는 끝내 모르셨다.

요즘 아버지 생각을 많이 하면서 나는 새롭게 깨치고 있다. 뙤약볕이 내리쬐는 한낮에 텃밭을 가꾸시고, 눈비가 오는데도 굳이 밀짚모자에 도롱이를 걸치고 가시며, 사다리 위에서 떨어뜨린 연장을 손수 주우러 내려오면서도 곁에 있는 나를 부르지 않던 아버지를 그때는 이해하지 못했다. 이제 와 아들 셋을 통해 나를 보면 아버지는 때를 놓치지 말고 말보다는 행동을 앞세우며 남의 수고를 끼치지 않는 모범을 보이셨다는 걸 알게 된다.

비가 올 듯 날이 어둡고 바람이 부는 오래전의 어느 오후였다. 몸통의 한 길 위는 잘리고 밑동도 속을 다 비우고 서 있는 고욤나무를 봤다. 마치 옛 사진에서 본 적이 있는 중절모를 쓴 아버지 같은 형태였다. 몸통에 난 손바닥만 한 구멍에서는 지나가는 바람이 우는 듯한 '흐형 흐형' 소리가 났다.

어느 덧 내 손등에도 검버섯이 핀 뒤로 비가 올 듯 어둡고 바람이 부는 날이면 이제는 밑동마저 잘리고 한 아름의 그루터기로 남은 그 중절모를 쓴 고욤나무를 떠올린다. 아버지가 그리워지는 날이다.

요새 아버지는 왕따 아버지다.

아이들이 집에 전화를 걸었는데, 아버지가 받았다. 다짜고짜 하는

말이

"엄마 바꿔 주세요."

이번에는 아버지가 집에 전화를 걸었는데, 아이가 이렇게 전화를 받았다.

"엄마 바꿔 줄게요."

일터에서 집으로 돌아왔다. 봄이라 그런지 어깨는 축 늘어지고 몸은 뻐근하다. 교통지옥에 시달려 몸은 괴롭고 물씬물씬 땀 냄새를 풍긴다. 힘든 몸과 지친 마음을 이끌고 집으로 돌아왔지만, "아빠 왔다"는 말소리는 마치 허공을 치는 것처럼 하늘로 날아갔다.

식탁에 있는 과일 하나를 집어 드는데 "그거 애들 간식이에요."라는 아내의 말에 눈앞이 캄캄해진다.

아내는 나보다 하던 일이 더 중요한지 부엌으로 모습을 감춘다. 멀어져 가면서 외치는 아내의 외마디 소리

"씻고 저녁 드세요."

"누가 밥 먹으러 왔나? 힘들게 일하다가 들어온 사람 좀 반겨주면 어디 덧나나?"

이런 생각에 마음은 더욱 착잡해진다.

"아이들은 어디 갔나?"

"방에서 공부할 거예요."

"공부, 공부, 공부… 아버지가 들어왔는데 인사도 할 줄 모르는 그런 공부가 무슨 소용이 있나?"

문득 그런 생각이 든다.

섭섭한 마음을 다스리며 아이들 방을 들여다본다.

"공부 열심히 하니?"

달리 할 말이 없다.

"어, 아버지 다녀오셨어요?"

짧은 한마디를 하고 계면쩍은 듯 다시 책으로 눈을 돌린다. 그 뒤통수를 바라보며 "그래, 열심히 해라"고 말한다.

"사는 게 다 그런 거지요 뭐."

회사에서 담배를 뻐끔뻐끔 피워 물고 한숨을 내뱉던 동료의 모습이 떠오른다.

"이것이 진정 인생의 전부인가?"

갑자기 역겨운 마음이 몰아친다. 빈 의자로 둘러싸인 식탁.

"아이들은 먹었어요."

그러면서 저녁을 차려주고는 연속극을 본다고 TV에 몰두해 버리는 아내. 자기 남편은 본 척도 않고 미남 탤런트만 보는 아내.

"내가 뭐 때문에 먹어야 하나? 진정 이렇게 하는 것이 옳은 삶인가?"

걷잡을 수 없는 숱한 생각이 오락가락한다.

가을이다. 눈이 부시도록 맑은 하늘을 보며 눈시울이 뜨거워진다. 아이들은 내 손을 필요로 하던 나이가 지나 버렸고 내 인생은 가을의 문턱에 들어섰다. 직장을 가지고 있는데도 자주 지나온 일들에 대한 깊은 연민과 회한이 생긴다. 조금만 슬픈 노래를 들어도 눈가를 자주 적시게 된다.

그동안 앞만 보고 살아온 내 모습이 이제는 한꺼번에 무너져 내린다. 자꾸만 주저앉아 어딘가에 기대고 싶다.

가족들에게 항상 강한 남편과 아버지의 모습으로 버거운 짐을 힘겹게 지고 비틀거리며 서 있다. 어쩌다 삶이 버거워 펑펑 울어버리고 싶을 때도 있다. 가장이라는 족쇄와 허울 좋은 남자라는 이유로 눈물조차 마음대로 흘릴 수 없다.

오늘도 강한 척하며 속없는 너털웃음으로 위장하고 있다.

세월호 성공적 인양

누구나 사랑에 대해서 반성하는 이는 이미 사랑으로 인해서 크게 혹은 작게 상처를 입은 사람이다. 그리고 그 상처는 좀처럼 아물지 않는 것이기 때문에 오랜 세월이 흐른 뒤에도 그저 잠자듯이 눈을 감을 뿐 기회만 오면 다시 눈을 뜬다. 행복이 그렇듯이 사랑도 눈앞에 있을 때는 의식하지 못하다가 지나간 다음에야 비로소 아쉬워진다.

인간에게 망각은 정상적으로 살기위해 필요한 신체의 자연 치유(治癒) 과정이다. 인생 여정에서 원망스럽고 미운 사람, 슬프고 후회스러웠던 그 많은 일을 머릿속, 가슴 깊이에 모두 담고 있다면 과연 제정신으로 살 수 있을까. 하지만 하늘이 두 쪽 나도 잊어서는 안 되는 게 있다. 나와 가족이 속한 조직과 사회가 안전하고 행복하게 살아야 하는 문제다.

그런데 우리의 집단 망각 증세는 중증이다. 서울시내 한복판의 다리가 뚝 끊겨 등교학생 등 수십 명이 죽어갔던 성수대교의 황당함, 수백 명을 사망케 한 삼풍백화점 붕괴 이후 '안전 제일주의'를 행동에 옮긴 이들이 얼마나 될까. 기관사가 불타고 있는 객차 문을 닫아 놓은 채 도망쳐 많은 사람을 사망케 한 대구 지하철 참사의 아픔을 통해 책임과 교육의 중요성을 우리는 되새겨왔는가.

세월호의 성공적 인양 소식은 모든 국민에게 한 줄기 봄바람처럼 달갑고 고마운 것이다. 세월호는 지난 3년간 우리 국민 마음 한 편에 납덩이처럼 얹혀 있었다.

그래서 미 수습 시신 9구를 거두고자 국가 재정을 무려 1000억 원 투입하는, 아마도 세계 역사상 유례없는 기획이 실행될 수 있었다. 이 인양이 성공하면 광화문 광장에서 세월호 천막이 걷히고 사고 원인에 대한 허황한 추측도 걷히고 유가족들도 모두 일상생활로 돌아갈 수 있을 것으로 국민은 기대하고 염원했다.

정밀 조사에 앞으로도 여러 달이 걸릴 모양이지만 가장 큰 고비를 넘겼으니 천만 다행이다.

그런데 세월호 인양 성공이라는 반가운 소식과 함께 비친 엄청난 기름떼는 보는 이의 가슴을 내려앉게 한다. 하나의 재난 마무리가 또 하나의 재난의 시작이라니. 해안선이 생계 터전인 국민의 손실을 보상하려면 또 국가 재정을 거액 지출해야 할 것이다.

그리고 죽어갈 어류, 양식 해조류와 어패류, 바닷새, 바다 동물들의 생명이 너무 가엾고 아깝다. 무엇보다도 장기전이 될 생태계 회복이 이루어지기까지 지역 주민과 어부들이 겪을 시름과 안타까움이 마음 아프다.

우리나라는 '망자에 대한 생자의 도리'가 과도해서 생자들의 삶이 잠식되는 일이 적지 않다. 조선조 양반들은 시묘살이 하느라 산소 옆 움막에서 변변히 먹지도 못하고 한겨울에도 삼베옷을 입고 살았다. 그래서 삼년상이 끝나면 시름시름 앓다가 죽는 일이 흔했다고 한다. 골병이 들지 않는다 해도 당대 최고 인재들이 망자를 시중드느라 산

백성을 여러 해 외면한 것은 미덕으로 느껴지지 않는다.

세월호 인양 이야기가 나왔을 때 기름 유출 가능성이 처음부터 제기됐다. 그런데 유족의 '망자에 대한 도리' 집착과 국민의 안쓰럽고 죄스러운 마음이 그 재앙 가능성을 묵살하게 했다. 막대한 인양 비용을 우리 사회의 약자를 돕는 데 쓰는 게 망자들을 더욱 뜻 깊게 기리는 일이 아니었을까?

애석하게도 유족들을 그런 방향으로 설득하려 한 정치인은 한 사람도 없었다. 늘 초강경 투쟁으로 일관하는 환경 운동가들도 왜 일제히 침묵했을까?

화사한 봄옷을 장에서 꺼내들었다가 이내 다시 넣는다. 아직은 어두운 색이 차라리 마음 편하다. 지난 4월의 허망함과 고통스러움은 서서히 일상 속에서 희석되어 갈 것이다. 아직 아무것도 달라지지 않았는데 너무 빨리 잊을까 두렵다. 미간을 찌푸리게 하는 온갖 사회 문제가 매일같이 터져 나온다. 외면하고 싶지만, 그래도 똑바로 쳐다봐야 한다고 가슴속은 뜨거웠다. 세월호 사건 삼 년이 되면서 어쩌면 나 역시 지쳐서 힘들다는 핑계로 고개 돌리고 싶었는지 모른다. 삶은 그저 피한다고 피해지지 않는다는 것. 제대로 살려면 뭐든 끝까지 보고 눈을 부릅떠야 한다는 생각을 했다. 세월호 참사에 힘겨운 '치유의 길'에 지속적인 관심과 격려를 쏟는 분들이 많기에 꿈과 희망을 발견하게 된다.

불과 몇 십 년 전까지 뭐 하나 제대로 만들지 못하던 나라, 기술도, 자원도 없어 머리카락이나 주워 모아 가발을 만들어 수출하던 나라. 외화벌이를 위해 간호사 · 광부 · 군인들을 해외로 파견하던 나라. 대한민국 우리나라였다.

그러던 나라가 어느덧 세계인 절반이 사용하는 휴대폰을 만들고 반도체를 생산한다. 어디 그 뿐인가? 우리나라 감독과 배우들이 만들어낸 드라마를 보려고 먼 나라 국민이 저마다 TV에 시선을 집중한다. 참 대단한 일이다.

7
수확의 계절

아내의 김장 시작

고추를 살까말까 하면서 며칠을 보냈다. 이웃에서 고추를 사서 꼭지를 따고 배를 갈라 말리면서 고추 값이 자꾸 오른다고 귀띔을 해준다.

그럴 때의 이웃여자는 어느 만큼은 의기양양해 있기 일쑤고 이쪽은 초조할 밖에 없다. 아내도 고추를 사서 꼭지를 따면서 의기양양해지고 싶지만 한참 오르는 통에 샀다가 만약 값이 내리면 그 고약한 기분은 또 어쩔까 싶어 망설였다. 망설이면서 고추 값이 내리기를 기다리는 셈이었다. 그러다가 귓전에 주워들은 뉴스에서 고추가 흉작이라 수입을 해 들인다는 걸 알았다.

"어머, 그까짓 걸 좀 덜 먹지, 수입을 해. 주식도 아니고 그까짓 거 좀 덜 먹는다고 죽나"

아내는 공연히 혼자 화를 냈다. 그러나 아내는 그날 오후 고추를 〈그까짓 고추를〉 사러 나가고 말았다. 한 근(600g)에 15,000원씩 달라고 한다. 추석 전에 11,000원씩에 사서 몇 근 빻아 먹은 일이 있는 아내는 너무 많이 오른 것 같아서 이 가게 저 가게 기웃대면 재채기만 수없이 하고는 그냥 돌아오고 말았다. 설마 더 오를라구, 더 오르면 누가 먹어 주나봐라. 어쩌구 오기까지 부려가면서 말이다.

그 오기가 사흘을 못 갔다. 아내는 또 고추를 사러 나갔다. 이번엔 16,000원 달라고 한다. 아내는 오기는커녕 야코가 팍 죽어서 고추장수가 조심되게 우러러 보였다.

올 일 년 내내 아내는 그렇게 살았다. 물건 값이 오른다는 정보에 어둡고 오르는 걸 보면 괜히 오기가 나고, 그래서 물가쯤은 초월한 사람처럼 있다가 오른 다음에 가슴 아파하면서 물가 당국을 원망하면서, 상인을 존경하면서, 오른 값으로 사 먹고, 사 쓰고 살았던 것이다.

아내는 매운 먼지가 가득 찬 고추가게 한 귀퉁이에 초라하니 기대서서 심히 피로감을 느꼈다.

아낙네들이 한 떼가 몰려와 고추 값을 묻고 고추를 만져보고 비춰보고 고추 부대 깊숙이 팔을 넣어 밑의 것을 끄집어 내 보고 법석을 떤다.

아내는 그것을 멍하니 지켜봤다. 구경스러울뿐더러 저 아낙네들하는 대로만 따라 하면 틀림없을 것 같은 생각이 들어서다. 드디어 상인과 아낙네들과 흥정이 시작된다. 14,500원 하자느니 15,000원에서 한 품도 덜 받을 수 없다느니 아낙네들은 전투적이고, 상인은 바위처럼 확고부동하다. 아내는 흥미진진한 싸움을 지켜본다. 승부가 판가름 난 다음에 즉시 이긴 쪽에 덤으로 끼어들 비열한 자세로.

그러나 승부는 이상한 방향으로 흐지부지 되고 말았다. 한 아낙네가 도매시장으로 가자고 한다. 여기서 두어 정거장만 더 가면 되는데, 고추나 배추는 거기가 제일 싸다고 했다. 그럼 그러자고 아낙네들이 우르르 몰려 나갔다. 가게 주인은 흥 하고 코웃음을 치면서 붙들려고도 안 했다. 아내는 자신도 모르게 그 아낙네들 뒤를 따랐다.

아내는 그 아낙네들이 전투적이고 싱싱한 게 마음에 들었고 믿음직스러웠다.

아내는 버스를 타자고 했으나 아낙네들은 몇 푼이나 싸게 살지도 모르면서 미리 버스부터 탔다가 차비를 어디서 빼려고 그러느냐고 아내를 경멸했다. 아내는 다시 한번 이 아낙네들을 미더워하며 터덜터덜 뒤따랐다.

농산물시장이라는 데는 고추도 많고 밤도 많고 더덕이니 고사리니 하는 산채도 많았다. 모든 것이 너무너무 많아서 싸려니 싶은 게 저절로 신이 났다. 그러나 여기서도 근당 14,500원이라고 했다. 도매시장이니까 단 십 원도 에누리는 안 된다고 한다. 그래도 아낙네들은 끈덕지게 값을 깎아 14,000원까지 흥정이 됐다.

아내는 속으로 큰 횡재라도 하는 것 같았다. 아내 혼자 우리 동네서 사는 것보다 근당 1,000원이나 싸니 그게 어딘가 싶었다. 열다섯 근을 샀다. 그리고 재빨리 15,000원은 벌었구나 하고 생각했다. 기분이 좋았다. 좀 더 일찍 샀더라면 25,000원은 벌었으리라는 시시한 생각 같은 건 안했다.

오는 길에도 버스를 안 탔다. 이미 그 아낙네들과 뿔뿔이 헤어져 있었지만 순전히 아내 자유의사로 그렇게 했다. 아내가 벌은 15,000원을 축내기가 싫어서 그렇게 했다.

집 근처까지 와서 고추 보따리를 내려놓고 쉬는데 리어카에 국화분을 가득 실은 꽃장수도 쉬고 있었다. 아니, 쉬고 있다기보다는 거기서 손님을 기다리고 있었다.

"구경하시고 하나 들여가십쇼. 화원보다 싸게 해드립니다. 직접 받아 오는 거니까요."

꽃장수의 유혹이 싫지 않았다. 꽃송이가 자다란 놈, 탐스러운 놈, 줄기가 곧게 뻗은 놈, 철사를 타고 멋지게 늘어진 놈, 덜 핀 놈, 잗다랗게 꽃봉우리만 진 놈, 그리고 그 여러 가지 빛깔. 아내는 눈을 가느스름히 뜨고 마냥 행복해졌다.

"어떤 걸로 들여가실까요?"

보다 못한 국화장수가 아내에게 여러 국화분 중 어느 하나를 선택할 것을 일깨워 준다.

이것도 예쁜 것 같고, 저것도 예쁜 것 같고 그래서 어리둥절하고 만다. 그럴 땐 장사꾼한테 골라 달랄 수밖에 없다.

"아저씨, 어떤 게 좋을까요? 난 노란빛을 좋아하는데, 아니 보랏빛도 좋아해요. 빨강, 참 빨강 빛도 아주 좋아해요. 저기 저 흰 국화도 예쁘네요."

이래 놓으니 웬만한 국화장수라면 아내를 그만 상대도 안할 법한데 이 국화장수는 그렇지 않다.

콩알같이 작고 단단한 파란 꽃봉오리가 수없이 달린 국화 분을 가리키면서,

"아주머니 이걸로 하십시오. 이건 만추국(晚秋菊)이라고 아주 늦게야 피는 겁니다. 아마 크리스마스 때나 활짝 필 걸요. 무슨 빛깔이냐고요? 그야 저도 모르죠. 이렇게 꽃봉오릴 꽉 다물고 있는 걸 어떻게 압니까. 그렇지만 꼭 아주머니가 좋아하는 빛깔로 필겁니다."

아내는 그걸 19,000원이나 주고 샀다. 꽃장수는 친절하게도 집에까지 갖다 주고, 물을 너무 자주 주면 일찍 피어 버릴 테니 사흘에 한 번씩만 주라고 일러 주었다.

아내가 사온 고추를 보고 이웃 부인들은 근수를 좀 속은 것 같다고

했지만 아내는 다시 알아보지는 않았다. 아내는 그날 꼭 15,000원을 벌은 것으로 생각하고 싶었다. 꼭지 따서 잘 말려서 빻아다가 항아리에 넣어놓으니 김장을 반쯤은 한 것 같다. 김장을 해 넣고 나면 아내의 '만추국'이 필 테지…. 아내는 이래저래 흐뭇했다.

아내는 망년(忘年)을 화려하게 장식하기 위한 만추국을 갖고 있으니 얼마나 다행인가. 그런데도 아내는 절임배추는 괴산이고 고추는 음성고추가 소문 나 있다면서 아쉬워한다.

득실 집착

가끔 이런 경험은 없는지. 가령 100원을 아끼려다 천 원을 손해 보는 따위의 일.

물건을 고르다 마음에 드는 것은 값이 비싸고, 값이 싼 것은 물건이 안 좋고, 이럴까 저럴까 망설이다가 꿩 대신 닭이라 우선 싼 것을 택하여 사고 보니 싼 게 비지떡이라던 속담 그대로 아예 본전까지 놓쳐버리는 입맛 쓸쓸한 경험, 그런 실수를 아마도 누구든지 한두 번은 경험했으리라.

이것도 그 비슷한 경우이지만 역시 웃지 못 할 이야기다.

한 부인이 생선 가게에서 생선 값을 깎느라고 가게 주인과 실랑이를 벌이고 있다. 생선 장사는 3천원에서 단 백 원도 깎을 수 없다는 것이며 부인은 너무 비싸니 2천5백 원만 하자는 것이다. 두 사람은 거의 싸우다시피 언성을 높이고 있다. 마침내 그들은 서로가 자기의 주장과 체면을 위해 물러설 수 없게 된다.

그렇게 얼마간 실랑이를 하다 흥정은 드디어 부인의 승리로 끝나, 부인은 5천 원짜리 지폐를 내고 생선 꾸러미를 받아든다. 그런데 2천500원의 거스름을 받는 것을 까맣게 잊어버리고 그냥 돌아서 버린다. 지나치게 열중하고 흥분했던 나머지 자신이 낸 돈이며 그 거스름에 대해서 잠시 기억이 없는 것이다. 얼마를 걸어가다 깜빡 생각이 나서, 그제서야 허둥지둥 돌아와 가게 주인에게 거스름을 요청한다. 그러나 때는 이미 늦었다. 가게 주인은 펄쩍 뛰며, 이 양반 아주 돌았나 보다고 오히려 큰소리치며 핀잔하는 것이다. 물론 그 가게 주인도 흥정에 열중했던 나머지 거스름을 주었다고 믿고 있는 것이다. 이렇게 해서 꼼짝없이 부인은 거스름을 손해보고 게다가 병신취급까지 당하여 체신이 말이 아니게 된다. 오백 원 이(利)보려다 2천오백 원을 손해 본 부인은 작은 이를 노리다 더 큰 손실과 망신을 당한 것이다. 말하자면 너무도 근시안적인 이해타산이 오히려 손해와 실수를 초래한 것이라고 볼 수 있다.

이야기는 좀 다르지만 장자(莊子)의 우화에 이런 이야기가 있다.

어느 날 밤나무 숲속에서 사냥을 하고 있으려니까 이상한 새 한 마리가 날아와 밤나무에 앉았다. 양쪽 날개의 길이는 7척에 가깝고 눈의 직경만도 한 치나 되었다. 장자 생각하기를 저「굳센 날개로 도망칠 줄도 모르고, 그 큰 눈으로 보지도 못하니 도대체 어떻게 된 새일까」생각하며 장의(長衣) 자락을 쳐들고 새를 쏘아 잡으려고 활을 겨누며 새 쪽으로 다가갔다.

바로 그때, 무심코 바라보니 한 쪽에서 매미 한 마리가 녹음 속에 숨어서 세상만사를 잊어버리고 노래 부르기에 여념이 없었다. 그런데 또 한편에선 그 매미를 잡아먹으려고 사마귀란 놈이 노리고 있는 것이다. 그리고 사마귀는 그 일에 열중한 나머지 자신의 위험을 까맣게 잊어버리고 있고, 그 틈을 타서 아까 그 새는 사마귀에게로 달려

들어 정신없이 사마귀를 잡아먹고 있는 것이다. 그러니 새는 그 짓을 하느라고 장자에게 노림을 당하고 있다는 사실을 까맣게 모르고 있었던 것이다.

장자 소리쳐,

「아! 이것이 바로 짐승들이 서로 물고 뜯고 하는 실태로다. 득실(得失)이 상반하도다.」 하여 장탄식하고 느낀 바 있어 활을 던지고 돌아오는데 또한 율림(栗林)지기가 장자를 밤(栗) 도둑으로 몰아 크게 욕을 퍼부었다는 이야기다. 장자 역시 새와 매미와 사마귀들 일에 열중한 나머지 자신이 율림지기에게 감시를 당하고 있었다는 것을 전연 몰랐던 것이다.

참으로 쫓는 자 뒤에 쫓는 자가 있고, 남 잡이가 제 잡이 된다는 말을 다시 한 번 생각하게 하는 것이다. 삶에 쫓기다 보면 우리는 우리 자신을 잊어버리는 시간이 허다하다. 더욱이 눈앞의 작은 이익을 좇거나 집착하다가 보다 귀중한 것을 잃어버리는 경우가 비일비재하다. 생선 값을 깎던 부인은 거스름의 손해를 보고 망신을 당한다. 매미를 노리는 사마귀는 새에게 잡혀 먹히고 사마귀를 노리던 새는 장자의 노리는 활을 알지 못한다. 그리고 그것들에 마음을 빼앗긴 장자는 율림지기에게 욕을 당한다.

이렇게 눈앞의 작은 이익에 집착하고, 작은 슬픔, 작은 불행에 집착하는 어리석음을 우리는 수없이 거듭하고 있는 것이다.

등잔은 높이 쳐들어야 먼 곳이 보인다. 턱밑에 내려놓고 잃어버린 보석을 찾을 수는 없다.

부자로 사는 마음

　중학교 때 은사를 오랜만에 모시고 진지를 대접했다. 선생님은 빈 그릇을 달라 해서 밥 절반을 덜어놓고 남은 반 그릇만 들었다. 소식(小食)을 하시는지 여줬더니 "너희 가르칠 때부터 평생 습관"이라고 했다. 전쟁 뒤 어린 제자들이 빈 도시락만 갖고 다니며 끼니 거르는 것을 보고 결심한 일이라 했다. "내 밥을 일일이 나눠줄 순 없어도 밥그릇 절반만한 마음이 너희 곁에 함께하기를 바랐다."

　어릴 적 동네 뒷산 무덤들 앞에 흰쌀밥 한 그릇이 놓여 있곤 했다. 동그랗게 고봉(高捧)으로 담은 밥그릇이 무덤을 닮았었다. 흉년들어 굶어 죽은 사람 무덤이었다. 죽어서라도 한번 배불리 먹어 보라는 슬픈 풍경이었다.

　옛말에 '밥은 백성의 하늘'이라고 했다. '밥이 보약' '밥 한 알이 귀신 열을 쫓는다.'고 했다. "밥 먹었느냐", "진지 드셨습니까."가 인사였다.

　추운 날 언 발을 아랫목 담요에 들이밀면 딸가닥 놋그릇이 넘어지곤 했다. 열린 뚜껑으로 밥이 물기를 흘렸다. 하루 밥벌이 마치고 늦게 오는 아버지 밥상에 따슨 밥 올리려고 담요에 묻어둔 밥그릇이었다. 묵직했던 아버지 밥주발(周鉢)은 누구도 넘보지 못하는 가장(家

長)의 위엄이었다. 남편과 자식에겐 고슬고슬 밥 지어 먹이고 찬밥 먹던 어머니들, 뜸 들이는 밥솥에서 구수하게 새 나오던 밥내는 모성(母性)이었다.

1890년대 주막 사진에서 도포 입고 갓 쓴 채 바싹 마른 남자가 개다리소반을 받아놓고 밥을 먹는다. 남자 얼굴만 한 그릇에 밥이 가득 담겼다. 사진에서 밥그릇 높이가 9cm, 위쪽 지름이 13cm쯤이라고 한다. 요즘 밥공기 세 배다. 임진왜란 피란기 쇄미록엔 전쟁통인데도 쌀 일곱 홉(420g)으로 밥 한 그릇을 지어 먹었다는 기록이 있다. 수북하게 담은 감투밥·머슴밥·고봉밥은 날마다 꾸는 꿈이었다.

어느 도자기 업체가 1940년대부터 지금까지 밥공기 용량을 비교했더니 680ml에서 290ml로 작아졌더라고 했다. 건강 챙기고 다이어트 하느라 70년 만에 밥 양이 60% 줄어든 셈이다. 흰쌀밥만 많이 먹으면 혈당이 높아지고 당분이 지방으로 쌓여 복부 비만이 된다. 그래서 거친 현미밥과 잡곡밥 먹는 집이 많다. 30년 전 하숙생들은 "주인아주머니가 밥그릇에 밥알을 세워서 푼다."고 푸념했다. 꾹꾹 눌러 담지 않고 키만 높게 허술한 고봉밥을 낸다는 얘기다. 그 시절엔 어찌 그리 밥이 빨리 꺼졌는지. 밥그릇이 밥상 구색거리가 돼 간다.

돈이 얼마나 있어야 부자일까? 조사 결과에 따라 차이는 있지만 근래엔 수십 억 원은 있어야 부자라 칭하는 것 같다. 부자 되기 난망이다. 그러나 부자로 사는 방법이 없는 건 아니다.

A씨는 회사에 다닐 때 꽤나 바쁘게 살았다. 광고 회사 일이란 워낙

급박하게 돌아가고 예측이 어려워 야근에, 새벽 퇴근에, 주말도 없이 정신없이 살았다. 그러다 드물게 일찍 퇴근해 '저녁이 있는 삶'을 맛볼 때가 있다. 그러면 마음이 그렇게 여유로울 수가 없다. 또 긴 연휴를 앞에 둔 때, 내 마음대로 쓸 수 있는 시간이 며칠이나 있다 생각하면 부자가 된 듯했다. 시간에 쫓기거나 쪼들리지 않아도 되니 말이다.

집에 읽고 싶은 책이 많을 때도 부자의 마음을 맛본다. 책은 옷과 비슷한 데가 있어서 책이 많아도 읽을 만한 책이 없다고 느끼곤 한다. 마치 옷장에 옷이 많아도 입을 옷이 없다고 생각하는 것처럼 말이다. 그런데 얼른 책장을 넘기고 싶을 만큼 읽고 싶은 책이 곁에 있으면 마음이 풍성해진다.

이렇게 보면 지금 나는 꽤 부자다. 집의 책상에도 읽고 싶은 책들이 그득하고, 새로 나온 책에 눈길이 가니 말이다. 하지만 세상 이치는 그리 간단치가 않나 보다. 좋아하는 것이 일이 되었을 때 겪는 '증상'이랄까.

무심코 누리는 것 뒤엔 항상 누군가의 수고가 있다. 이참에 나도 뒤에서 애쓰고 있을 누군가를 돌아본다. 생각이 여기에 닿으니 찌푸렸던 미간이 펴지는 것이 마음에도 여유가 돌아오는 것 같다. 그러니까, 마음대로 쓸 수 있는 시간이 얼마간 있고, 읽고 싶은 책이 있으며 고마워하는 마음이 있다면 큰 돈 없이도 부자로 살 수 있을 것 같다.

잘 살게 되도 행복해지기 어려운 또 하나의 이유가 있다. 깨끗한 공기와 맑은 물 등은 GNP가 올라갈수록 오히려 구하기가 어려워지기 때문이다. 식기세척기나 캠코더, 벽걸이 TV 등이 넘쳐나지만 사람들은 점점 더 욕구불만이 되어간다. 비싼 정수기를 들여다 놓았지만 옛날엔 필요 없던 물건이다.

요즘은 소득 중 상당 부분이 이런 '오염 방어' 용도로 지출되고 있고, 그런 상품의 매출까지 GNP의 증가로 잡히는 세상이다.

"고기도 먹어 본 사람이 잘 먹는다"고 부러워들 했다. 보릿고개 넘던 그 배고픔의 기억이 언제였던가 싶게 부자로 살고 있다.

굴뚝연기와 시래기

　어버이날, 어느 노부부가 39년간 아궁이에 매일 나무를 때고 있는 사연이 세상에 알려졌다. 6·25때 잃어버린 네 살 아들이 혹시나 살던 동네를 기어하고 돌아올까 싶어 굴뚝에 연기를 피워 온 것이었다. 집 잃은 아들에게 보내는 어버이의 봉화(烽火)같은 굴뚝연기가 많은 이들 가슴을 먹먹하게 했다.

　가정집 굴뚝은 오랜 세월 우리들에게 '연기 배출 통로' 이상의 그 무엇이었다. 추녀 밑 야트막한 굴뚝에서 삼시 세끼 모락모락 피어오르던 연기는 집안 사정을 담장 바깥으로 알리는 신호였다. 바티칸 교황청의 콘클라베(교황 선출을 위한 비밀회의) 후 시스티나 성당 굴뚝에 피어오르는 흰 연기가 교황 선출을 알리듯, 어느 집 굴뚝에 피어오르는 연기는 지금 밥을 짓는다는 표시였다. 벌판에서 뛰어놀던 아이들은 자기 집 굴뚝 연기를 보고는 밥 먹으러 집으로 들어갔다. 배고팠던 시절엔 어느 집 굴뚝에서 제때에 연기가 나오는지 여부를 보고 그 집 사정을 눈치 채기도 했다. 어떤 이는 끼니를 거르면서도 '이웃 보기 창피해' 때가 되면 아궁이에 종이를 태워 연기를 피우기도 했다.

　그런 사정들을 알기에 옛날 어느 동네에서는 이웃이 화재나 홍수

등 재앙을 입으면 동네 사람들은 잠시 일가친척 집에 흩어져 지냈다고 한다. 끼니를 제대로 못 챙길 이재민에게 굴뚝 연기를 내고 밥 냄새를 풍기지 않으려는 배려였다.

전남 구례 어느 마을의 굴뚝은 아예 어른 허리춤 정도의 높이로 낮게 설치했다. 가난한 이웃집에 자기 집 밥 짓는 연기가 보이지 않도록 한 것이다.

가정 집 굴뚝이 출입문과 창문 못잖게 바깥과 소통하는 또 하나의 창구이자 통로 구실을 한 셈이었다.

산타클로스가 남의 집에 '잠입'하는 통로로 굴뚝을 택한 것도 우연이 아니다. 1950년대 우리나라에선 굴뚝으로만 침입해 공장 10여 곳을 턴 별난 도둑도 있었다.

김민기가 '강변에서'에서 노래했던, '파란 실오라기' 피어오르던 '순이네 뎅그런 굴뚝'들은 이제 보기 힘들어졌다. '시커먼 연기' 토하는 '공장의 굴뚝'들만 가쁜 숨을 내쉰다. 그래도 많은 한국인은 굴뚝의 아담한 자태와 흰 연기와 매캐한 냄새를 잊지 못한다.

아버지에게 학대당한 인천의 '16kg 소녀'도 굴뚝이 솟은 작은 집을 그렸다. 눈물 나서 보기 힘들었던 소녀의 그림에선 굴뚝 위로 연기 대신 작은 꽃송이들이 향기처럼 솟아나왔다. 온기(溫氣)서린 굴뚝의 기억은 힘겨울 때 더 생각나는 어머니를 닮았다.

시인 오탁번은 이렇게 노래했다. "시는 저녁연기 같은 것이다/ 가난하지만 평화로운 마을, 초가집 굴뚝에서/ 피어오르는 저녁연기가 바로 시다."

그땐 그랬다. 하늘로 치솟은 고층 건물도, 거리를 쌩쌩 달리는 차도 적었던 시절 밤새 내린 눈으로 온 세상이 하얗게 변하고 거리의 소음도 잦아들면 사람들은 집안에 모여 겨울을 나는 이야기들로 온정을 나누었다. 크고 작은 구멍이나 둥글거나 네모난 굴뚝은 집집이 사연을 전하는 듯 정겹기 그지없다. 옹기종기 맞붙어있는 지붕 사이로 소복이 내려앉은 하얀 눈의 모습은 평화로운 풍경으로 수많은 사연이 잠들어 있다.

　초가지붕 위로 저녁 연기가 피어오르는 굴뚝, 어머니 목소리 같고 손짓 같은 연기다.

　요즘처럼 먹을거리가 다양한 시절에 나처럼 밥을 편애하는 사람도 드물 것 같다. 식당 메뉴는 대가 두 가지였다. 국물이 포함된 밥과 분식류였다. 난 언제나 밥을 택했다. 설렁탕, 김치찌개, 냉이된장국, 갈비탕, 비빔밥 등 국물 종류는 다양했다.

　나는 국물음식을 즐긴다. 해장국 집을 들르면 큰 가마솥에서 부글부글 끓은 콩나물국을 비롯해서 각종 나물국이 넉넉해서 식욕을 돋군다. 그 중에서도 시래기국은 언제 먹어도 좋다. 시래기는 보릿고개 시절 대표 구황 작물이었다. 지금은 웰빙 식품으로 각광을 받는다.

　김장철이면 버려지는 배춧잎과 무청을 새끼로 엮어 말려 시래기를 만들었다. 겨우내 마른 시래기는 김치가 떨어질 무렵부터 본격적으로 식탁에 올랐다.

　바싹 마른 시래기는 수분을 잘 받아들인다. 그래서 주로 된장국에 넣어먹었다. 시래기는 조선 후기 문신·학자인 이가환(李家煥)이 사물의 이름을 한자와 우리말로 함께 적은 '물보(物譜.1802년)'에 '시락이'로 처음 등장한다. 어근인 '실'은 시들다는 뜻이다. 1897년 미국 선교사 제임스 스콧 게일이 편찬한 '한영자전(韓英字典)'에는 시래기를 '고채(苦菜)', 즉 마른 나물로 풀어쓰고 '국물(soup)에 사용된다.'고 적었다.

시래기는 오랫동안 구황작물이었고, 1960년대까지 시래기죽은 보릿고개를 넘는 사람들의 생존을 위한 마지막 동아줄 같은 음식이었다. 시래기가 구황작물로만 사용된 것은 아니다. 1924년 발간된 조리서 '조선무쌍신식요리제법'에는 시래기를 나물로 먹는 방법이 나온다. 시래기나물을 순무 줄기나물이란 뜻의 청경채(青莖菜)로 표기하고, 무청의 속 부분인 속청만을 엮어 음지에 말린 시래기를 콩나물과 함께 넣고 고기를 썰어 양념과 겨자를 쳐서 먹는 어엿한 음식으로 다룬다. 시래기는 전주의 탁배기국에 넣어 먹기도 했고 소주 안주로도 활용됐다.

시인 백석은 시래기에 관한 시(詩)를 여럿 남겼다. 그는 '구장로(球場路)'란 시에서 '주류 판매업이라고 써 붙인 그 뜨스한 구들에서 따끈한 사십오도 소주나 한잔 마시고 그리고, 그 시래기 깃국에 소피를 넣고 두부를 두고 끓인 구수한 술국을 뜨끈히 몇 사발이고 왕사발로 몇 사발이고 먹자.'라고 읊고 있다.

짚으로 엮은 시래기는 집집마다 처마에 달렸지만, 아파트가 들어오면서 우리 식탁에서 서서히 자취를 감췄다. 하지만 2000년대 들어 섬유소와 비타민이 풍부한 식품이라는 연구 결과에 힘입어 웰빙 식품으로 그 인기가 부활하고 있다.

과일은 꽃이 아니다

세상의 칭찬과 비방은 네 가지 중 하나다. 좋은 일을 해서 칭찬받는 경우와, 야단맞을 짓을 해서 비방을 맞는 경우가 처음 두 가지이다.

나머지 둘은 잘한 일 없이 얼떨결에 받는 칭찬과, 잘못한 것도 없는데 난데없이 쏟아지는 비난이다. 처음 둘은 당연한데, 나중 둘은 불편하다.

사람의 그릇은 나중 둘의 상황에 처했을 때 드러난다. 제가 받을 칭찬이 아니면 부끄러워 사양해야 마땅한데 모르는 체 업혀간다. 비난받을 일을 하지 않았으면 떳떳해야 하건만 눈치를 보며 주눅이 든다.

공연한 칭찬은 그림자 위를 손톱으로 긁기다. 가려운 발을 안 긁고 그림자를 긁으니 시원할 리가 없다. 근거 없는 비방은 그림자를 몽둥이로 때리기다. 때리는 손만 아프지 나는 아무렇지도 않다. 못난 인간은 꿈속에 밥 한 그릇 더 먹었다고 배부르다 하고, 강박한 인간은 몽둥이가 제 그림자에 스치기만 해도 두고 보자 한다.

사실에 관계없이 칭찬에 우쭐대고 비난에 쩔쩔매다 제풀에 제가 넘어간다. 일희일비 하지 않는 정신의 힘을 길러야겠다.

아내는 바나나를 냉장고에 넣어둔다. 열대 과일인 바나나를 냉장고에 넣어 좋을 것 없다고 하는데도 시원하게 먹을 수 있기 때문에 그렇다고 한다. 바나나를 시원하게 먹는다는 게 겨울에 오렌지주스 데워먹는 것 같아서 이상한데, 아내도 그렇고 아이도 바나나를 시원하게 먹는 게 좋다고 한다. 시원한 바나나를 먹어보니 나쁘지 않기도 하다.

1980년대만 해도 바나나는 수입 제한 품목이어서 엄청나게 비쌌다. 요즘 물가로 치면 한 개에 1만원 정도 했던 것 같다. 그때 바나나는 추석 선물 세트 또는 차례 상에만 올라갈 만큼 귀했다. 그 당시 부동산 중개업자들은 집을 내놓은 사람들에게 "거실에 바나나를 놓아두라"고 조언했다는데, 집을 보러 온 사람들이 바나나를 보면 '이 집에 살면서 돈 많이 벌어서 나가는 모양이다' 하고 생각해 거래가 잘 풀린다는 이유였다고 한다. 믿기 어렵지만 사실이다.

1980년대 말 외국 배낭여행을 했던 한 친구는 돈을 아끼려고 여행 두 달간 바나나로만 연명했다. 처음에는 그 귀한 바나나를 싼값에 잔뜩 먹을 수 있는 것을 뿌듯하게 여겼으나 너무 많이 먹은 나머지 지금까지도 바나나는 입에 대지도 않는다고 했다.

지난 30년간 50억 병 이상 팔렸다는 바나나 맛 우유에는 바나나 과즙이 없다. 바나나 향료가 있을 뿐이다. 그래서 이름을 '바나나 우유'라고 짓지 못했다. 그때 바나나 과즙을 넣은 우유를 만들기엔 원가가 너무 비쌌을 것이다. 냉장고에 있던 바나나 몇 개를 배낭에 쑤셔 넣고 자전거를 타다가 허기질 때 먹었다. 맛도 향도 못 느끼고 그저 탄수화물이라고 생각하고 먹었다. 축 늘어진 바나나 껍질이 문득 서글퍼 보였다.

며칠 전에 동네 아파트 단지 내 감나무 밑에서 작은 소란이 있었다. 80대 노인 두 분이 손에 닿는 감나무에서 홍시를 하나씩 따서 드셨는데, 이를 본 감나무 앞 1층에 사는 주부가 반(半) 욕설을 해가면서 항의해 벌어진 시비였다.

노인들은 "자고로 감은 좋은 음식인데 매년 따지 않고 이렇게 놔두니 눈을 맞고 썩은 다음에야 떨어져 길만 지저분하게 만든다. 돈이 없어서 사먹지 못하는 사람도 많은데 그냥 버리면 복을 못 받는다."며 훈계했으나 주부는 시종 막무가내였다.

사실 감을 따지 않고 놔두는 현상은 아파트만 아니라 공원이나 단독주택 지역에서도 마찬가지이다. 농촌에서도 가끔 볼 수 있다. 농촌에서는 아마 일손이 부족해서 그럴 것이다. 반면 도시에서는 빨갛게 익은 감을 마치 꽃인 양 감상하느라고 따지 않는 경우가 많은 것이 사실이다. 감상도 나름대로 가치 있는 일이지만 어르신이나 어린이들이 돈이 없어 사먹지 못하는 것을 눈요기를 위해 썩어 떨어질 때까지 두고 보는 것은 문제라고 생각한다. 특히 손에 닿는 높이의 것을 따먹는 것까지 무어라 할 일은 아닌 것이다. 자기 배가 부르니 남의 배도 부른 것으로 착각하는 건 아닐까.

내게 필요 없으면 누군가가 먹거나 가져가도 탓할 일은 아니라고 본다. 홍시는 아름답지만 꽃은 아니다.

소독차의 추억

"보건후생부에 고(告)함!"

'영등포의 한 주민'이 자못 준엄한 어투로 보건 당국을 꾸짖는 글을 신문에 기고했다. 미 군정청 요원들이 전염병 예방을 위해 살충제 DDT를 시민들 몸에 거칠게 쏟아 붓자 참다못해 글을 쓴 것이었다.

이 시민은 "DDT를 머리부터 발끝까지 뒤집어 씌워야만 소독이 될 까닭은 없지 않을까요."라며 "볼품 있게, 좀 더 친절히 뿌려 달라"고 쓴 소리를 했다.

DDT는 오늘날 맹독성 발암 물질로 판명돼 사용이 전면 금지되고 있지만 과거엔 값싸고 효과 좋은 꿈의 살충제라며 이곳 저곳 마구 뿌려댔다. 모기 · 파리는 물론 발진티푸스를 옮기는 이와 벼룩 · 빈대 등의 박멸에 최고여서 '살충제의 원자폭탄'이라 불렸다.

해방 직후 미군과 함께 DDT가 처음 상륙했을 때, 우리는 이 살충제가 그토록 무서운 것인 줄은 전혀 몰랐다. 방역 요원들은 남한으로 내려온 북한 난민들부터 이 · 벼룩으로 고통 받는 초등학생들에게까지 허연 DDT 가루를 온몸에 뿌렸다. 거의 'DDT 목욕'을 시켜준 셈이었다.

1950년대부터는 여름이 되면 열흘에 한 번꼴로 DDT를 항공 살포

했다. 엔진의 굉음과 함께 비행기가 상공에 나타나면 하늘에선 뽀얀 DDT 안개비가 내렸다. 살포 때마다 "누에나 꿀벌에게 피해 없도록 하라"는 안내는 있었지만 사람 몸에 맞지 않게 주의하라는 말은 없었다.

오히려 1959년 8월 서울 시내에 맹독성 DDT를 공중 살포할 때 보건사회부는 "일반가정에서는 방문을 활짝 열어 약 기운이 방 안에 들어가도록 하라"고 당부하기까지 했다. 그 시절 DDT란 생활필수품이었다. 집안 곳곳, 심지어 부엌에도 DDT가루를 뿌렸다. 손 뻗으면 닿는 곳에 DDT가 있다 보니 소녀가 잘못 마셔 사망하고 국에 넣어 먹었다가 3남매가 중태에 빠지는 등 사고가 잇따랐다.

6·25전쟁 중이던 미군이 원통형으로 생긴 살포기로 한국 어린이 몸 구석구석에 맹독성 살충제 DDT를 뿌려주면 아이들은 재미있어 했고, 어른들은 고마워했다.

그래도 나라를 일으켜 가던 시절의 한국인에게 DDT는 너무나 고마운 존재였다. 콜레라·이질·장티푸스·디프테리아 환자가 급감하게 만든 일등공신이 DDT였다. 이 살충제 덕분에 이·벼룩·빈대는 우리 주위에서 거의 자취를 감췄다. 그러나 1960년대 후반부터 서구에서 DDT의 발암성이 문제되기 시작했고, 1969년엔 미국이 사용을 금지했다. 우리 농림부도 1972년 6월 DDT 사용을 전면 금지한다고 밝혔다.

한 시절 추억으로 남은 줄만 알았던 'DDT'가 몇 십 년 만에 뉴스에 다시 등장했다.

계란 속 살충제를 조사하다 보니 DDT까지 나온 것이다. 검출 량이 기준치 이하로 밝혀졌는데도 상당수 시민이 불안해한다. 정부가 "살충제 피프토닐에 최고 농도로 오염된 계란을 하루 2.6개씩 평생 먹어도 안전하다"고 발표했는데도 많은 국민은 안심하지 못하고 있다.

60~70년 전 정부가 'DDT는 인축(人畜)에 무해하다'고 했을 때 국민은 의심 없이 받아들였지만, 오늘의 대중은 다르다. DDT의 독성에 대한 무신경 못지않게, 과도한 공포심을 갖는 것 역시 비합리적 태도임을 머리로는 이해하겠는데도 불안감을 떨치지 못한다. 그건 아마도 맹독성 살충제를 베이비파우더처럼 온몸에 바르며 살았던 지난 세월의 부끄러운 기억이 잔류 농약처럼 우리 가슴에 남아 있기 때문인지 모른다.

지금은 보기 힘든 장면이 됐지만, 어릴 적 소독차가 동네 골목을 누비며 흰 소독 연기를 뿌리고 다니면 동네 모든 아이가 그 뒤를 따라 뛰어갔다. 소독기 우렁찬 엔진 소리가 들리면 골목에서 놀던 아이들은 물론, 집에서 밥 먹던 아이들도 숟가락을 던지고 뛰쳐나왔다. 소독차가 동네 밖 큰길로 나가 사라질 때까지 아이들이 뒤를 따라갔다. 초등학생 남자아이들이 압도적 다수였고 중학생 남자아이들도 조금 있었으며 덜떨어진 고등학생조차 따라 뛰곤 했다. 그 뒤로는 늘 아이들 이름을 부르며 "너 이리 안 와?" 하고 소리치는 엄마들이 있었다.

소독차를 따라갈 땐 일종의 요령이 있었다. 분무되는 연기를 정면으로 맞으면서 뛰면 앞이 전혀 보이지 않았다. 앞서 뛰던 아이와 부딪히거나 돌부리에 걸려 넘어지지 않으려면 몸의 절반은 연기 속에 나머지 절반은 연기 밖으로 노출시켜 시야를 확보한 채 뛰어야 했다. 특히 용감한 아이들은 소독차 짐칸에 매달려가기도 했는데, 그러다가 소독차와 함께 동네를 벗어난 뒤 한참 만에 돌아와서 무용담을 들려주기도 했다.

왜 그때 우리는 소독차를 그렇게 따라 뛰었을까. 동네를 하얗게 뒤덮는 그 연기와 뭔가 몸에 안 좋을 것 같으면서도 묘한 매력이 있는 그 소독약 냄새 때문이었을까. 아니면 그저 엄마가 하지 말라는 행동을 아이들과 함께 하면서 어떤 일탈 연대 같은 것을 느꼈던 것일까. 아마도 신기하고 재미있는 일이 드물었기 때문일 것이다. 골목의 놀이랄 게 구슬치기나 딱지치기가 전부였으니 흰 연기를 뿜는 비주얼과 디젤 모터의 굉음과 엄마에게 혼날 수 도 있다는 스릴을 갖춘 소독차 따라 뛰기는 최고의 레크레이션이었다.

요즘도 간혹 주택가에서 소독차를 볼 수 있다는데, 스마트폰 쥔 아이들이 그 뒤를 따라갈지 궁금해진다.

가을이 짧아진다는데

나는 봄을 좋아한다. 그러나 봄은 어리다. 나는 여름을 좋아한다. 그러나 여름은 너무 오만하다. 그러면 나는 가을을 가장 좋아한다고 해야겠다.

가을의 황금빛 풍요로움은 시간이 가져다 준 원숙함과 온유한 지혜에 대해 말한다. 가을은 삶의 한계를 알고 만족할 줄 안다.

어느덧 산에는 산들바람이 스쳐 지나가고 흔들리는 나뭇잎은 기쁘게 춤추며 땅으로 떨어진다. 우리는 그 낙엽들의 노래가 웃음의 노래인지, 아니면 이별의 눈물이 담긴 노래인지 알지 못한다. 신문에 '가을이 짧다'는 기사가 실렸다. 몇 해 전부터 여름 더위가 가을까지 이어져 가을이 짧아진다는 내용이었다.

문득 옛 가을의 한가로운 정취가 떠올랐다. 너무 오래 서 있어 팔 아플 것 같아 걱정되던 황금들판의 허수아비, 해질녘이면 어디서 날 아왔는지 마당을 가득 채우던 고추잠자리, 옆집 감나무에 붙어 '삐요시 삐요시' 울어대던 고추매미, 아침저녁으로 불어오는 산들바람……

이렇게 아름답던 가을의 정취를 느낄 수 있는 기회가 줄어든다고 하니 마음 한구석이 허전해 지고 뜻 모를 불안도 슬쩍 지나간다.

나이가 들수록 가을뿐 아니라 모든 계절의 발걸음이 더욱 빨라지고, 특히 한 달은 걷잡을 수 없이 빨리 지나간다.

"이번만 지나면 다음엔 좀 여유가 있겠지" 하고 몸과 마음의 진액을 모두 쏟고 쓰러지면 다음 달이 곧바로 다가와 그냥 있지 못한다.

우리 마음 안에 있는 부끄러운 생각, 연약함, 불안감, 절망, 갈등, 유혹에 대한 끊임없는 극복이야말로 우리가 올릴 수 있는 가장 귀하고 아름다운 승리의 깃발이다. '평범한 삶, 소박한 생활에서 얻는 기쁨이 참 기쁨'이다. 진정한 위대함이란 평범한 사람들의 소박한 생활 안에 있다.

"아~아! 동민 여러분, 중추가절에 추석 명절 잘 보내고 계십니까. 저녁 진지 드셨으면 동민 여러분은 한 사람도 빠짐없이 마을 회관 앞 공터로 왕림해 주시기 바랍니다. 오늘 저녁에는 우리 부락 학생들이 준비한 추석맞이 동민 위안의 밤 가설무대가 펼쳐집니다. 아아~."

호루라기 소리에 막이 열리고 춤과 연극과 노래자랑이 펼쳐진다. 초등학생들은 춤을 추고 중·고등학생들은 연극을 한다.

그리고 객지에서 고향을 찾은 이들은 얼마씩 기부금을 내고 노래를 한 곡씩 뽑는다.

가을 아침의 안개는 깊고 무겁다. 촘촘한 거미줄에 걸린 바람은 아직 꼼짝도 하지 못하고 있는데, 어제 낮에 떨어지다 거미줄에 걸려 있는 단풍잎 하나가 이슬의 무게로 줄을 끊어 보려 하지만 쉽게 떨어지지 않는다.

빨간 코스모스는 오므린 꽃잎에 제법 많은 이슬을 담고 있느라 아슬아슬하게 기울어져 있고, 메뚜기는 고개 숙인 벼이삭 등에 앉아 아직도 졸린 듯 눈을 비비고 있다.

가득 찬 씨앗도 무거운데 이슬까지 머금게 되어 땅에 닿을 듯 머리를 숙인 강아지풀들의 목덜미를 무심하게 누르고 있는 고추잠자리는 젖은 날개를 털어보지만 아직 날기에는 이르다.

가을 아침의 안개는 참으로 깊고 무겁고 느리다.

가을날, 산속에 있으면 바람의 마음을 안다. 밤에 잠을 자고, 아침에 일어나고, 낮에는 일을 한다. 바람이 아침에 일어나서 가장 먼저 하는 일은 낮게 드리운 안개를 긴 팔로 말아 산 위로 걷어 올리는 일이다. 그런 다음에는 나무를 흔들어 깨우고 날 것들의 날개를 말리고, 밤새워 일한 계곡의 물소리를 찾아가 이제는 눈 좀 붙이라고 바스락 소리를 만들어 살짝 덮어준다.

낮이 되면 풀씨를 멀리 실어가고, 농부의 땀을 씻어 주며 곡식들의 얼굴을 토닥거려 더 예쁘고 알차게 영글도록 한다. 그리고 밤이 되면 나무와 풀과 꽃과 잠자리와 함께 어둠을 이불 삼아 잠을 잔다.

세상에 살아 있는 모든 것은 표정이 있다. 나뭇잎 한 장, 풀 한 포기, 들꽃 한 송이, 열매 한 알 모두 자기 나름의 표정을 짓고 있다.

사람들이 날마다 세수를 하고 화장을 하듯 이것들도 이슬로 세수를 하고, 햇살로 화장한다. 그리고는 종일 웃는 낯으로 서 있다. 서로에게 보이기 위해, 우리에게 보이기 위해….

태풍으로 쓰러진 벼이삭 하나도 쓰러진 그 자리에서 더 알차게 영글기 위해 얼마나 애쓰는지 모른다. 끝까지 포기하지 않는다.

아침에는 일찍 일어나 안개 속을 걸어 보고 낮에는 창문을 활짝 열어 놓고 햇살을 받고, 밤에는 풀벌레 소리로 귀를 씻어 보자.

가을이 짧아진다고 해도 우리 걱정하지 말자. 단풍은 색이 바래고 낙엽은 한없이 떨어지겠지만 우리 곁에 가을은 언제나 아름다울 것이다.

만추의 상념

가을이 익는다. 산도, 들도 오색(五色)의 색채를 보태고 있다. 이 가을의 우주가 하나의 잘 익은 과실이다. 시인은 햇 홍시 하나가 맛이 들고 잘 여물어 떨어져가는 것을 본다. 그 소리에 자신도 놀라고 가슴이 설렌다. 마치 그득한 물이 넘칠 듯한 차례 크게 흔들리듯이.

올해도 여지없이 조락의 계절은 턱밑에 바싹 다가서고 있다. 이룬 것도 없이 좌절의 낙엽이 우수수 떨어지는 마지막 윤색(潤色)이 화려한 것도 공허한 수확 때문인가. 그래서 만추는 처절미가 있는 것일까.

고개를 들면 황갈색 낙엽이 수북이 쌓인 캘린더가 눈(眼)뿐만 아니라 가슴을 압박해 온다. 그런가 하면 고엽이 뒹구는 소리가, 아픈 울부짖음이 창가에 들려온다. 올해는 잦은 비 때문에 제대로 노랗게 빨갛게 물도 들기 전에 고엽이 되어 떨어지는 소리가 익기도 전에 떨어지는 설익은 열매처럼 안타까운 몸부림이.

그런데도 나는 별로 초조하지 않다. 어차피 삶은 유예(猶豫)의 연속이라는 지극히 편리한 철학 때문이 아니다. 한때 무성한 여름처럼 화려했던 욕망이 좌절된 아픔, 그 아픔이 잔해 같은 낙엽이 나의 가슴 속에도 뚝뚝 떨어지고 있건만 이 조락이 마음을 흐뭇하게 하는 것은 웬일일까. 거추장스런 옷을 훌훌 벗어 던지고 나목(裸木)처럼 꾸밈없는 내 자신에게 본질적인 고독에 충실할 수 있는 아늑한 기쁨이 있기 때문이다. 밖으로만 뻗어나가던 나뭇가지가 생명의 근원인 대지를 향해 경건하게 돌아가듯이 안으로 파고 들어가는 듯한 즐거움.

휴식은 정지가 아니다. 내일의 참신한 생명에의 더한 발돋움이다. 허세보다는 차라리 모든 것을 던지고 자기의 안으로 들어가서 관망하고 성숙의 준비를 가꾸는 것만이 낙엽의 공허를 채워줄 것 같다. 내일의 열매와 수확을 기대하면서 그동안 동면하는 거다. 비록 만족할 만한 수확한 행복감은 없더라도 내일의 발아를, 그 생명의 소리를 가깝게 들으면서 휴식하는 맛은 만추를 앞둔 초가을의 설레임에 비해 가슴 속을 차분하게 다듬어 준다. 인간은 어차피 혼자 살다가 혼자 죽는 것이다. 이 고독을 외면하기 위해 무수한 가지를 뻗치고 잎을 달고 그것도 부족하여 채색을 하지만, 죽을 때는 하잘 것 없이 빈 마음과 몸으로 돌아가는 것이다.

마치 나목처럼.

가을에 사랑을 갈망하게 되는 것도 이 때문인가. 이맘때가 되면 마음의 문을 어김없이 두드리는 목소리, 이 방문이 애상과 더불어 감미로운 것은 그가 현실에서 자리를 함께 할 수 없는 고인이기 때문일까. 지금쯤 그가 살아 있다면 좀 더 인생을 살고 성숙한 안목으로서 그와 나눌 이야기가 많을 것 같다. 또한 그 당시 철없는 내가 이기적인 자세만을 고수하던 것을 지금쯤 십분 보상해 줄 수도 있을 것 같다.

묵은 포도주 맛과 같은 재회를 즐기면서.

생의 희열과 또 삶이 유난스럽게 재미없다는 느낌과의 대조적인 직조(織造) 속에서 낡은 로맨티시즘은 빛깔을 잃은 지 오래건만 만추가 되면 까맣게 잊었던 목소리가 되살아나는 귀중함을 이 계절에 느끼게 된다. 나의 현재의 건강함을 보고 그것이 이제 와서 나의 과거를 장식하는 액세서리에 지나지 않는다고 말해도 좋다. 어차피 만추가 되면 나뭇잎처럼 인생의 모든 액세서리가 떨어져 갈 것이니까.

초목이 재생하듯이 나의 내부 깊숙이 살아 있다가 가을이 되면 다시 나를 찾는 이 방문객을 나는 언제나 반갑게 맞이할 것이다. 형체도 체취도 감각도 없는 이 방문객을. 그리고 나는 별수 없이 또 혼자가 되는 것이다.

가을의 정서

    화단에 과꽃이 어우러지는 9월이 되면 사람들끼리의 정도 한결 두터워지나보다. 무덥고 지루한 여름동안 내내 짜증스럽고 무디어지던 마음은 높고 가는 귀뚜라미의 울음소리와 함께 맑고 투명한 푸른 하늘을 닮아만 간다.

    9월은 사랑도 여무는 계절인가. 풀섶에 내린 이슬방울처럼 들판에서 익어가는 오곡이나 실과처럼 실속을 바라며 사무치는 감정이 가슴에서 여물어 간다.

    일요일 아침, 마냥 태평한 늦잠을 즐기려는 도회인의 꿈결은 뒷산의 봉우리에서도 울려오는 야호 소리에 깨어 바짝 새 정신을 차리게 된다.

    이 좋은 계절에 이제부터 본격적인 삶을 시작해야 할 시기에 늦잠은 또 무슨 태평한 늦잠이란 말인가.

    이제 조석(朝夕)으로는 제법 옷깃을 쓰다듬고 움츠릴 만큼 완연한 가을을 느끼게 되는데 이런 날은 창 밑에 모여 이른 아침부터 또 손들을 잡고 〈우리 집에 왜 왔니, 왜 왔니〉 하고 땍때굴한 소리로 떠드는 극성스런 아이들도 성가시지 않다.

    버스 종점 언저리의 라디오 상회에선 공해 · 소음이라는 반성도 없이, 스피커를 통해 가요 곡을 틀어 대서 질색이던 것도 지금은 그다지 싫지 않다.

대중가요 특유의 그 정서를 제대로 이해할 수 있을 것 같은 기분이 되는 것이다. 그러나 뭐니 뭐니 해도 9월의 낭만은 잘 가꾸어진 사과밭에서 찾는 게 가장 풍요한 것 아닐까. 배는 많아도 사과밭은 전혀 볼 수 없는 고을에서 자란 나는 과일 가게에서밖에 보지 못한 큼직한 사과 알이 대롱대롱 매달린 나무를 처음 보았을 때 얼마나 신기하고 감격스러웠는지 모른다.

동화나라의 나무를 보는 것도 같고 아이들이 멋대로 상상해 그려 놓은 그림이 아닌가도 싶어 그 열매를 만져 보고 따보고 하며 확인하려 했던 기억이 난다.

그 넓은 사과 밭을 서로 호감만 지닌 사람들끼리 서너 명, 감탄하며 거닐다가 유난히 붉은 한 알을 뚝딱, 한입 베어 먹었을 때 그때 입술에 남던 그 진득거릴 만큼 달짝지근한 사과즙의 유난히 감미롭던 맛이란 나로서는 쉽게 잊혀지지 않는 추억이 되어 있는 것이다.

맹위를 떨치던 여름이 가고 대자연은 바야흐로 온화한 햇볕의 축복을 고루 내리는 이 황금의 계절에 비해 그러나 이 지상의 인간들은 왜 이다지도 깨닫지 못하는지.

자유와 평등, 평화와 안정을 갈망해 목전의 사리만을 위하여 급급한 나머지 대자연의 섭리를 깨닫지 못하고 기승을 부리는 무리들의 어리석음을 다시금 생각해 본다.

가을은 여름과 함께 오고, 겨울은 또한 가을과 함께 온다는 어김없는 자연의 변천을 이 아침엔 다시 한 번 조용히 반성해 보고 싶을 따름이다.

오곡과 실과가 결실하고 무르익어 풍요를 실감케 해줄 수 있는 교외로 나가고 싶은 마음이 앞장 서 달린다. 먹을 것이 이만 하고, 대자연의 혜택이 이만 하면 왜들 더 큰 욕심을 부리며 싸워야 하는 건지 문명의 꼬리를 붙들고 기를 쓰며 따라가야 할 번영이나 발전이란 것에의 회의도 살며시 깃드는 이 아침인 듯하다.

9월은 정다운 사람들이 기다려지는 계절이다. 8월 한 달 내내 불기를 모르고 지낸 아궁이에 불을 지피고 적당히 뜨뜻해진 아랫목에 발들을 뻗고 앉아 알밤이나 구워 놓고 까먹으며 친구들의 근황(近況)이나 교환하는 오붓한 시간이 한결 아쉬운 계절이다.

수확에 바쁜 농촌의 안식과는 조금 양상이 다르지만 도시의 한복판에서 느끼는 추수감사의 마음은 한결같은 고향의 부모형제를 기리는 마음과 모습을 같이하며 무한한 안도를 안겨주곤 한다.

초목이 재생하듯이 나의 내부 깊숙이 살아 있다가 가을이 되면 다시 나를 찾는 이 방문객을 나는 언제나 반갑게 맞이할 것이다. 형체도 체취도 감각도 없는 이 방문객을.

가을과 쓸쓸함

　인생은 길고 배우며 즐길 게 너무 많으니 인생 자체를 즐기기를 바란다고 덧붙였다. 만나고 돌아오는 길에, 떨어지는 낙엽들이 내 가슴속으로 내려와 문장이 되어 나뒹군다. 10월이 이렇게 등 뒤로 멀어지며 나를 다시 일으켜 세우고 있다.

　눈부시게 높푸르던 시월이 간다. 다 태울 듯 불타오르던 단풍들도 낙엽이 되어 남은 길을 떠난다. 여름내 들고 있던 잎을 내려놓은 도심의 가로수며 공원의 나무들은 팔이 한결 헐거워졌다. 남녘에는 단풍이 많이 남아 있다지만 도처에서 가을 끝자락의 스산함이 끼친다. 시간의 뼈처럼 성근 나뭇가지 사이로 하늘도 휑해지는 느낌이다. 우리네 골목으로 들어오는 건물들의 그림자도 한층 깊고 서늘해졌다. 이제 '고요히 굽은 등 너머/ 먼 길' 나서는 시월을 배웅해야 하리라. '시월의 마지막 밤'이라고 괜스레 들썩이는 문자며 발길들이 난만할 법한 날, 총총 들어선 포장마차가 시린 목을 덥혀주겠다. 그 사이 바람은 시리게 지나가도 불빛들은 조금씩 더 따스해지겠지.

　나는 계절을 후각으로 음미한다. 흩어져 내린 낙엽을 밟으며 묘하게 마음을 흔드는 가을 냄새를 맡으며, 며칠 뒤 비가 내리고 나면 냉정한 겨울의 싸한 냄새를 맡을 것이고, 추운 겨울을 지내고 나면 풋풋한 봄 냄새를 맡게 될 것이다. 그리고 흐르는 땀과 함께 후끈한 여름 냄새를 맡으며 걷는 일은 이 세상 그 무엇보다 나를 행복하게 한다.

원래 운동을 별로 좋아하지 않았다. 주변에선 나이가 들어갈수록 운동을 해야 한다고 야단이었지만 별로 신경 쓰지 않았다. 그런데 어느 날 아무것도 할 수 없을 정도로 마음이 답답한 적이 있었다. 무작정 집을 나서 걷기 시작했다. 안 걷다가 걸으니 며칠을 고생했지만 이상하게도 걸으면서 맡았던 그 계절의 냄새가 참 좋았다. 그렇게 한 시간이 두 시간이 되고 세 시간 거리 둘레 길도 걷게 됐다.

한번은 동료들과 삼보산 종주도 했고, 주왕산 단풍이 좋아 고생도 했지만 걸으며 생기는 희열은 그 무엇과도 바꿀 수 없는 즐거움이었다. 걸으면서 내면을 돌아보는 시간도 생기고 건강도 훨씬 좋아지는 느낌이다. 컨디션이 안 좋다 싶으면 이젠 약을 찾는 대신 계절 냄새를 맡으러 나간다. 걸으며 음악도 듣고 하루 동안의 나를 돌아보며 걷는 시간, 몸과 마음이 정갈해지는 그 느낌, 참으로 무엇과 비교할 수 없는 매력이다. 가을은 그 점에서 가장 걷기 좋은 황금의 계절이다. 오늘도 쓰던 글이 끝나면 나는 어김없이 계절이 주는 그 냄새를 맡으러 걸어 나갈 것이다. 노란 국화꽃이 피고 단풍이 곱게 물들 때면 문창호지를 바르던 추억이 떠오른다. 겨울이 다가오면 으레 문창호지를 새로 발랐다. 길고 긴 겨울 채비를 하기 위해서였다. 문창호지를 바를 땐 국화잎 은행잎 단풍잎을 넣어 발랐다. 고운 꽃잎과 단풍잎을 덧바른 문창호지는 한 폭의 운치 있는 산수화 같았다.

햇빛 맑은 날에 문창호지를 바르는 가족들의 모습이 참 단란하다. '조금 틀어진 문짝'에 이리 저리 문창호지 맞춰 바르는 모습과 물 한 모금씩 입에 물고 뿜어내는 가족들의 모습이 가을 햇살처럼 맑다. 문창호지에 귀뚜라미 소리, 밥 짓는 소리, 달빛 소곤대는 소리 가득 담기던 추억이 아련하다.

칼바람은 아직 날을 숨기고 있지만 마른 낙엽들이 시나브로 몸을 뒤척인다. 사립문 옆 감나무 가지에 앉은 물까치와 어치들이 바쁘다. 새들도 사람들 못지않게 날씨에 민감한 것 같다. 나는 사립문 옆에 선 감나무의 감만은 따본 적이 없다. 산방(山房) 주변에 사는 날짐승들의 겨울 양식이기 때문이다. 새들은 지혜롭다. 가지마다 주렁주렁 매달린 감을 식탐 부리지 않고 겨울 비상식량처럼 두고두고 쪼아 먹는다. 덕분에 나는 눈 내리는 한겨울에도 감을 붉은 꽃처럼 감상하곤 한다.

더위에 쫓기듯 여름휴가 떠나겠다고 미련 없이 짐을 싸들고 다녀온 지가 엊그제 같은데 얼굴에 내리쬐는 햇볕에 자연스럽게 고개를 젖혔더니 부쩍 높아진 청명한 하늘도 실컷 구경할 수 있었다. 걷다 말고 잠시 가을 풍경으로 들어가 자연의 섭리를 만끽했다.

가을의 쌀쌀함과 단풍의 붉은 빛은 비례한다. 일주일 사이 공기가 부쩍 차가워졌는데 그만큼 단풍은 선명하게 물들었다.

이번 주말은 단풍이 절정을 보이겠다. 이윽고 비가 지나면서 단풍이 질 테고 거리에는 낙엽이 흩날릴 것이다. 수북이 쌓인 낙엽은 마치 지나간 시간들 같다. 한 해를 마무리해야 할 것 같은 '늦가을'이다. 되돌아보면 추억하게 되는 때이다. 윤동주 시인도 "내 인생에 가을이 오면 나는 나에게 열심히 살았느냐고 물을 것입니다"라고 이 계절에 삶을 돌아본다며 노래했다.

　설렘을 느끼게 하는 봄바람과 달리 가을 바람은 마음을 움츠러들게 한다. 태양이 점점 식어가는 하강의 기운은 감정의 기온마저 떨어뜨린다. 그래서 가을을 대표하는 이미지가 쓸쓸함인지도 모르겠다.

마용록 세 번째 수필집

까치밥

1판 1쇄 발행 2019년 7월 30일

지 은 이 | 마용록
펴 낸 이 | 노용제
펴 낸 곳 | 정은출판

출판등록 | 제2-4053호(2004. 10. 27)
주   소 | 04558 서울시 중구 창경궁로1길 29 (3F)
전   화 | 02)2272-8807
팩   스 | 02)2277-1350
이 메 일 | rossjw@hanmail.net

ISBN 978-89-5824-394-6   (03810)
ⓒ 2019